Ammianus-Verlag

Zum Buch:

Vor langer Zeit lag zwischen Aachen, Jülich und Köln die wohlhabende und sagenumwobene Stadt Gression. Eines Tages fand sie unter dem Ansturm der Hunnen ein jähes Ende.
Jahrhunderte später: Mit einer Handvoll Gleichgesinnter erwartet das charismatische Bauernmädchen Richarda zu Silvester des Jahres 999 in einem abgelegenen Wald den Weltuntergang. Als dieser ausbleibt, reift in den Eremiten die Überzeugung, dass sie Auserwählte Gottes sind. Sie machen Richarda zur Königin des neuen Gression. Doch die wunderbare Welt, die sie erschaffen wollen, birgt ihre allzu menschlichen Tücken.
Im zweiten Teil der Saga um Richarda von Gression wird der Eifer der Eremiten, für das Gute einzutreten, auf harte Proben gestellt.

Der Autor:

Günter Krieger, Jahrgang 1965, lebt in Langerwehe am Rand der Nordeifel. Bekannt wurde er durch seine Merode-Trilogie. Er verarbeitet vor allem Ereignisse des Mittelalters zu historischen Krimis und Romanen, viele seiner Werke beleuchten die Geschichte der Eifel und des Rheinlandes. Krieger ist Mitglied des Autorenkreises Historischer Roman „Quo vadis“. Im Ammianus Verlag erschien von ihm neben den Richarda-Romanen auch sein generationsübergreifendes Mittelalterepos „Die gefangenen Seelen“.

Günter Krieger

Richarda von Gression

Die Königin

Historischer Roman

Erste Auflage
November 2013

Umschlaggestaltung: Thomas Kuhn
Kartenmaterial: Agnieszka Krieger
Lektorat: Angelika Kiel
Druck & Satz: TZ-Verlag & Print GmbH

ISBN 978-3-9815774-4-0

www.ammianus.eu
www.facebook.com/AmmianusVerlag

*„Sammelt euch nicht Schätze hier auf der Erde,
wo Motte und Wurm sie zerstören
und wo Diebe einbrechen und sie stehlen ...“*

Matthäus 6,19

Als Richarda im Jahre 984 nach der Fleischwerdung des Herrn geboren wurde, war die Geschichte von der Stadt Gression, die durch ein himmlisches Strafgericht zerstört wurde, nur noch eine uralte Sage. Das heranwachsende Mädchen aber war fasziniert von dem Gedanken, ein neues und sündenfreies Gression zu gründen. Mit einer Handvoll Gleichgesinnter zog sich die charismatische Bauerntochter vor der großen Jahrtausendwende in den Wald zurück. Wie die meisten Menschen glaubten auch jene Eremiten an den bevorstehenden Weltuntergang. Als die Apokalypse aber ausblieb, reifte in ihnen die Überzeugung, dass Gott mit Richarda Großes vorhatte.

Man machte sie zur Königin des neuen Gression

Paulinus von Hersfeld:
„Vita Ricardae Gressionensis“

Richardas Welt
Jülich
Hügelburg
des
Gaugrafen
Erzgruben
Omerbach
Rymelsberg
Aecheze
(Echtz)
Höhle der Judith
Waldsee
GRESSIONA
NOVA
Grecenich
Aachen
Kornelimünster
Tempelruine
Varnenum
Burtscheid
Omerbach
N

Dramatis personae

Gressiona Antica:

Ricarda:	die Königin
Agnes:	Ricardas Leibsklavin, Christin

Richarda und ihr Umfeld:

Richarda:	Bauernmädchen, von den Eremiten zur Königin von Gression gemacht
Gero:	Richardas Bruder
Gunda:	Richardas Schwester
Rothaid:	Richardas (Zieh-)Mutter
Judith:	die Klausnerin
Wigbert:	Sohn eines Töpfers, selbsternannter „Präfekt“
Oda:	Wigberts Schwester
Adam:	Wigberts und Odas Stiefbruder
Eva:	Wigberts und Odas Stiefschwester
Hadwig:	Tante Richardas, was aber fast niemand weiß
Hiltrud:	Richardas leibliche Mutter, einst im Waldsee ertrunken
Konrad:	Bruder der Klausnerin Judith
Iwein:	Meisterdieb
Rufa (oder Rufus):	Iweins Schwester
Magnus:	ehemaliger Wandermönch, Priester zu Gression
Wita:	Magnus' Gespielin
Galminus:	der Zwerg
Paulinus von Hersfeld:	Richardas Biograf
Madelgard:	Frau des Schmieds
Ekkart:	Madelgards kleiner Sohn
Peter:	junger Besitzer eines uralten Schwertes

Jülich und Umfeld:

Gerhard:	der Gaugraf
Tassilo:	Sohn des Gaugrafen
Gisla:	Tassilos Gemahlin
Diepold:	Tassilos Schwiegervater
Bruno:	Bote, Diener und leidlicher Dichter

Weitere:

Otto III:	der junge Kaiser
Meginher:	Mönch aus Hersfeld, Bruder des Paulinus
Lantfried:	Abt von Kornelimünster
Jacob:	Wirt eines Gasthauses unweit von Wetzlar
Addo:	sein Sohn

Prolog

Im fünften Jahrhundert n. Chr.

Mitten im Wald lag die kleine Höhle, in die sich Ricarda und Agnes zwei Tage lang versteckten. Als sie annehmen konnten, dass ihnen keine Gefahr mehr durch hunnische Horden drohte, machten sie sich auf den Weg nach Colonia, der letzten römischen Bastion im Norden des verfaulenden Reiches. Dort würden sie endgültig in Sicherheit sein und eine Entscheidung über ihr künftiges Leben treffen müssen.

Hinter ihnen lagen die grässlichsten Tage ihres Lebens. Gressiona gab es nicht mehr! Binnen weniger Stunden hatten die Hunnen es zerstört und fast alle Bewohner hingeschlachtet. Nur ein Wunder, so schien es, hatte Ricarda und Agnes, nunmehr ihre Freigelassene, vor dem Wüten der Feinde bewahrt. Doch die Welt war nicht mehr dieselbe. Der Gedanke, dass sie vor kurzem noch Königin des kleinen Reiches gewesen war, erschien Ricarda absurd und lächerlich, als sei alles nur ein unwirklicher Traum gewesen, eingehaucht von einer zynischen Gottheit. Lucius, ihr Geliebter, war tot, und diese Gewissheit war die schmerzlichste von allen. Eine grausame Macht hatte einen unbarmherzigen Preis für ihr Glück eingefordert.

Der sintflutartige Regen der vergangenen Tage hatte die Pfade im Schlamm ertrinken lassen. Rechterhand pflügte sich eine Schlucht durch den Wald. Der Bach, der für gewöhnlich recht gemächlich durch das kleine Tal dahinfloss, war infolge des Unwetters zu einem wahren Strom angeschwollen. In seinen erdbraunen Fluten trieben Äste und Laub, auch eine oder zwei Leichen glaubte Ricarda darin zu erblicken, aber vielleicht spielten ihr auch nur ihre an Schreckensbilder gewohnten Augen einen üblen Streich.

Schweigend stapften die beiden jungen Frauen voran. Niemand begegnete ihnen; es war, als seien sie die letzten noch lebenden Menschen.

Ricarda dachte über die Wandlung ihrer Begleiterin nach: Neuerdings verhielt sich Agnes sehr merkwürdig. Von der Todesangst, die sie am Tag des hunnischen Überfalls durchlebt hatte, war nichts mehr geblieben. In der Höhle schien etwas Merkwürdiges mit ihr geschehen zu sein. Plötzlich redete sie wie eine Prophetin daher.

„Eines Tages wird Gressiona wieder auferstehen!“, hatte sie behauptet. Und von einer künftigen Königin gesprochen. „Sie wird so klug und so schön sein wie du, Ricarda!“

Es war nicht bei dieser einen seherischen Bemerkung geblieben. In der Nacht war Agnes keuchend aus dem Schlaf gefahren.

„Alles ist gut! Wir sind in Sicherheit!“, versicherte ihr Ricarda.

„So viele Wesen, so viele Seelen ...“

„Wie meinst du das?“

„Sie sind hier. Ich spüre es.“

„Wer?“

„Eine alte fromme Frau ... Ein Mönch ... Zwei junge Menschen ... Ein gefangenes Kind ...“

„Aber hier ist niemand, Agnes. Niemand. Nur wir beide!“

„Sie sind hier! Nicht jetzt, nicht in unseren Tagen. Sie sind hier – in einer anderen Zeit!“

Daraufhin schwieg sie, und Ricarda ließ es auf sich beruhen.

Der Wald, durch den sie nun schritten, mutete Ricarda so geheimnisvoll an wie die merkwürdigen Visionen ihrer Freigelassenen. Eine dunstigrote Sonne stand über ihnen, kein Windhauch regte sich, und die Luft war schwer von Geruch nasser Erde. Ganz in der Nähe schrie ein Häher.

Unvermutet blieb Agnes stehen. Die Augen hielt sie fest geschlossen, sie begann zu zittern, als fröre sie. Ricarda musterte sie schweigend, abwartend, was dieses Verhalten nun wieder zu bedeuten habe. Nach einer Weile öffnete Agnes die Augen und sah sich abrupt um; dann seufzte sie bitter.

„Siehst du das Kreuz?“ Mit dem Kinn wies sie auf eine Stelle am Wegesrand.

„Nein, ich sehe dort kein Kreuz“, entgegnete Ricarda geduldig.

„Ein Kreuz aus Stein!“, beharrte Agnes. Lautlos bewegte sie die Lippen, als versuche sie eine Inschrift zu entziffern.

Ricarda schwieg. Agnes war Christin, und ihr Glaube war so inbrünstig, dass sie wohl schon Kreuze sah, wo es keine gab. Ihr zuliebe hatte Ricard sogar das Medaillon mit dem Jupiterkopf weggeworfen.

„Gott sei seiner Seele gnädig", flüsterte Agnes und bekreuzigte sich.

„Wirst du mir dein Geheimnis erzählen?", fragte Ricarda vorsichtig.

„Geheimnis?"

„Das Kreuz aus Stein! Was hat es damit auf sich?"

„Ah! Du kannst es nicht sehen!"

Ricarda schüttelte bedauernd den Kopf.

„Es steht in einer anderen Zeit. Errichtet wegen einer Bluttat ..."

„Was ist bloß in der Höhle mit dir geschehen, Agnes?"

„Der Mensch kann sich nicht aussuchen, was mit ihm geschieht. Es ist Gott, der uns lenkt."

„Ja, so wird es wohl sein!" Lächelnd reichte Ricarda ihr eine Hand. „Komm, lass uns weitergehen."

Sie schätzte, dass ihnen zwei oder drei Tagesmärsche bis zur Römerstadt am Rhein bevorstanden.

*

Die Stadt war voller Flüchtlinge. Ricarda und Agnes waren beileibe nicht die Einzigen, die sich auf der Flucht vor den Hunnen befanden. Unterwegs hatten sie brennende Dörfer gesehen, zerstörte Gehöfte, gemordete Menschen, ungezählte Kadaver. Häufig hatten sie sich verstecken müssen, um den hunnischen Feinden nicht über den Weg zu laufen. Einmal jedoch hatten zwei betrunkene Hunnenknechte sie hinter einem Gebüsch entdeckt, da waren sie in höchste Gefahr geraten. Berauscht vom Wein, den die Kerle irgendwo geraubt hatten, erwachte ihr Hang zur Grausamkeit. Ricardas und Agnes mochten sich noch so wild und verzweifelt zur Wehr setzen, nicht lange, und sie waren überwältigt. Mit einem Messer schlitzte einer der Berauschten Ricardas linke Wange auf.

Doch noch bevor sie weitere Gräueltaten an den Frauen begehen konnten, tauchten in der Ferne fünf Reiter eines römischen Hilfstrupps auf. Rasch suchten die Hunnenknechte das Weite. Die Reiter setzten ihnen nach. Ricarda und Agnes waren gerettet.

Agnes kniete sich neben ihre frühere Herrin, um mit höchster Fürsorge nach ihrer Wunde zu schauen.

„Es ist nichts Schlimmes", winkte Ricarda ab, obwohl die Verletzung fürchterlich blutete und höllisch schmerzte. Agnes riss ein Stück Stoff vom Saum ihres Kleides ab und presste es gegen die Wunde. Ricarda ließ es geschehen. Erneut war ihr aufgefallen, dass Agnes in der Gefahr erstaunlich wenig Angst gezeigt hatte.

„Wir hätten sterben können", sagte Ricarda herausfordernd.

Agnes schüttelte den Kopf. „Nein! Die Zeit zum Sterben ist noch nicht gekommen!", entgegnete sie fest.

Teil I.

Eine neue Zeit

1.

Neujahr 1000 A.D., des Gaugrafen Hügelburg bei Jülich

Am frühen Morgen erwachte Gaugraf Gerhard mit dröhnendem Schädel. Der Schmerz wurde noch heftiger, als er versuchte, die verklebten Lider zu öffnen und eine Flut von grellem Licht in seine Augen strömte. Ächzend schlug er sich die Hände vors Gesicht und rang um Orientierung. Allmählich kamen die Erinnerungen zurück. Trotz des elenden Zustandes, in dem er sich befand, verzogen sich seine Mundwinkel zu einem bissigen Lächeln. Der Weltuntergang war ausgeblieben. All diese Narren, die an das Ende der Welt geglaubt hatten, sie hatten sich lächerlich gemacht. Blamiert bis auf die Knochen waren sie, denn die Silvesternacht war vorübergegangen wie jede Nacht seit Beginn der Menschheit. Weder Engel, Teufel noch die apokalyptischen Reiter waren erschienen, um sich der Menschheit zu bemächtigen, ganz zu schweigen von Christus, dessen Wiederkunft vermutlich erst in ferner Zukunft stattfand – wenn überhaupt. Der Gaugraf hegte schon seit langem den Verdacht, dass die Menschen Gott gleichgültig geworden waren. Warum sonst hätte er geduldet, dass ehrlose Gestalten wie beispielsweise jener Magnus sich Gottes Diener nennen durften?

Ihm, Gerhard, konnte das alles nur recht sein. Der Jüngste Tag wäre ihm höchst ungelegen gekommen, denn er wusste selbst, dass er kein gottgefälliges Leben führte. Eines Tages, wenn er seine letzte Stunde nahen fühlte, konnte er immer noch Buße tun. Denn Gott verzieh jenen, die ihre Sünden beichteten, selbst wenn dies erst in der Stunde des Todes geschah. Warum also ein freudloses Leben in Enthaltsamkeit und Gottesfurcht führen, wenn es auch anders ging?

Gewiss, ein Mann wie Magnus durfte nicht so denken. Dass er gleichwohl fröhlich sündigte, war sein eigenes Problem. Gerhard war froh, dass es Kreaturen wie den feisten, rotbärtigen Wandermönch gab, derer er sich nach Herzenslust bedienen konnte.

Er erinnerte sich: Gestern hatte Magnus ihn in seiner Hügelburg aufgesucht. Einen Krug Wein nach dem anderen hatten sie geleert.

Und dann hatte er den umtriebigen Wandermönch zum Dorfpfarrer von Aecheze bestellt. Denn Vater Bartholomäus, der das Amt bis vor kurzem noch ausgeübt hatte, war auf mysteriöse Weise verschwunden. Also wurde Magnus sein Nachfolger, was für ihn recht lukrativ war. Nun musste er nämlich nicht mehr durch die Lande ziehen, war nicht länger abhängig von der Herzensgüte der Menschen, die er freilich oft genug übers Ohr gehauen hatte. Magnus saß jetzt in einem gemachten Nest. Und er wusste genau, welche Gegenleistungen der Gaugraf von ihm erwartete. Magnus war sozusagen Gerhards Kreatur, Wein und Wohlwollen waren ihm nur dann gewiss, wenn er ihm bedingungslos zu Willen war. Beichtgeheimnisse zählten nichts, wenn das Wissen um die Sünden der Untertanen für den Gaugrafen von Belang sein konnte.

Gerhard unternahm einen neuen Versuch, die Augen zu öffnen. Nachdem er sich an die Helligkeit gewöhnt hatte, richtete er sich auf. Alles schien sich zu drehen, einen Moment lang glaubte er, er müsse sich übergeben, bevor sein Magen sich wieder beruhigte. Die rotierende Umgebung kam allmählich zum Stillstand, wenngleich er alles wie durch einen Schleier wahrnahm.

Er sah sich um. Die Erinnerungen an die vergangene Nacht kehrten zurück. Während ein Großteil der Menschheit zitternd und betend auf das Ende der Welt gewartet hatte, hatten er und Magnus ihr neues Bündnis durch eine zünftige Orgie bekräftigt. Nicht nur Wein und Braten, selbstverständlich hatten auch willige Weiber dazugehört. Zwei von ihnen waren immer noch hier; schlafend lagen sie, nur mit einem Fell bedeckt, vor seiner Bettstatt, den schnarchenden Magnus in ihrer Mitte. Umgestürzte Krüge kündeten von dem gewesenen Treiben, Kleidungsstücke und abgenagte Knochen lagen verstreut umher.

Wie immer, wenn sich seine Lust ausgetobt hatte, war ihm die Gegenwart der Gespielinnen zuwider. Nichts weiter als tumbe Bauernmägde waren sie, die den Geruch des Viehs niemals loswurden. Auch den feisten Mönch mochte er nicht mehr sehen. Reste von Erbrochenem klebten in seinem roten Bart, der Kerl war ihm widerwärtiger denn je. Er versetzte ihm einen Tritt gegen das Schienbein, das unter dem Fell hervorlugte, doch Magnus grunzte nur und schnarchte dann weiter. Auch die Frauenzimmer wollten nicht aufwachen; missmutig betrachtete Gerhard ihre verquollenen Gesichter. Schließlich suchte er seine verstreute Kleidung zusammen und zog sich an. Er brauchte frische Luft.

Vor dem Gemach lungerte ein junger Diener herum, das Gesicht gezeichnet von einer schlaflosen Nacht. Anders als der Gaugraf hatte der Bursche den Weltuntergang durchaus für möglich gehalten. Gleichwohl hatte er seinem Herrn und den schamlosen Gästen die ganze Nacht über zu Diensten sein müssen.

„Siehst du, Bruno? Völlig umsonst hast du Hasenfuß gebibbert“, brummte der Gaugraf. „Die verdammte Welt wird uns so leicht nicht los.“

Der Diener nickte. *„Der Herrgott wollt' die Sünder strafen, den Jüngsten Tag hat er verschlafen.“* Reimen war seine Leidenschaft.

Gerhard grinste. „Du gotteslästerlicher Wicht wirst einst in der Hölle schmoren, fürchte ich.“

„Warum nicht? Bestimmt werden dem Teufel meine Gedichte gefallen.“

„Mein Sohn – wo ist der Bursche?“

„Schläft, Herr.“

„Wo hat er die Nacht verbracht?“

„Ich weiß es nicht. Er war ausgeritten und ist vorhin erst zurückgekehrt.“

Gerhard hatte eine leise Ahnung, wohin Tassilo die Nacht der Nächte verbracht haben könnte. Er ist und bleibt ein unverbesserlicher Narr, dachte er bei sich.

„Geh und sattle mein Pferd. Ich brauche etwas Abkühlung.“

„Ja, Herr.“

„Sorg dafür, dass der Mönch und die Weiber verschwunden sind, wenn ich wiederkomme.“

„Verlasst Euch auf mich, Herr.“ Der Diener verschwand.

Gerhard war sehr durstig. In der Küche fand er einen Krug frischen Wassers, den er sich gierig an die Lippen setzte. Welche Wohltat! Dann machte er sich auf den Weg nach draußen, um wie ein Feldherr vom Hügel der Kernburg aus die verschneite Landschaft zu überblicken. Die Holzbauten der Vorburg verschmolzen mit dem Schnee, der alles umspannende Wassergraben war als solcher nicht mehr erkennbar, sondern bildete einen Ring aus glattem Weiß. In der Ferne wirkten die Wälder wie verschlossene Mauern zu einem geheimnisvollen Reich. Gleichwohl, nie war diese kühle Welt dem Gaugrafen so real und greifbar erschienen wie heute.

„Weltuntergang“, zischte er verächtlich.

Bald darauf saß er auf seinem Rotschimmel und verließ sein Domizil Richtung Süden. Der Schnee war pulvrig und bereitete dem Pferd kaum Mühe. Gerhard genoss den frischen Wind, der in sein Gesicht blies und ihm half, seine Gedanken zu ordnen.

Ein neues Jahrtausend! Was würde es bringen? Das Leben hatte ihm bislang nicht jeden Wunsch erfüllt. Ja, es hatte ihn sogar lächerlich gemacht, damals, als er der Gefangene von Strauchdieben gewesen war. Zwei Tage lang hatte er gefesselt in einem elenden Erdloch gehockt und den Spott der Halunken ertragen müssen. Viele, viele Jahre lag das zurück, doch kein Tag war seither vergangen, wo er nicht an dieses schmachvolle Erlebnis gedacht hätte. Es war seine erste Bewährungsprobe als Befehlshaber gewesen – von Kindheit an hatte er ein siegreicher Heermeister sein wollen, wie sein Großvater, einer der Helden der großen Ungarnschlacht –, doch er war jämmerlich gescheitert, hatte die Ratschläge der erfahrenen Recken, die ihn begleiteten, hochmütig in den Wind geschlagen. Wie ein Tölpel hatte er sich von den Banditen in eine Falle locken lassen. Endlich hatten sein Vater und dessen Männer ihn befreit. Nicht als Held kehrte er heim, sondern als törichter Hitzkopf, der große Mühe hatte, seine Wut auf die Welt und den Zorn gegen sich selbst im Zaum zu halten. Dem Anführer der Bande hatte er eigenhändig den Kopf abgeschlagen. Doch selbst dies war nicht im Zweikampf geschehen, denn der Halunke war gefesselt und somit wehrlos gewesen. Den Männern, die an seiner Befreiung mitgewirkt hatten, wurde strenges Stillschweigen auferlegt. Bis heute wussten deshalb nur Wenige von seinem kläglichen Versagen. Weil die Welt seitdem in Frieden lebte, stand seine Bewährung als Krieger immer noch aus. Die Scharte auszuwetzen, die ihm damals im jugendlichen Überschwang widerfahren war, das war sein brennendes Verlangen. Der Tag würde kommen, an dem er der Welt zeigte, welch begnadeter Heermeister in ihm steckte. In die Fußstapfen seines Vaters Wilhelm würde er treten, der in der Ungarnschlacht durch große Tapferkeit zum Erfolg des königlichen Heeres beigetragen hatte: Nach dem Tod des Roten Konrad nämlich, des Herzogs von Lothringen, war es Wilhelm gewesen, der die Männer des Herzogs aus ihrer Lethargie gerissen und zu neuen Taten angespornt hatte, indem er todesmutig durch die Reihen der Ungarn ritt, sie reihenweise niedermachte und dabei selbst auf wundersame Weise unverletzt blieb. Seither war Wilhelm eine Legende gewesen.

Indes, er war schon vor langer Zeit gestorben, denn auch Heldentum bescherte niemandem ein biblisches Alter, viel öfter war das Gegenteil der Fall. Gerhard jedoch lebte, und er war fest entschlossen, einst gleichfalls als Held den Weg allen Fleisches anzutreten. Auch keine prophezeiten Weltuntergänge würden ihn daran hindern. Und immerhin, so zumindest hieß es in den Überlieferungen seiner Ahnen, floss das Blut der alten Römer in ihm, die sich einst die Welt untertan gemacht hatten.

Der Himmel, der sich in der vergangenen Nacht keineswegs geöffnet hatte, strahlte in hellem Blau. Ein Fuchs huschte über den Weg, in seinem Maul eine leblose Maus. Der Anblick des Reiters erschreckte den Räuber, hastig verschwand er hinter kahlen Büschen. Gerhard bereute, seinen Jagdbogen nicht bei sich zu haben, er hätte den Fuchs liebend gern getötet. Doch an den Bogen hatte er nicht gedacht, wie ärgerlich. Ohne Waffe war er dennoch nicht losgeritten. Er legte eine Hand auf den Knauf des Schwertes, das er an der Seite trug, als würde schon die Berührung ihn besänftigen. Eine Weile noch verfolgte er den Fuchs mit seinen Blicken und spielte mit dem Gedanken, ihm nachzusetzen, vielleicht konnte er den Fuchs ja vom Sattel aus mit einem Schwerthieb erledigen. Letztlich aber besann er sich, der Fuchs würde ihm im Schnee mühelos entwischen. Dies wiederum hätte eine weitere Verschlechterung seiner Laune zur Folge, dachte der Gaugraf, und daran war ihm nicht gelegen. Nicht zum Jagen war er losgeritten: Es zog ihn zum Lager der Eremiten.

Es gelüstete Gerhard, ihre verdutzten Gesichter zu betrachteten, nachdem der Weltuntergang ausgeblieben war. Einige seiner Bauern befanden sich unter diesen Wahnsinnigen; sie hatten nun nicht länger Grund, sich ihren Pflichten zu entziehen, ab heute wehte wieder ein anderer Wind. Er war allzu nachsichtig mit ihnen gewesen, aber damit war es jetzt vorbei.

Begonnen hatte die Posse, nachdem am Rymelsberg vor einigen Wochen der Hof eines Bauern namens Pippin abgebrannt war. Pippin war dabei ums Leben gekommen und elend verbrannt, doch seine Familie war darauf in den Wald gegangen, anstatt ein neues Haus zu errichten und ihm, dem Gaugrafen, weiter dienstbar zu sein. Bis zum Tag des Jüngsten Gerichtes, so erfuhr man, wollten sie in aller Abgeschiedenheit ein Leben als fromme Eremiten führen. Was Gerhard nicht nur ärgerlich, sondern vor allem unverfroren fand, denn Pippin und seine Familie waren seine Leibeigenen. Für gewöhnlich hätte er nicht lange gefackelt und die Geflohenen mit Gewalt zurückgeholt, doch die Angelegenheit lief plötzlich aus dem Ruder. Denn andere Bauern der Umgebung schlossen sich den Eremiten an, die Gruppe wuchs und wurde ständig größer, und eine Beendigung des Spuks hätte wohl ein Blutbad zur Folge gehabt, weil keiner dieser Narren willens war, nach Hause zurückzukehren. Gerhard hatte einsehen müssen, dass es ihm wenig nützte, wenn er sie alle erschlug, denn Tote konnten erst recht keine Felder bewirtschaften. Also war es das Beste, den Neujahrstag abzuwarten, an dem zwangsläufig alle wieder zur Besinnung kommen mussten.

Dieser Tag war heute.

Eremiten der letzten Tage, so hatten sich die Einfaltspinsel genannt. Gerhard freute sich, ihnen die Leviten zu lesen; desillusioniert und kleinlaut würden die Beschämten endlich heimkehren und konnten noch froh sein, wenn er sie nicht bestrafte. Sie würden ihn anflehen, gnädig und nachsichtig mit ihnen zu sein, dem Teufel würden sie die Schuld für ihre Verirrung geben. Vor allem aber fieberte Gerhard dem Wiedersehen mit der jungen Richarda entgegen.

Sie war die Anführerin der Eremiten und älteste Tochter des in den Flammen umgekommenen Bauern Pippin. Sie hatte kastanienbraunes Haar, war gut gewachsen und begehrenswert. Schon als Kind hatte sie seine Aufmerksamkeit erregt. Es gab nicht viele betörende Weiber in der Umgebung, die er sich nicht – notfalls gewaltsam - gefügig gemacht hätte, aber Richarda, die Hübscheste von allen, gehörte ärgerlicherweise zu dieser winzigen Minderheit. Neulich, als er sie fast schon überwältigt hatte, war ihr nichtsnutziger Bruder aufgetaucht und hatte gedroht, ihn zu töten, wenn er die Schwester noch einmal anrühre. Das war im Grunde zum Lachen gewesen, hatte ihm aber vorläufig die Lust genommen. Gerhard hatte zudem darauf verzichtet, den Bauernlümmel zu maßregeln, das würde er heute nachholen. Und auch Richarda würde er sich endlich vornehmen, denn sie hatte allen Grund, sich demütig und unterwürfig zu zeigen.

Andererseits – er spürte sein Herz klopfen – war Richarda nicht wie die anderen Frauenzimmer, die er je geschändet hatte. Nicht umsonst war sie die Anführerin der Eremiten, deren Zahl inzwischen sechzig betrug, wie behauptet wurde. Die Leute waren Richarda gefolgt, weil sie etwas Besonderes ausstrahlte. Womöglich war sie nicht einmal besonders klug, dafür war sie viel zu fromm, fand der Gaugraf. Doch manch einer sagte ihr Wunderkräfte nach. Vor einigen Jahren, als eine Seuche in der Gegend grassierte, war es Richarda gewesen, die sie zum Erliegen gebracht hatte. Jedenfalls behaupteten das einige Bauern aus der Umgebung. Die einen schrieben es Richardas Gebeten zu, die anderen ihrer Empfehlung, Brot zu meiden. Zuvor hatte es eine Missernte gegeben, und vielleicht hatte es ja tatsächlich am verdorbenen Getreide gelegen, dass die Leute reihenweise erkrankten. Bartholomäus, der Dorfpriester von Aecheze, hatte damals den Verdacht gehegt, Zauberei könnte hinter alldem stecken, doch niemand wollte etwas davon wissen. Auch Gaugraf Gerhard nicht. Zauberei, das war nicht die Welt, über die er Gewalt besaß. Die Weiber hatten gefügig zu sein, alles andere war indiskutabel.

Bemerkenswert war, dass jene Richarda auch Tassilos Interesse geweckt hatte. Anders als sein brünstiger Vater schien sich der junge Tassilo nie viel aus Frauen gemacht zu haben. Eines Tages jedoch stellte Gerhard fest, dass Tassilo an dem Bauernmädchen Gefallen gefunden hatte. Gerhard fand das amüsant, zumal der Sohn es dabei beließ, sie zu bewundern, anstatt sich einfach zu nehmen, wonach die Natur drängte. Diese Zurückhaltung stand ihm als künftigem Gaugrafen nicht gut zu Gesicht, fand Gerhard, aber es bestand ja noch die Hoffnung, dass die Gehemmtheit des Sohnes sich legte, auch wenn er inzwischen achtzehn Lenze zählte.

Wie doch die Zeit verging.

Gerhard dachte zurück an das Jahr, als der ersehnte Sohn geboren wurde, doch sein Weib, das er sogar gemocht hatte, war im Kindbett gestorben. Er war der Gattin immer treu geblieben; erst nach ihrem Tod hatte er seiner unersättlichen Gier nach anderen Frauen nachgegeben und feststellen müssen, dass diese Gier mit jedem Beischlaf wuchs und zu einem echten Laster wurde. Zwar war diese Glut im Lauf der Jahre etwas abgekühlt, doch erloschen war sie keineswegs. Und Richarda, das hübsche Haupt der Eremiten der letzten Tage, würde das später zu spüren bekommen. Die Schlampen, die ihm in der vergangenen Nacht beigelegen hatten, waren nicht nach seinem Geschmack gewesen.

Er war schon eine Weile unterwegs, als der Rymelsberg sich vor ihm aus der offenen Feldflur erhob. Mehr Hügel als Berg war die Erhebung, bedeckt vom Weiß des Winters, auf der Kuppe die Fundamente einer uralten Ruine, einst ein Wachturm der Römer, wie die gängigste Erklärung lautete. Um den Rymelsberg herum lagen verstreut einige Höfe und Hütten, doch die waren unbewohnt, weil die Bewohner sich den Eremiten angeschlossen hatten. Der Gaugraf hatte angenommen, dass zumindest einige von ihnen bereits zurückgekehrt seien, nachdem das Ende der Welt ausgeblieben war. Doch nirgends stieg Rauch von den Dächern empor, was vermutlich bedeutete, dass sie sich nach wie vor im Lager der Eremiten befanden, mitten in dem ausgedehnten Wald, der sich hinter dem Rymelsberg erstreckte.

Zum Lager also, sagte sich Gerhard. Ohnehin hatte er nicht geglaubt, dass er Richarda woanders finden würde.

Im Wald begegnete ihm die alte Judith. Beinahe erschrak er, als sie plötzlich am Wegrand stand, gehüllt in eine abgetragene Kutte aus grobem Leinen. Finster starrte sie zu ihm empor.

Gerhard – fast hätte er sein Schwert gezogen – atmete auf und zügelte sein schnaufendes Pferd. Judith war eine Klausnerin; seit vielen Jahren lebte sie in diesem Wald, um ein Leben in frommer Abgeschiedenheit zu führen. Die Leute verehrten sie. Zwar gehörte sie nicht der Eremitengemeinschaft an, doch unschuldig war sie wohl nicht an der Entwicklung gewesen. Richarda hatte nie einen Hehl daraus gemacht, dass die Klausnerin ihr großes Vorbild war, schon als Kind hatte sie Judith in ihrer Klause besucht, und die Alte hatte dem Bauernmädchen offenbar den hübschen Kopf mit frömmlerischen Gedanken gefüllt.

„Was glotzt du mich an, als sei ich ein Gespenst?“, herrschte Gerhard sie an. „Hast du nichts Besseres zu tun? Geh deiner Wege.“ Er fühlte sich unbehaglich unter ihrem kühlen Blick. Judith war hochgewachsene Frau von hagerem Äußeren. Ein knochiges Gesicht, umrahmt von einem Schleier, verlieh ihr zusätzlich Strenge. Sie waren einander nie begegnet und kannten sich allein vom Hörensagen; gleichwohl wussten beide genau, wen sie vor sich hatten.

„Ihr macht einen gehetzten Eindruck, Gaugraf“, entgegnete sie unbeeindruckt.

„Es ging mir noch nie besser.“

„Ihr seid auf dem Weg zu den Eremiten, nehme ich an.“

„Ich will mir die Schäden ansehen, die der Weltuntergang angerichtet hat. Vielleicht brauchen die Ärmsten ja meine Hilfe.“

Sie ging nicht auf seinen Spott ein. „Was immer Ihr auch vorhabt, bedenkt, der Segen des dreieinigen Gottes liegt über diesen Menschen.“

„So? Ich wundere mich, was eine entlaufene Nonne alles über Gottes Willen weiß.“

Bevor sich die Klausnerin vor langer Zeit in den Wald zurückgezogen hatte, war sie Nonne im Kloster St. Maria im Kapitol zu Köln gewesen. Die Beleidigung des Gaugrafen ließ sie kalt. „Richarda ist ein Werkzeug Gottes. So wie Ihr und ich, Gaugraf."

„Du hast ihr jahrelang nur Flausen in den Kopf gesetzt. Viele meiner Bauern sind bei ihr. Das ist gegen Gottes Ordnung, das weißt du genau. Damit wird es jetzt vorüber sein."

Er schnalzte mit der Zunge, um seinen Rotschimmel voranzutreiben, doch die Klausnerin stellte sich ihm in den Weg.

„Was fällt dir ein, Weib?", brüllte der Gaugraf mit zornrotem Gesicht.

„Die Welt ist nicht so, wie sie scheint", sagte Judith, als sei dies eine Antwort.

„Geh mir aus dem Weg!"

„Ihr begehrt Richarda, streitet es nicht ab. Doch ich warne Euch: Wenn Ihr sie auch nur anrührt, ist die Hölle Euch gewiss!"

„Was faselst du da? Gib den Weg frei, sonst reite ich dich über den Haufen!"

„Die Hölle!", sagte sie noch einmal, bevor sie beiseite trat und ihn passieren ließ.

Dem Gaugrafen war die Laune nach dieser Begegnung gründlich verhagelt. Was bildete sich dieses wild gewordene Weib nur ein? Für wen hielt sie sich? Die Menschen mochten sie hochschätzen, aber deshalb hatte sie noch lange nicht das Recht, mit ihm, dem Gaugrafen, zu sprechen wie mit einem ungezogenen Knaben. Warum hatte er sie für ihre Unverschämtheit nicht einfach gemaßregelt? Mit einer deftigen Ohrfeige wäre sie noch gut bedient gewesen, aber er hatte es dabei belassen, ihr lediglich zu drohen. Das bereute er nun. Doch kehrtmachen, um das Versäumte nachzuholen, war ihm die Mühe letztlich auch nicht wert. Es drängte ihn, endlich das Lager der Eremiten zu erreichen.

Der Wald mit seinen schneebeladenen Bäumen, deren Äste sich unter der weißen Last tief beugten, rauschte an ihm vorüber. Gerhard wünschte sich, er hätte einen Weinschlauch mitgenommen, denn Wut machte ihn stets durstig. Ach, an nichts hatte er gedacht, weder an den Jagdbogen noch an Wegzehrung.

Er hatte das Eremitenlager fast schon erreicht, als er am Wegrand einen alten Hund erblickte. Sein struppiges Fell war so ergraut, dass er im Schnee erst auf den zweiten Blick auszumachen war. Gerhard glaubte sich zu erinnern, ihn schon einmal gesehen zu haben. Der Köter kam ihm gerade recht, er würde seinen Unmut als erster zu spüren bekommen.

Gerhard zog sein Schwert aus der Scheide.

2.

Rohe Gesänge rissen Tassilo aus dem Schlaf. Rasch begriff er, es waren Freudenlieder, die er hörte. Die Bediensteten seines Vaters feierten fröhlich das Fortbestehen der Welt.

Er rieb sich die Augen. Sehr lange konnte er nicht geschlafen haben, zwei, allenfalls drei Stunden. Erst am frühen Morgen war er heimgekehrt, nachdem er die Nacht in der Ruine auf dem Rymelsberg verbracht hatte.

Er hatte sich nach Richarda verzehrt, doch es war ihm ungehörig erschienen, sie in ihrem Lager zu besuchen. Schließlich erwartete sie dort, mitten im Wald, das Ende der irdischen Zeit, und vermutlich stand ihr nicht der Sinn nach einem Verehrer. Also hatte sich Tassilo damit begnügt, die Nacht einsam und schmachtend in der Ruine zu verbringen. Denn dort, am Rymelsberg, hatte Richarda ihr Leben verbracht, bevor sie zur Eremitin geworden war. Allein das Wissen, dass sie die Gegend als ihre Heimat ansah, war Tassilo ein Trost gewesen. Außerdem hatte er in der Nacht die Gesänge der Eremiten gehört, der Wind hatte sie über den winterlichen Wald bis zu ihm herüber getragen.

Nach Mitternacht waren die Melodien verstummt. Was mochten die Eremiten, was mochte Richarda empfunden haben, nachdem ihnen klar geworden war, dass der Herrgott noch nicht daran dachte, auf die Erde zurückzukehren? Gern hätte Tassilo Richarda tröstend umarmt, denn die Ereignislosigkeit der Nacht musste sie zutiefst verwirrt haben. Doch er beschloss, nichts zu überstürzen. So ritt er im Morgengrauen heimwärts und legte sich schlafen. Bis die Lieder des Gesindes ihn weckten.

„Die Engel suchten die Posaunen,
konnten letztlich nur noch staunen,
denn irgendwelche Zwerge
versteckten sie im Berge."

Tassilo erinnerte sich, dass manch einer noch gestern vor lauter Furcht kein Wort mehr über die Lippen bekommen hatte. Guta, eine der Mägde, hatte tagelang gekotzt ob der Vorstellung, von grässlichen Teufeln heimgesucht zu werden. Und nun trieb die Erleichterung die Menschen in den Übermut. Vor allem Bruno war in seinem Element.

„Der Weltuntergang blieb aus,
dem Herrgott war's ein Graus.
Richarda hat gelogen,
die Eremiten sind betrogen!"

Tassilo erhob sich von seinem Lager und kleidete sich an. Bruno betrat die Kammer, er grinste über beide Ohren.

„Bruno! Wie war der Weltuntergang?"

„Langweilig."

„Tja. Die Welt ist und bleibt eben ein Jammertal."

„Für ein lustiges Liedchen ist sie noch schön genug."

„Das hörte ich."

„Willst ausreiten? Wie dein Vater?"

„Mein Vater ist ausgeritten?"

„Ja, schon in der Frühe."

„Wohin ist er geritten?"

„Das hat er mir nicht gesagt. Meinte nur, er bräuchte etwas Abkühlung." Abermals grinste er. „Was man verstehen kann. Der Gaugraf hatte eine heiße Nacht."

Tassilo schwante nichts Gutes, er konnte sich denken, wohin es seinen Vater zog. Und es war besser, wenn er ihm auf der Stelle folgte.

„Sattle mein Pferd, Bruno, sei so gut."

In der Tat war die Verwirrung der Eremiten groß gewesen, nachdem ihnen bewusst wurde, dass sie vergeblich auf das Ende der Welt geharrt hatten. Doch am frühen Morgen war in ihrem Lager Bemerkenswertes geschehen: Man hatte Richarda zur Königin ausgerufen.

Weder Enttäuschung, noch Zorn, noch Resignation hatten sich breitgemacht. Gewiss, die Eremiten hatten Heim und Hof verlassen, denn die Mühen dieser Welt sollten ein Ende haben. Doch alles sollte anders kommen.

Begonnen hatte die neue Zeit mit einem Tanz.

Adam und Eva, die Zwillinge – man hielt sie für schwachsinnig, weil sie schielten und nicht richtig sprechen konnten –, hatten lebensfroh unter der aufgehenden Morgensonne getanzt, überglücklich über das unvermutete Fortbestehen der Welt. Die verblüfften Eremiten hatten ihnen dabei zugesehen und waren angesteckt worden vom Frohsinn der beiden. Letztlich hatten alle getanzt, gesungen und musiziert. Als sei ihnen eine drückende Last von den Schultern genommen worden.

Dann war Oda vor die Menge getreten. Ausgerechnet Oda, das blasse Mädchen, das nie viel sprach. Oda, die ihrer Heldin Richarda selten von der Seite wich.

Gott habe den Weltuntergang offenbar noch nicht gewollt, teilte Oda der Menge nüchtern mit, als habe sie nie etwas anderes getan, als den Willen Gottes zu kommentieren. Gott wolle vielmehr, dass sie Ihm alle weiter dienten, doch hierfür bräuchten sie eine Königin. Und diese Königin müsse Richarda heißen!

Die Eremiten hatten ihrer kurzen, aber erstaunlichen Rede aufmerksam zugehört. Niemand schalt sie eine Närrin.

Daraufhin hatte Odas Bruder Wigbert das Wort ergriffen. Von Kindheit an hatte er gern den Anführer gegeben, jetzt sah er die Gelegenheit gekommen, sich zum Haupt der Eremiten zu machen. Gewiss, Richarda sollte Königin sein, denn die Menschen verehrten sie, doch er selbst, so dachte er bei sich, würde der wahre Herrscher des neuen kleinen Reiches sein. Er würde dafür sorgen, dass kein Feind es jemals zerstörte. Er, der Sohn eines Töpfers, würde endlich ein Mächtiger sein.

„Als wir noch Kinder waren", erklärte er der Menge, „da war Richarda die Königin unserer kleinen Bande. Eines Tages ließ sie uns Kinder zusammenkommen, und wir schlossen einen feierlichen Bund. Wir wollten immer gute Werke tun, dem lieben Gott stets gefällig sein. *Für eine wunderbare Welt!* So lautete unsere Losung. Heute bin ich davon überzeugt, dass Richarda damals schon ahnte, was heute geschehen würde. Ja, auch ich will, dass wir sie zur Königin machen!"

„Für eine wunderbare Welt!", riefen die Eremiten entzückt.

Richarda vernahm den Jubel wie eine Träumende. Es konnte doch nicht der Ernst dieser Menschen sein, sie zu einer Königin zu machen. Sie, die ihnen den Weltuntergang vorausgesagt hatte. Dennoch trug man sie auf Schultern durch das Lager und ließ sie hochleben. Verwirrt bat sie darum, sich für eine Weile zurückziehen zu dürfen. Ihr Bruder Gero führte sie in die Klause.

Ein durchreisender Benediktinermönch aus Hersfeld, dem im Lager der Eremiten Quartier geboten wurde, war aufmerksamer Zeuge der merkwürdigen Ereignisse gewesen. Hilfe suchend wandte Richarda sich an ihn. Wenigstens er, der Fremde, ein Mann mit Bildung und Verstand, wenigstens er musste doch erkennen, dass die Menschen in diesem Lager verrückt geworden waren. Doch Bruder Meginhers Antwort ernüchterte Richarda ein weiteres Mal. Vielleicht sei es ihr ja tatsächlich bestimmt, so der Mönch mit feierlichem Ernst, dass sie die Königin dieser Menschen sei.

Rothaid, Richardas Mutter, weinte hemmungslos. Schon immer habe sie gewusst, dass ihre Tochter etwas Besonderes sei und der Herrgott Großes mit ihr vorhabe. Allein Gunda, Richardas jüngere Schwester und seit neuestem Wigberts Frau, erlaubte sich ein paar Spötteleien. Gunda, zwei Jahre jünger als Richarda, war immer schon eifersüchtig auf die Ältere gewesen, aber der Gedanke, immerhin Schwester einer *Königin* zu sein, war ja nicht zu verachten.

Schließlich gab Richarda nach. Sie trat vor die Menge und erklärte sich bereit, die Königin dieser Menschen zu sein. Ein neues Gression wolle sie gründen.

„Doch hört meine Bedingung!", rief sie. „Wir werden uns nicht mit den Sünden unserer Vorfahren beflecken. Unser Gression soll ein Ort der Frömmigkeit und Nächstenliebe sein. Nichts hat dauerhaft Bestand ohne Gott! Bis heute waren wir Eremiten. Wir werden auch künftig Eremiten bleiben. Die Zeichen der Zeit deuteten wir falsch, sie erwiesen sich als Irrlichter. Doch wir wollen jeden Tag so leben, als wäre es der letzte. Unser Gression soll die Sünde nicht kennen. Wenn dies auch euer Wille ist, kann ich eure Königin sein.

Doch dürft ihr mich nie so nennen, denn keiner unter uns soll über den anderen herrschen."

„Für eine wunderbare Welt!", rief Wigbert.

„Für eine wunderbare Welt!", antwortete die verzauberte Menge.

Das Geschrei der Eremiten hallte durch den Wald und verwirrte den Gaugrafen.

Eine wunderbare Welt?

Warum hielten diese Toren nicht schamhaft den Mund? Auf die Apokalypse hatten sie gewartet. Sie hatten keinen Grund der Welt, sich neuen Hirngespinsten zu widmen. Im Gegenteil, bald würde er sie alle heimwärts prügeln. Vorbei war es mit dem Müßiggang. Seine Geduld war am Ende.

Er betrachtete den blutigen Kadaver des alten Hundes. Ihn abzuschlachten hatte seinen Unmut kaum besänftigen können. Eine Weile verharrte Gerhard noch auf seinem Rotschimmel und horchte. Als das Geschrei endlich leiser wurde, atmete er dreimal tief durch. Es war an der Zeit, den Spuk zu beenden.

Bevor er sich wieder auf den Weg machte – das Lager war bereits in Sichtweite – bückte er sich noch einmal vom Rücken seines Pferdes herab und spießte den Hundekadaver mit seinem Schwert auf. Für ein altes Viech war der Köter recht schwer, aber Gerhard war ja kein Schlappschwanz, und so ritt er, das Schwert mit dem aufgespießten Hund wie ein Banner in die Höhe gestreckt, in das Lager ein, wo aufgeschreckte Menschen vor ihm beiseitesprangen.

3.

Am Omerbach, im Zentrum eines ausgedehnten Waldes, befand sich das Lager der Eremiten. Mittelpunkt war die Klause, in der bis vor wenigen Wochen noch die Einsiedlerin gelebt hatte. Doch Judith hatte die Behausung ihrer Schülerin Richarda sowie deren Mutter und Geschwistern überlassen, nachdem sie immer mehr Zulauf von Gleichgesinnten erhielten, die das Weltende gleichfalls in frommherziger Abgeschiedenheit erfahren wollten. Judith selbst zog sich, Richardas Widerrede zum Trotz, in eine kleine Waldhöhle zurück.

Die Klause, in der Richarda einst das Licht der Welt erblickt hatte, was sie freilich nicht wissen konnte, bestand aus den Mauerresten einer uralten Villa. An jenen Stellen, wo Dach und Wände seit langem verfallen waren, füllten Holz, Lehm und Flechtwerk die entstandenen Lücken. Doch noch immer vermochte der Anblick der zur Klause verwandelten Ruine einen Eindruck zu vermitteln, welch tüchtige Bauherren die Menschen früherer Zeiten gewesen sein mochten. Vieles sprach dafür, dass es sich um Relikte der untergegangenen Stadt Gression handelte. Weitere Ruinen fand man im Dickicht des Waldes und der ganzen Umgebung, sofern man danach suchte, was Richarda und ihre Freunde in ihrer Kindheit häufig getan hatten.

Um die Klause herum hatten die Eremiten, deren Zahl in den letzten Tagen stetig angewachsen war, Zelte und provisorische Behausungen errichtet. Nur ein Platz vor dem Klauseneingang, mehr als zwanzig Schritte im Quadrat, wo man sich zum gemeinsamen Gebet versammelte, war frei geblieben. Der gefrorene Wasserlauf des Omerbachs bildete eine der Grenzen des Lagers. So gut wie möglich trotzte man dem Winter.

Richarda und Rothaid hatten sich in die Klause zurückgezogen. Die Huldigungen der Eremiten hatten Richarda erschöpft. Sie war froh, mit ihrer Mutter ein paar unbelauschte Worte wechseln zu können.

Nie hatte Richarda ihre Mutter so glücklich erlebt. Rothaid hatte ein hartes, entbehrungsreiches Leben hinter sich. Von ihrem Mann

Pippin war sie schlecht behandelt worden; sein Feu
keineswegs in tiefste Trauer gestürzt, auch wenn
zugab, dass es ihr seitdem besser ging. Rothaid lie
Richarda abgöttisch. Dass man sie zu einer Königin gemacht
machte sie unsagbar stolz. Der Herrgott schenkte ihnen nun das Glück, das ihnen stets verwehrt geblieben war.

Was Richarda nicht wusste: In Wahrheit war Rothaid nicht ihre leibliche Mutter.

Vor sechzehn Jahren waren zwei Bauernmädchen aus Grecenich, Hiltrud und Hadwig, in der Klause der Judith erschienen. Hiltrud, die jüngere der Schwestern, ein halbes Kind noch, brachte mit Hilfe der Einsiedlerin ein Kind zu Welt. Ihren Eltern hatten die Mädchen die Schwangerschaft verheimlicht. Judith versprach, sich um den Säugling zu kümmern. Nur wenige Stunden zuvor war der Bauer Pippin vom Rymelsberg bei ihr erschienen, in seinen Armen ein toter Säugling. In einem Anfall blinder Wut hatte der gewalttätige Mann das schreiende Kind umgebracht und fürchtete, nachdem er wieder halbwegs zur Besinnung gekommen war, die Strafen der Hölle, die seine schändliche Tat unweigerlich nach sich ziehen würden. Von Judith hatte er die Loslösung von seiner Sünde verlangt.

Judith überließ den widerlichen Mann eine Weile seinen Höllenängsten; dann überreichte sie ihm Hiltruds Säugling. Gott habe sich seiner erbarmt und gebe ihm die Gelegenheit zur Läuterung, indem Er das Kind wieder zum Leben erweckt habe. Doch niemals dürfe er die Hand wieder gegen sein Kind oder sein Weib erheben.

So kam es, dass Pippin in dem Glauben, seine Tochter sei von den Toten erweckt, mit ihr nach Hause zurückkehrte.

Der Säugling war Richarda gewesen.

Natürlich bemerkte Rothaid den Schwindel, eine Mutter ließ sich keineswegs so leicht täuschen. Dies war auch der Klausnerin bewusst, aber es war wie eine unausgesprochene Übereinkunft zwischen den beiden Frauen: Rothaid würde Stillschweigen bewahren. Das Kind, mochte es auch die Leibfrucht einer Fremden sein, verhieß eine erträglichere Zukunft. Die Wahrheit kannten nur die Klausnerin und Rothaid. Jahre vergingen.

Schließlich kam der Tag, an dem Rothaid Hiltrud begegnete, Richardas leiblicher Mutter.

Hiltrud und ihre Schwester Hadwig waren im Lager der Eremiten erschienen, um in die Gemeinschaft aufgenommen zu werden. Zunächst hatte Rothaid nichts geahnt, Hiltrud war ihr sogleich eine Freundin geworden. Als sie aber zwei Tage vor der vermeintlichen Apokalypse gemeinsam zum Waldsee gegangen waren, um für den hungrigen Bruder Meginher ein paar Fische zu fangen, hatte Hiltrud vertraulich aus ihrer Vergangenheit geplaudert und sich der neuen Freundin mitgeteilt.

Rothaid war es dann wie Schuppen von den Augen gefallen: Hiltrud musste Richardas Mutter sein! Der Gaugraf hatte sie damals vergewaltigt, er war Richardas leiblicher Vater. Hiltrud hatte den Säugling der Klausnerin überlassen.

Nachdem Rothaid sich der wahren Umstände bewusst geworden war, war sie von heftiger Eifersucht gepackt worden. Richarda war ihr Ein und Alles – was, wenn auch die noch ahnungslose Hiltrud die volle Wahrheit erfuhr? Unerträglich war Rothaid der Gedanke einer Entfremdung zwischen ihr und Richarda.

Offenbar war es jedoch der Willen Gottes, dass die Wahrheit im Verborgenen blieb. Denn kaum hatte Hiltrud sich Rothaid anvertraut, geschah ein Unglück, das zugleich ein Wunder war: Das Eis des Waldsees, auf dem sie standen und fischten, brach ein, Hiltrud versank im bitterkalten Wasser. Rothaid selbst konnte sich rechtzeitig in Sicherheit bringen, unternahm aber nicht das Geringste, um der Ertrinkenden das Leben zu retten! Zum Lager zurückgekehrt, berichtete sie von dem schrecklichen Unfall. Einige Männer zogen los, um den Leichnam zu bergen. Man begrub Hiltrud innerhalb des Lagers und ging davon aus, dass sie, gemäß der Schrift, am bevorstehenden Jüngsten Tag wieder aus ihrem Grab steigen werde.

Nun, der Jüngste Tag war ausgeblieben, das Grab war immer noch da und war Rothaid ein Dorn im Auge, erinnerte es sie doch ständig daran, dass sie Hiltrud erbarmungslos hatte sterben lassen.

Rothaid schwelgte bereits in der Zukunft. „Sie werden nicht länger in Zelten leben“, erklärte sie Richarda euphorisch, „man muss solide Hütten für sie errichten. Ein prächtiges Dorf, vielleicht sogar eine Stadt wird das neue Gression sein."

„Gewiss, Mutter. Zerbrich dir nicht den Kopf darüber, die Männer werden es recht bald schon anpacken."

„Doch eines müssen wir rasch erledigen: Das Grab, es kann nicht länger dort bleiben, wo es jetzt ist. Dort werden bald Hütten stehen."

„Du meinst Hiltruds Grab? Gewiss, wir werden ihren Leichnam umbetten müssen, wenn es soweit ist."

„Sie sollen es bald tun! Heute noch!"

Richarda streichelte ihr über die grau gewordenen Haare. „Ich verstehe, dass ihr Tod dich tief bewegt, Mutter. Doch warum machst du dir so viele Sorgen? Hiltrud ist im Himmel, so oder so."

„Glaubst du etwa, ich hätte mehr tun müssen, um ihr zu helfen?"

„Unsinn. Ihr Tod ist nicht deine Schuld. Wie hättest du sie retten können, ohne selbst zu ertrinken? Du musst dir wirklich keine Vorwürfe machen. Mir ging es übrigens ähnlich wie dir, ich fühlte mich Hiltrud sehr nahe, auch wenn ich sie nur eine kurze Zeit lang kannte. Merkwürdig, nicht wahr?"

Rothaid legte ihr unwillig einen Finger auf den Mund. „Eine Königin sollte nicht plappern, Richarda. Niemals!"

Hufgetrappel und Geschrei ließen sie aufhorchen. Die Tür öffnete sich, Gunda steckte den Kopf hinein.

„Kommt schnell! Der Gaugraf ist da! Er hat Josef getötet!"

Das Bild, das sich Richarda und Rothaid bot, verhieß Unfrieden. Gaugraf Gerhard hatte vor der Klause, auf dem Gebetsplatz der Eremiten, Halt gemacht. Hoch zu Ross saß er, blickte verächtlich auf die Menschen, die ihn mit finsteren Mienen umringten. Entsetzt starrte Richarda auf den blutüberströmten Kadaver des Hundes, der vor ihren Füßen lag. Josef! Der treue Wolfshund, er hatte sie ihr ganzes Leben lang begleitet. Eine Träne rollte über Richardas Wange. Mit zitterndem Kinn wandte sie sich an den Schlächter.

„Warum habt Ihr ihn getötet?", fragte sie fassungslos.

„Warum, warum", äffte er sie nach, „weil er mir im Weg stand."

„Ihr habt den Hund der Königin getötet, Gaugraf!", rief die alte Thea.

Gerhard suchte die Ruferin in der Menge; dann brach er in lautes Gelächter aus. „Du nennst die Bauernschlampe eine Königin?"

Gero trat nach vorn, die Fäuste geballt. „Gebt Acht auf Eure Worte, Gaugraf!", sagte er grimmig.

„Sieh mal einer an! Der mutige Bruder unserer – *Königin*! Das trifft sich gut, Freundchen, denn auch mit dir habe ich noch ein Hühnchen zu rupfen." Er steckte das Schwert, das er bisher noch in der Hand gehalten hatte, mit aufreizender Langsamkeit in die Scheide zurück. Keiner sollte glauben, er habe Angst vor ihnen. Er war der Gaugraf, da bedurfte es keiner Waffe, um diese Tölpel in Schach zu halten. Mochten sie auch unverschämte Reden schwingen, weil sie sich gemeinsam stark fühlten, seiner Autorität hatten sie sich letztlich zu beugen. Tief sah er Gero in die Augen, streckte anklagend einen Finger auf ihn aus.

„Habe ich dir und deiner Familie da nicht gnädig Hilfe zugesagt, als euer Hof abbrannte? Aber wie hast du es mir gedankt? Anstatt eine neue Hütte zu errichten, bist du mit den anderen Schwachköpfen in den Wald gegangen, um dort auf das Ende der Welt zu warten. Der Herrgott lässt euch nun ziemlich töricht aussehen, findest du nicht? Ich sollte euch alle aufhängen lassen!"

Des Gaugrafen Worte hallten noch eine Weile nach. Die Eremiten schwiegen. Zu seiner Genugtuung stellte Gerhard fest, dass es durchaus beschämte Gesichter unter ihnen gab. Doch längst nicht alle waren von seiner Drohung beeindruckt. Ein junger Mann trat vor und stellte sich neben Gero; furchtlos hielt er dem Blick des Reiters stand und verschränkte die Arme vor seiner Brust. Das Fell eines Wolfes bedeckte seine Schultern, während Kopf und Rachen des erlegten Tieres wie eine Kapuze sein Haar bedeckten.

„Was glotzt du mich an? Wer bist du?"

„Mein Name ist Wigbert."

„Ah! Bist du nicht einer der Töpfer vom Rymelsberg?"

„Jetzt nicht mehr."

„So? Und was bist du nun?"

„Ich bin der Präfekt."

Einen Moment lang schien es, als wolle der Gaugraf erneut loslachen, doch es obsiegte die Verärgerung über den vorlauten Kerl.

„Präfekt, wie? Nicht nur, dass dieser klägliche Haufen von Missgeburten eine *Königin* hat, die ein lumpiges Kleid aus Leinen trägt, nein, es gibt sogar einen *Präfekten* an diesem lächerlichen Ort. Präfekt wovon eigentlich?“

„Von Gression“, erwiderte Wigbert ruhig.

Der Gaugraf funkelte ihn wütend an. „Du bist verrückt geworden, Töpfer.“

„Durchaus nicht“, widersprach die alte Thea.

Gerhard dachte eine Weile nach. Alle Augen blieben auf ihn gerichtet. „Nun gut“, rief er dann tief durchatmend. „Ich will Gnade vor Recht ergehen lassen! Alle, die mir verpflichtet sind, werden auf der Stelle heimkehren. Ich verspreche, niemanden zu bestrafen, sofern ihr euch wieder um die Äcker kümmert. Vergessen wollen wir diese Eremitenposse. Gott will, dass ihr lebt und arbeitet, das dürfte die Lehre sein, die ihr aus diesem unseligen Abenteuer zieht. Nur einmal mache ich euch dieses Angebot! Ihr habt keinen Grund mehr, länger zu verweilen. Bleibt ihr aber, werde ich dieses Lager dem Erdboden gleichmachen lassen.“

Jemand schälte sich aus der Menge. Gerhard blinzelte verwirrt. Ein ihm unbekannter Mönch, dessen Anwesenheit ihm bislang entgangen war, trat direkt vor ihn hin.

„Ich bin Meginher, Herr Gaugraf!“, kam der Mönch seiner Frage zuvor. Er war dick und hatte rote Wangen. Nachdem er seine Kapuze abgestreift hatte, kam ein runder, gänzlich kahler Kopf zum Vorschein. „In Hersfeld steht mein Kloster, viele Tagesreisen ostwärts. Mein Abt schickte mich nach Burtscheid zur Auslieferung eines Evangeliars. So kam ich in diese Gegend und erfuhr von den Eremiten, die hier in frommer Andacht auf die Wiederkunft Christi warteten. Ich beschloss, diese erstaunlichen Menschen zu besuchen. Gewiss, Mitternacht verstrich, und dem Herrgott hat es gefallen, die Welt fortbestehen zu lassen. Doch die Menschen verzagten nicht, ihr Glaube wurde nicht erschüttert, im Gegenteil, sie haben nunmehr beschlossen, ihr frommes Leben fortzuführen, denn sie verspüren eine Berufung. Ihr würdet wahrlich ein gutes Werk vollbringen, Gaugraf Gerhard, wenn Ihr sie nur gewähren ließet. Gottes Gunst wäre Euch gewiss – gibt es einen bequemeren Weg, Schätze im Himmelreich anzuhäufen? Die Jungfer Richarda, sie ist von Gott gesegnet und berufen, diesen Weg zu gehen. Unterstützt sie dabei, Gaugraf, und der Herr wird auch mit Euch sein!"

Der Mönch schwieg nun und lächelte, was Gerhard noch mehr in Wallung versetzte. Was bildete sich dieser Fettwanst eigentlich ein? Sprach, als habe ihn der Himmel geschickt, dabei sah er aus, als sei ihm selbst jede Askese fremd. Nein, Hunger hatte dieser Kerl nie gelitten, und wie ein Mystiker wirkte er auch nicht. Ohne Zweifel hatte er sich von Richarda einlullen lassen. Hübsche Frauenzimmer bekam dieser Meginher vermutlich nicht oft zu Gesicht, und wenn es geschah, dann rutschte ihm das Hirn in den Unterleib, wie jedem anderen Mann auch. Mochte er noch so hochtrabend daherreden, er war vom selben Schlag wie Magnus. Den gesamten Klerus hielt Gerhard für eine verlogene Bande.

„Nun, Bruder Meginher", erwiderte er mit mahlenden Kiefern, „Ihr solltet Euch wieder auf den Weg zu Eurem Kloster machen und diese Angelegenheit mir überlassen. Die Menschen, von denen Ihr sprecht, als seien sie Heilige, diese Menschen haben gegen den Willen Gottes verstoßen, indem sie ihrem Stand entflohen. Eine Königin haben sie sich erkoren." Sein Blick streifte Richarda, und wieder stieg Begehren in ihm hoch. Doch zunächst musste er dafür sorgen, dass die Bauerntölpel endlich nach Hause gingen. Es sah ganz so aus, als müsste er seine Drohungen noch einmal verschärfen. Unwillkürlich legte er eine Hand auf den Knauf seines Schwertes.

„Worauf wartet ihr noch?", rief er. „Verschwindet! Noch könnt ihr euer Leben retten. Bleibt ihr aber, werde ich dafür sorgen, dass euch die Eingeweide aus dem Leib gerissen und in den Mund gestopft werden, bevor man euch aufknüpft."

Eine Weile herrschte Schweigen. Meginher wischte sich den Schweiß von der Stirn. Nichts hatten seine blumigen Worte bewirkt. Die Grobheit des Gaugrafen entsetzte ihn.

Wigbert beendete die Stille. „Gaugraf!“ Er straffte sich und trat noch näher. Des Gaugrafen Rotschimmel begann nervös zu tänzeln, verängstigt durch den Wolfskopf auf dem Haupt des Sprechers. Mit einem wütenden Ruck der Zügel zwang Gerhard das Pferd, still zu stehen.

„Ihr nehmt den Mund etwas zu voll“, sagte Wigbert, indem er sich nach allen Seiten umsah. „Nirgends kann ich Eure Männer erblicken. Ihr mögt ein Schwert bei Euch tragen, aber wie viele von uns könnt Ihr damit erschlagen, bevor wir euch überwältigen? Zwei? Vielleicht drei. Und wer sollte uns dann daran hindern, *Euch* den Bauch aufzuschlitzen?“

„Was redest du da, Wigbert?“, warf Richarda tadelnd ein, „dies ist kein Ort der Gewalt. Niemandem wird hier ein Haar gekrümmt.“

„Mit Verlaub, Königin“, entgegnete Wigbert unbeeindruckt, „dieser Mann hat uns vorhin gedroht. Ich werde nicht zulassen, dass er uns daran hindert, Gottes Auftrag zu erfüllen.“

Bruder Meginher hob beschwichtigend die Hände. „Man sollte die Sache in Ruhe besprechen.“

„Es gibt nichts zu besprechen!“ Der Gaugraf zog sein Schwert.

„Um der Liebe Christi willen, haltet ein, Herr“, flehte Richarda.

„Es liegt auch an dir, *Königin*. Sag diesen Narren, sie sollen endlich zur Vernunft kommen.“

„Aber es ist wahr: Gott will, dass wir bleiben und Ihm dienen.“

„Und das hat Er dir selbst mitgeteilt, nehme ich an?“

Erstmals funkelte Trotz in ihren blauen Augen. „Die Menschen, die Ihr hier versammelt seht, haben in den vergangenen Tagen viel gebetet, Herr. Mitunter offenbart sich Gottes Willen auch im Gebet. Wir sind überzeugt, dass es Sein Wille ist, an diesem Ort zu leben.“

Der Anflug von Zorn, der sie überkommen hatte, machte sie für den Gaugrafen nur noch begehrenswerter. „Ja. So wie ihr alle überzeugt wart, dass zu Silvester die Welt untergeht.“

„Der Willen Gottes erschließt sich häufig erst auf Umwegen“, wandte Meginher ein.

„Wenn ich Eure Meinung hören will, Mönch, dann werde ich Euch das wissen lassen. Hört auf mich und verschwindet von hier!

Geht zurück in Euer Kloster, wo die Vorratskammern bestimmt reichlich gefüllt sind." Mit der Spitze des Schwertes berührte er Meginhers Bauch. Erschrocken wich der Mönch zurück.

„Hört!", rief der Gaugraf, indem er sich wiederum an die Versammelten wandte. „Ihr glaubt, den Willen Gottes zu erfüllen, doch in Wahrheit seid ihr des Teufels. Wer hätte jemals eine schmutzige Bauernmagd zur Königin gemacht? Seht sie euch an, sie taugt nur für das, wofür alle Weiber -"

„Ich sagte es bereits, gebt Acht, was Ihr über sie sagt", schnitt Gero ihm drohend das Wort ab.

Gerhard sah ihm tief in die Augen. „Du begehrst sie, nicht wahr? Du begehrst deine eigene Schwester. Deine Augen verraten dich, Bursche. Ha! Und dies soll ein Ort ohne Sünde sein?" Er lachte hohl.

Gero verlor die Beherrschung und stürmte auf ihn zu, packte das Bein des Reiters, um ihn aus dem Sattel zu zerren. Der Gaugraf war nur einen Wimperschlag lang überrascht, dann stieß er die Schwertspitze seinem Angreifer in den Arm.

Die Situation eskalierte.

Unverzüglich kam Wigbert seinem Freund zu Hilfe, weitere Männer, die keinesfalls als Feiglinge dastehen wollten, eilten hinzu, um den Gaugrafen daran zu hindern, sein Schwert wüten zu lassen. Freilich war das nicht einfach, denn der wenig zimperliche Gaugraf verstand zu kämpfen; schon spaltete sein Schwert den Schädel eines Bauern. Richardas entsetzter Aufschrei und ihre Aufforderung, das Kämpfen auf der Stelle einzustellen, gingen im Lärm unter. Der Tod des Gefährten aber stachelte die Widersacher des Gaugrafen noch mehr an; gegen zwanzig, wenn auch waffenlose Gegner, war er machtlos, und nachdem er noch einen weiteren Angreifer niedergestreckt hatte, wurde er aus dem Sattel gezerrt und entwaffnet. Auf dem Rücken liegend, unfähig sich zu bewegen, weil ein halbes Dutzend Männer ihn festhielten, sah er, wie Wigbert sich über ihn beugte und ihm die Spitze des Schwertes an den Hals setzte.

„Nun, Gaugraf?" Wigbert triumphierte. „Wollt Ihr uns immer noch ausweiden und aufknüpfen lassen?"

Der Gaugraf schluckte heftig und spürte, wie Bluttropfen seinen Hals herabrannen. Doch lieber wäre er gestorben als diesen Bastard mit der albernen Wolfskappe um Gnade anzuflehen.

„Es hat sich nichts geändert", zischte er verächtlich. „Und dich werde ich als ersten erschlagen, *Präfekt*. Eigenhändig. Mit deinen eigenen Därmen werde ich dich strangulieren."

Nur zu gern hätte Wigbert den Gaugrafen um sein Leben winseln sehen, doch er verbarg seine Enttäuschung. „Ach, wirklich? Und wenn ich Euch zuvorkomme? Was sollte mich daran hindern, Euch hier und jetzt zu töten?"

„Du wirst ihn *nicht* töten, Wigbert!" Richarda stand neben ihm und fasste ihn am Arm, der das Schwert hielt. Sie war kreidebleich; fassungslos blickte sie auf die beiden Leichen, die den Schnee in einem Umkreis von zwei Schritten blutrot färbten. Die Frauen der Getöteten knieten daneben, bittere Tränen vergießend. Auch Gero blutete, er hielt sich den linken Oberarm, wo ein Riss im Stoff seines Ärmels eine klaffende Wunde offenbarte. Seiner Schwester bedeutete er durch eine abwiegelnde Geste, dass die Verletzung nicht der Rede wert sei.

„Bitte, Wigbert. Lass ihn leben", sagte Richarda mit tonloser Stimme.

„Unnötig, dass du um mein Leben bittest", zischte Gerhard. „Er sollte mich besser töten, denn sonst werde ich es eines Tages mit ihm tun."

Oda, die Richarda gefolgt war, raunte ihr ins Ohr: „Er wird uns niemals in Ruhe lassen. Er muss sterben."

„Willst du, dass das neue Gression auf einen Mord begründet ist?", entgegnete Richarda und konnte kaum glauben, dass ihre sanftmütige Gefährtin sich so blutrünstig gab.

„Und wenn Gott ihn hierher geschickt hat, damit wir uns seiner entledigen können?"

„Wie kannst du glauben, dass Gott uns einen Mord begehen lassen will?"

„Seine Wege sind doch unergründlich, oder?"

„In der Tat. Doch an Seine Gebote werden wir uns halten. Wer das nicht einsieht, hat in unserer Gemeinschaft nichts verloren." Flüsternd, sodass nur Oda die Worte verstehen konnte, fügte sie hinzu: „Ich will solche Worte nie wieder von dir hören."

Oda wischte sich eine Träne aus dem Auge. „Ja, Richarda, nie wieder. Vergib mir."

„Töte ihn, Wigbert!", rief eine der beiden frisch gebackenen Witwen. Stimmen aus der Menge pflichteten ihr bei.

Immer noch hielt Richarda ihren Schwager am Arm, wenngleich sie niemals die Kraft besessen hätte, ihn am Todesstoß zu hindern. Wigbert musterte aufmerksam die Umstehenden, ohne das Schwert auch nur einen Fingerbreit zurückzunehmen. Er sah Wut und Unbehagen in ihren Mienen. „Richarda", sagte er leise, „wenn ich ihn töte, ist das *meine* Sünde. Niemand sonst wird sich dafür verantworten müssen. Ich bin bereit, es zu tun. Unser kleines Reich wird keinen ruhigen Tag mehr erleben, wenn wir ihn wieder gehen lassen."

„Wenn du ihn tötest, Wigbert, müsst ihr euch eine neue Königin suchen. Ich werde das Lager dann auf der Stelle verlassen." Ihre Stimme klang heiser und schwach, doch ihr eisiger Blick bedeutete allen Anwesenden, dass sie jedes Wort bitterernst meinte. Einen Moment lang schien es, als wollte Wigbert dennoch zustoßen, doch dann besann er sich. Ein neues Gression ohne Richarda konnte es nicht geben, soviel stand fest. Nie würden die Eremiten eine andere Königin akzeptieren. Und ihm, Wigbert, war viel daran gelegen, dass ihr kleines, eben erst gegründetes Reich fortbestand. Gression war seine große Chance. Eine Rückkehr zum Rymelsberg kam für ihn nicht infrage, auch deshalb nicht, weil der rachsüchtige Gatte der Madelgard, von der er sich unlängst hatte verführen lassen, ihm nach dem Leben trachtete.

Er spuckte neben den Gaugrafen in den Schnee, nahm das Schwert von seiner Kehle und trat widerwillig drei Schritte zurück.

Gerhard richtete sich langsam hoch, bis er wieder auf den Beinen stand. Abwechselnd bedachte er Richarda und Wigbert mit eisigen Blicken.

„Du hättest nicht auf sie hören sollen“, sagte er zu Wigbert. „Ich schwöre dir, der Tag wird kommen, an dem du bezahlen wirst.“

„Noch ist es ja nicht zu spät“, erwiderte Wigbert und wog mit einem schiefen Grinsen das Schwert in seiner Hand.

„Gib ihm die Waffe zurück!“, forderte Richarda ihn auf.

Wigbert sah sie ungläubig an. „Das kann nicht dein Ernst sein. Willst du, dass er mich schon heute umbringt? Ich behalte das Schwert.“

„Wer durch das Schwert lebt, wird durch das Schwert umkommen.“

„Sag das dem Gaugrafen.“

Richarda erkannte, dass Wigbert sich diesmal nicht überreden lassen würde. Sie presste die Lippen aufeinander. „Heute ist hier Blut geflossen, Herr Gaugraf. Warum sollte es nicht möglich sein, dass künftig Frieden herrscht zwischen Euch und uns?“

„Es wird noch viel mehr Blut fließen, Richarda. Du und deine Kreaturen – ihr seid es, die den Unfrieden in die Welt bringt.“

„Wir werden für Euch beten.“

Ein gehässiges Lachen war die Antwort. Gaugraf Gerhard hielt Ausschau nach seinem Pferd, das während des Tumults das Weite gesucht hatte.

„Ich fürchte, Ihr müsst zu Fuß gehen“, lachte Wigbert und sah Beifall heischend in die Runde, doch niemand stimmte in sein Gelächter ein; zu sehr bedrückte die Eremiten das soeben Erlebte.

Gerhard stieß einen hellen Pfiff aus. Gemächlich kam sein Rotschimmel herbeigetrabt. Was Wigbert auf eine neue Idee brachte.

„Nicht so hastig, Gaugraf. Euer Pferd behalten wir auch!“ Er nickte einem der Männer zu, von dem er wusste, dass er einmal Stallknecht gewesen war und mit Pferden umzugehen wusste; gehorsam griff dieser nach den Zügeln.

„Lass deine dreckigen Pfoten von dem Gaul!“ Gerhard packte den Mann im Genick und schleuderte ihn zu Boden. Augenblicklich rannten weitere Männer herbei. Gerhard teilte wütend aus, Fäuste flogen, aber letztlich waren fünf Männer vonnöten, um ihn festzuhalten. Breitbeinig baute Wigbert sich vor ihm auf und tippte mit der Schwertspitze auf seinen Gurt.

„Nehmt ihm den ab!“

Man tat, was er verlangte. Wigbert nahm den Schwertgurt entgegen, legte ihn um und ließ mit einer lässigen Bewegung das Schwert hineingleiten. „Nun?“, fragte er die Männer mit ausgebreiteten Händen. „Wie gefalle ich euch?“

„Die Ungarn hätten sich in die Hosen gemacht“, flachste der Bauer Winniges.

„Ein Trottel mit einem gestohlenen Schwert bist du, nichts weiter!“, schrie der Gaugraf, dessen Antlitz zornesrot verfärbt war. „Du kannst es ja nicht einmal richtig halten, jeder tumbe Page würde dich mühelos überwältigen. Ein Sperling bist du, der sich wie ein Adler gebärdet. Doch ein Sperling wirst du stets bleiben, was immer du auch anstellst. Wenn ich dich eines Tages rupfe, wird nichts mehr von dir übrig bleiben.“

Die Beleidigungen trafen Wigbert mehr, als er sich anmerken lassen wollte. Ein Held wollte er sein, von Kindheit an, darin ähnelte er sogar seinem älteren Widersacher. Doch anders als jener war Wigbert in ärmlichen Verhältnissen aufgewachsen und hatte vorhin tatsächlich zum ersten Mal in seinem Leben ein Schwert gehalten. Dass aber die Autorität, die er unter den Eremiten durchaus besaß, unter des Gaugrafen Schmähungen Schaden nahm, war kaum hinnehmbar. Seine Faust klammerte sich um den Schwertknauf, aber noch bevor er eine Entscheidung traf, wie der Ehrverletzung zu begegnen sei, wurde abermals Hufgetrappel laut. Hastig machte man eine Gasse für einen weiteren Reiter frei. Wigbert erkannte Tassilo, den Sohn des Gaugrafen.

Auf dem Gebetsplatz angelangt, zügelte Tassilo sein Pferd, verschaffte sich rasch einen Überblick. Er sah den Vater, den ein paar Männer verbissen gepackt hielten, als gelte es, einen wilden Bären zu bändigen. Der Anblick der beiden Toten bestürzte ihn. Neben den Leichen knieten weinende Frauen und ein dickleibiger Mönch, den er nicht kannte. Als er Richardas Blick begegnete, stieg Tassilo aus dem Sattel und schritt auf sie zu. Auch er trug ein Schwert bei sich, machte aber keine Anstalten, es aus der Scheide zu ziehen.

„Um Himmels willen, was ist hier geschehen?“, fragte er mit belegter Stimme.

Richarda schüttelte verzweifelt den Kopf. „Dein Vater verlangte von uns heimzukehren. Aber das können wir nicht, verstehst du? Wir müssen bleiben, denn wir wollen Gott hier dienen.“

„Du stehst vor der *Königin von Gression*, mein Junge!“, rief Gerhard von Weitem. „Na los, knie schon nieder und huldige ihr!“

„Königin von Gression?“ Verwirrt nahm Tassilo zur Kenntnis, dass Richarda den Blick vor ihm senkte.

„Sie haben mich dazu gemacht“, entgegnete sie leise.

„Aber –“

„Wir glauben, dass Gott uns hier haben möchte, Tassilo. Es spielt keine Rolle, wann die Welt untergeht. Wir müssen allzeit bereit sein. Wir wollen eine bessere Welt. Eine sündenfreie.“

„Eine sündenfreie Welt?“ Tassilo schluckte. „Du weißt, dass das nicht möglich ist.“

„Warum denkst du so?“

„Wir sind ... – ihr seid alle bloß Menschen.“

„Und somit Gottes Ebenbilder. Warum sollte es also nicht möglich sein, ohne Sünde zu leben? Warum sollten wir nicht unermüdlich nach Vollkommenheit streben, wissend, dass wir sie nur mit der Hilfe Gottes erlangen können?“

Tassilo sah sich hilflos um. „Meines Vaters Meinung dazu habt ihr offenbar vernommen.“

„Wirst du versuchen, ihn gnädig zu stimmen?“

Es gab nichts, was Tassilo ihr verwehrt hätte. Schon einmal hatte er in ihrem Namen bei ihm vorgesprochen. Doch nach allem, was heute geschehen war, schien ein Einvernehmen nicht mehr möglich zu sein.

„Mein Vater hält mich für schwach und weichlich. Er hört nicht auf mich.“

„Ich bete für dich. Wir alle werden das tun, Tassilo.“

„Gebete allein werden nicht reichen, Richarda. Eine finstere Zeit steht euch bevor."

Sie lächelte sanft. „Weißt du noch, damals? Der Tag, an dem die Sonne sich verfinsterte und wir Kinder der Kaiserin Theophanu begegneten? Es waren nicht allein kindliche Erlebnisse, an die wir uns bis zu unserem Ende erinnern werden. Ich glaube fest, dass Gott uns etwas mitteilen wollte. Gewiss, wir waren noch zu jung und konnten es damals noch nicht greifen."

„Und was ist es, was du heute zu verstehen glaubst?"

„Nach der Finsternis folgte wieder Licht. Eine einfache Botschaft, findest du nicht? Gleichwohl war es eine göttliche Botschaft."

„Die Kaiserin – sie war noch jung und sie war schön. Wenige Monate später war sie tot. Auch dies könnte eine Botschaft sein. Für dich, Richarda!"

Sie behielt ihr Lächeln. „Es ist nicht des Lebens Sinn, möglichst lange zu leben."

Inzwischen war Gero neben seine Schwester getreten. Tassilo erinnerte sich, dass Richardas Bruder sich stets wie ein eifersüchtiger Liebhaber gebärdet hatte. Auch heute war sein Blick ablehnend und verweigernd. Außerdem war er verwundet. Seinen blutenden Oberarm hatte er mit einem Tuch umwickelt.

„Es ist gut, dass der Schwerthieb meines Vaters dich nur verletzt hat", sagte Tassilo.

Gero schwieg und ließ ihn nicht aus den Augen. Mit dem Kinn wies Tassilo auf Richarda. „Ich sagte es dir schon einmal, gib gut auf deine Schwester Acht."

„Das habe ich getan."

„Künftig wirst du noch besser auf sie aufpassen müssen."

„Ich bin der Leibwächter der Königin!"

Tassilo runzelte die Stirn. „Mein Vater – was habt ihr mit ihm vor?"

„Er kann mit dir gehen!" Wigbert hatte sich zu ihnen gesellt. „Wäre es nach mir gegangen, wärst *du* jetzt der neue Gaugraf", fügte er vielsagend hinzu. „Denn *du* würdest uns hübsch in Frieden lassen, nicht wahr?"

Tassilo schwieg.

„Wie auch immer“, fuhr Wigbert fort, „verschwindet, und zwar sofort! Leider müsst ihr zu Fuß gehen, denn eure Pferde behalten wir gleich hier. Und auch dein Schwert – gib es mir!“

„Wir sind keine Diebe!“, herrschte Richarda ihn an, aber aufs Neue blieb Wigbert beharrlich.

„Das ist kein Diebstahl, es geschieht nur zu unserem Schutz. Wenn du nicht willst, dass Gression bald schon wie in jener alten Sage von Feinden vernichtet wird, dann überlass diese Dinge mir. Einverstanden?“

Gero legte der Schwester eine Hand auf die Schulter, um ihr kundzutun, dass der Freund recht habe.

„Den Schwertgurt“, sagte Wigbert, indem er das Kinn hob und fordernd eine Hand ausstreckte.

Tassilo zögerte. Dann löste er den Gurt und überreichte ihn mitsamt der Waffe.

„Ergebenen Dank.“ Wigbert verneigte sich.

„Feigling! Warum kämpfst du nicht?“, rief entsetzt der Gaugraf, dem die Waffenübergabe nicht entgangen war.

„Sei still, Vater!“ Tassilo bedachte ihn mit einem kühlen Blick.

Bald darauf verließen der unverdrossen schimpfende Gaugraf und sein Sohn das Lager. Niemand wagte es, ihnen eine Schmähung nachzurufen, und als ein junger Bursche doch dazu ansetzen wollte, brachte Richardas tadelnder Blick ihn zum Schweigen.

Als sie fort waren, ging Richarda zu den weinenden Witwen, um sie zu trösten. Gero folgte ihr. Endlich fiel die Aufmerksamkeit der Schwester auch auf ihn.

„Ärmster Bruder“, sagte sie, nahm ihn in die Arme und streichelte zärtlich seinen Rücken. Für Gero hätte die Zeit stehen bleiben können.

„Komm, Gero, gehen wir in die Klause. Ich will mir deine Verwundung ansehen.“

Im neuen Gression war, kaum, dass es existierte, das erste Blut vergossen worden, aber Richarda bekundete Gottvertrauen.

„In einer Stunde treffen wir uns zum Gebet!“, rief sie den Eremiten zu. „Und wehe dem, der nicht zugegen ist!“

Wigbert wusste genau, dass die letzten Worte allein ihm galten.

4.

Nichtig, wie er tapfer behauptete, war Geros Verwundung keineswegs. Sie klaffte tief, sodass man bis zum Weiß des Knochens sehen konnte. Am Tag darauf bekam er hohes Fieber, und Richarda, die sich als Heilerin überfordert sah, ließ nach Judith schicken.

Judith – Richarda nannte sie nach wie vor ihre *Magistra* – erschien am späten Vormittag in der Klause, die sie unlängst den Eremiten überlassen hatte. Mit Tinkturen und Salben behandelte sie die Verletzung, verabreichte dem Phantasierenden einen Trunk, der ihn in Schlaf versetzte.

„Morgen wird es ihm besser gehen“, beschied Judith der besorgten Familie.

Richarda nutzte die Gelegenheit für ein vertrauliches Gespräch mit Judith. Zwischen den beiden Frauen war es in letzter Zeit zu einer leichten Entfremdung gekommen, was freilich nichts an ihrer gegenseitigen Hochachtung änderte. Judith war schon immer der Überzeugung gewesen, dass Richarda zu Höherem berufen sei – Träume hatten ihr das offenbart –, doch Richardas felsenfeste, ja geradezu hitzige Überzeugung, der Weltuntergang stehe bevor, hatte die Klausnerin befremdet. Gleichwohl hatte sie nicht versucht, die Jüngere von diesem Gedanken abzubringen. Der Silvester- und auch der Neujahrstag waren verstrichen, und die Welt bestand fort.

„Zunächst fühlte ich mich leer, ja betrogen“, erklärte Richarda ihrer Mentorin, während sie den zugefrorenen Omerbach entlangspazierten, „ich machte mir Sorgen um die vielen Menschen, die mir gefolgt waren. Doch anstatt mir gram zu sein, ließen sie mich hochleben.“

„Sie machten dich zu ihrer Königin“, drückte Judith es konkreter aus.

Richarda nickte, beinahe wirkte es beschämt. „Ganz gleich, wie sie mich nennen, ich will, dass sie alle für Gott leben und einst ins Himmelreich einziehen können. An irdischem Glanz liegt mir nichts, das wisst Ihr, Magistra. Rückblickend war das Warten auf den Weltuntergang nicht umsonst, es ließ Früchte in unseren Seelen reifen, die wir eines Tages ernten können. Das neue Gression, es ist die Bestimmung, von der Ihr mir immer erzählt habt."

„Es gab Tote, dein Bruder ist verletzt, und der Gaugraf wird es nicht auf sich beruhen lassen."

Obgleich Judith ihren Worten keinen anklagenden Ton verlieh, sah Richarda sich zu einer Rechtfertigung veranlasst.

„Es sind die Geburtswehen der neuen Zeit."

Judith lächelte und ließ es zu, dass Richarda ihre Hände ergriff.

„Verlasst Eure Höhle und kommt zurück zur Klause, Magistra. Denn noch immer ist es *Eure* Klause! Ich brauche Euch!"

„Nein, mein Kind, du brauchst mich nicht mehr. Ich bleibe in meiner Höhle, aber sei gewiss, dass ich immer für dich bete."

„Ihr glaubt nicht an das neue Gression, nicht wahr?"

„Es fehlt mir an prophetischer Begabung, auch wenn ich manchmal Träume habe."

„Warum habt Ihr mir nie erzählt, was Euch in diesen Träumen offenbart wurde?"

„Weil ich dich nicht beeinflussen wollte, mein Kind."

„Und heute? Wollt Ihr mir nicht von Euren Träumen erzählen?"

Judith blickte nachdenklich auf zwei Elstern, die sich auf der anderen Seite des Baches stritten. „Nun gut", sagte sie schließlich und atmete tief, den Blick noch immer auf die Vögel gerichtet. „Es war kurz nach deiner Geburt, als mir im Traum eine wunderschöne, kostbar gewandete Frau erschien. Ihr Kleid war von jener Art, wie man es manchmal auf den Reliefs uralter Sarkophage sieht. Ich fragte sie, wer sie sei, und sie nannte mir ihren Namen: Ricarda! Vor langer Zeit, so behauptete sie, habe sie in dieser Gegend als Königin geherrscht, doch dann seien Feinde gekommen und hätten ihr kleines Reich, das nur sieben Jahre lang bestand, zerstört. Sie war überzeugt, dies sei nur deshalb geschehen, weil sie Götzen anbetete, anstatt dem einen und lebendigen Gott zu vertrauen."

„Gression", hauchte Richarda wie erleuchtet.

„Ja, vielleicht war jene Ricarda die Königin des sagenhaften Gression.“ Sie sah Richarda offen an. „Sie wollte, dass du ihren Namen erhieltest.“

„Ich?“

„Du warst ein Säugling, aber sie behauptete, dass ihr Blut in deinen Adern flösse. Königliches Blut!“

Richarda schluckte.

„Also suchte ich deinen Vater auf und überredete ihn, dir den Namen zu geben, den du trägst.“

„Er hat mir nie davon erzählt.“

„Nun schweigt er für immer. Sprich mit niemandem darüber. Auch nicht mit deiner Mutter.“ Es war nur ein Teil der Wahrheit, und dabei musste es bleiben.

Richarda versprach es. Judith musste ihre Gründe haben, über gewisse Dinge Stillschweigen herrschen zu lassen.

„Jene Ricarda prophezeite mir, dass auch du dazu bestimmt seiest, eine Herrscherin zu sein.“

Zunächst verstörten Richarda die Worte der Klausnerin, aber je mehr sie darüber nachdachte, umso einleuchtender erschienen sie ihr. Ein Strahlen glitt über Richardas Gesicht.

„Aber wenn Eure Traumvision von Gott kam – und daran glaube ich fest! –, weshalb hegt Ihr dann noch Zweifel? Die Eremiten haben mich zu ihrer Königin gemacht.“

„Nicht an dir zweifle ich, mein Kind, sondern an den Fähigkeiten von uns Menschen, Gottes Fingerzeige recht zu deuten.“

„Ach, Magistra. Könnte ich doch nur noch für einen Tag wieder Kind sein und unbeschwert Euren Geschichten von den Heiligen lauschen.“

Die Frauen blieben stehen und umarmten einander fest. „Im Himmel werden wir wieder Kinder sein“, sagte Judith tröstend.

Am Nachmittag trugen die Eremiten die durch Gerhards Schwert getöteten Bauern zu Grab. Gleichzeitig wurde, auf Rothaids hartnäckiges Drängen hin, auch Hiltruds Leichnam umgebettet. Eine kleine Waldlichtung diente als Totenacker. Bruder Meginher hielt die

Exequien ab. Richarda war froh über seine Gegenwart und hoffte, dass er noch eine Weile bei ihnen blieb.

Anderentags ging es Gero besser. Das Fieber war gewichen, aber der Arm schmerzte noch, und Richarda bestand darauf, dass der Bruder weiter das Bett hütete. Widerstrebend fügte sich Gero ihrem Willen. „Als dein Leibwächter dürfte ich dich keine Sekunde lang aus den Augen lassen", beschwerte er sich.

Richarda setzte sich zu ihm und griff schmunzelnd nach seiner Hand. „Nun wirst auch du eine Narbe zurückbehalten", sagte sie und deutete auf ihren eigenen Unterarm. Damals war sie beim Spiel im Wald von einer einstürzenden Ruinenwand verletzt worden. Eigenhändig hatte Gero die Verletzte bis zur Klause getragen, wo Judith sie tagelang gesund pflegte.

„Wieder etwas, das uns verbindet", flüsterte Gero. Seine Stimme klang schwächer, als ihm lieb war. „Der Gaugraf", sagte er dann finster. „Wenn er wieder auftaucht, werde ich auf der Stelle das Bett verlassen, ob du willst oder nicht."

Der Gedanke an Gerhards drohende Rückkehr beunruhigte nicht nur Gero und Richarda. Der Gaugraf würde nicht ein weiteres Mal so übermütig sein, allein zu erscheinen. „Wigbert hätte ihn nicht demütigen müssen", sagte Richarda missfällig.

„Wir brauchen Leute wie Wigbert", verteidigte Gero den Kamerad. „Er will nur das Beste für dich und unser kleines Reich."

„Es soll ein Reich der Heiligkeit sein, nicht eins der Gewalt."

„Genau deshalb brauchen wir Wigbert. Denn Heiligkeit fordert die Welt heraus."

Sie sah ihm tief in die Augen. „Das sind aber nie und nimmer *deine* Worte, Bruder."

„Ertappt. Meginher hat das gesagt. Aber seine Worte sind wahr."

Gunda betrat die Klause und stapfte mit den Füßen, um den Schnee von ihren Schuhen zu klopfen. „Gütiger Himmel", verkündete sie grinsend, „mein Mann versucht sich als Reiter. Mindestens dreimal ist er schon vom Pferd gefallen."

Richarda runzelte die Stirn. „Wigbert reitet?"

„Warum auch nicht?"

„Dies ist keine Stätte der Zerstreuung, Gunda.“

„Wer redet von Zerstreuung? Als Präfekt dieser seltsamen Gemeinde muss er doch reiten können, findest du nicht? Auch hat er sich in den Kopf gesetzt, ein echter Schwertheld zu werden, denn des Gaugrafen Spott will er nicht auf sich sitzen lassen. Ihr müsstet ihn sehen, wie verbissen er gegen seinen eigenen Schatten kämpft.“ Lachend warf sie den Kopf in den Nacken.

Richarda fand ihre Ausführungen weniger amüsant. „Geh und sag ihm, dass er diesen Unsinn bleiben lassen soll, Gunda.“

„Warum sagst du es ihm nicht selbst, Schwester Königin?“

„Das werde ich.“ Richarda wollte sich erheben, doch der Bruder hielt sie fest.

„Lass ihn“, beschwor er sie. „Ich sagte es doch, wir brauchen Männer wie ihn. Erinnerst du dich an damals? Niemand tat uns je etwas zuleide, wenn Wigbert in der Nähe war.“

In der Nacht kroch Oda unter Richardas Decke, wie sie es häufig tat, wenn sie fror. Richarda genoss die Wärme, die von Odas Körper ausging, und sie ertappte sich bei dem Wunsch, dass es eines Tages ein Männerleib sei, an den sie sich schmiegen konnte. Unwillkürlich dachte sie dabei an Tassilo. Aber es war ihr bewusst, dass ihre Verliebtheit – sofern es sich um eine solche handelte – töricht und aussichtslos war, denn als Sohn des Gaugrafen würde Tassilo einmal das Erbe des Vaters antreten. Andererseits: Floss in ihren Adern nicht angeblich königliches Blut? Sie hatte eine Ahnin namens Ricarda, der sie sich, seitdem sie von ihr wusste, auf seltsame Weise verbunden fühlte. Doch hinsichtlich ihres Verlangens nach einem Mann half ihr das nicht weiter. Wenn schon ein Mann einen Platz in ihrem Herzen erobern könnte, dann vielleicht einer vom Schlage Geros. Ob auch Andere so achtungsvoll von ihren älteren Brüdern dachten?

Vermutlich, so sinnierte Richarda, *ist es der Teufel, der mir die Gedanken an fleischliche Freuden eingibt.*

Sie war überzeugt, dass der Herrgott ihr Keuschheit abverlangte. Es war ihr nicht bestimmt, einen Mann zu lieben, zu heiraten oder Kinder zu gebären. Deshalb begann sie, als die unkeuschen Gedanken nicht von ihr weichen wollten, leise zu beten.

Auch in den kommenden Tagen fand kein Rachefeldzug des Gaugrafen statt. Im Lager der Eremiten wurde viel gebetet, und wenn nicht gebetet wurde, schaffte man Nahrung herbei oder arbeitete an neuen Behausungen, denn niemand wollte länger in Zelten leben. Der Winter erschwerte ihnen ihr Tun, ständig drohte Hunger, doch niemand beklagte sich. Im Frühjahr würde man Wald roden und den Boden beackern.

Eines Morgens nahm Meginher Abschied von den Eremiten. Ein letztes Mal plauderte der Benediktinermönch mit Richarda, der seine ehrliche Wertschätzung galt.

„Selbst den Hunger würde ich noch eine Weile ertragen, doch es ist nun an der Zeit für mich, nach Hersfeld zurückzukehren, denn der Abt und meine Mitbrüder warten auf mich."

„Wir werden Euch sehr vermissen", seufzte Richarda, „nicht nur deshalb, weil uns niemand mehr Messen lesen und die Beichte abnehmen wird."

„Auch ich werde euch vermissen, und ganz besonders dich, meine Tochter. Aber wenn deine Sache von Gott kommt, was ich nicht bezweifle, dann wird Er dir einen anderen Priester senden."

„Ihr habt den Menschen hier viel gegeben."

Meginher schüttelte den Kopf. „Du hättest einen besseren Gottesmann verdient, der dir in deinem kleinen Königreich als Kleriker dient. Ich bin nur ein unwürdiger Mönch, schwach im Fleisch und oft genug auch im Geiste. Ich kann es nicht abstreiten, das Leben in unserem Kloster ist nicht mehr jenes, das einst der heilige Benedikt verlangte. Es fehlt unserem Konvent keineswegs an Reichtum, den Stundengebeten bleiben Viele fern, und das Fasten wird selten eingehalten. Bestraft wird dieses Verhalten nicht. Einige meiner Mitbrüder suchen manchmal Huren auf. Wer weiß schon, welche Sünde schwerer wiegt: Völlerei? Unzucht? Habgier? Ach Richarda, ich wünschte es wäre anders, aber ich schmause für mein Leben gern."

„Wie könnte jemand gänzlich ohne Sünde sein?"

„Du weißt selbst, dass man Mönche nicht mit den einfachen Leuten vergleichen darf, die schließlich keine Gelübde ablegen."

„Auch ich bin schwach im Fleisch, Bruder. Manchmal träume ich davon, mit einem Mann ...-"

„Genug, meine Tochter, genug." Lächelnd tätschelte er ihr den Arm. „Du bist eine junge Frau, und deine Träume sind völlig normal."

„Es sind Versuchungen, denn Gott will, dass ich keusch bleibe."

„Die Versuchungen werden dich stärken, denn du bist anders als ich. Du bist wie Paulinus."

„Jener Mitbruder, der zugleich Euer leiblicher Bruder ist?"

„Eben der. Er leidet unter der Verlotterung des Mönchtums. Da man den Ärmsten jedoch niemals zum Abt machen wird, muss er sich damit abfinden, dass sich nichts daran ändert. Wenn ich ihm erzähle, was ich hier erlebte, wenn er von der spirituellen Kraft dieses Ortes erfährt, wird er mich um die Zeit, die ich hier verbrachte, zutiefst beneiden. Dieser Neid wird die erste Sünde sein, die er sich seit langem zuschulden kommen lässt."

Er verabschiedete sich von jedem Einzelnen und sprach seinen Segen über das Lager. Obwohl die Eremiten kaum das Nötigste besaßen, verließ Meginher Gression mit reichlich Wegzehrung, Abschiedsgaben jener Menschen, um deren Seelen er sich nach Kräften gekümmert hatte.

5.

Hersfeld, Anfang März 1000 A.D.

Auf seinem Betstuhl in der Klosterkirche kniete Bruder Paulinus. Neben ihm hätten auch seine Mitbrüder anwesend sein sollen, doch keiner hatte für das Vespergebet offenbar Zeit gefunden. Dies war umso trauriger, weil es die Zeit vor dem Osterfest war und die Welt mehr denn je des Gebetes bedurfte. Aber Paulinus hatte aufgehört, sich über die Nachlässigkeit der Anderen zu ärgern, am Tag des Jüngsten Gerichts musste jeder für sich selbst sprechen.

Paulinus war ein Mann Mitte dreißig und von kleiner und eher schmächtiger Statur. Die durchstechenden Wangenknochen und tief in ihren Höhlen liegenden Augen verliehen ihm das Aussehen eines Asketen – was er genau genommen auch war. Da er jedoch in einer Klostergemeinschaft lebte, deren Mehrheit es verlernt hatte, sich zu mäßigen, war es nicht immer leicht für ihn, die Askese auch zu leben. Zumal es ihm häufig als Hochmut ausgelegt wurde, wenn er sich genügsamer oder923 strenggläubiger gab als die Mitbrüder. So war die absurde Situation entstanden, dass Paulinus trotz oder wegen seiner Frömmigkeit den Ruf eines Querkopfs im Kloster besaß.

Vor zwanzig Jahren, als er dem Orden beigetreten war, hatte hier noch ein anderer Wind geweht. Niemals hätte der damalige Abt Gotzbert geduldet, dass jemand die Stundengebete schwänzte. Erst recht nicht hätte er all die anderen Verfehlungen hingenommen, die heute in der Abtei täglich begangen wurden und mit lässlichen Sünden nichts mehr gemein hatten. Gotzbert war nicht übermäßig streng gewesen, doch er hatte sich redlich bemüht, die Regeln des heiligen Benedikt nicht aufzuweichen. Was schon damals eher die Ausnahme gewesen war, denn die Verweltlichung der Klöster hatte nicht erst in den vergangenen Jahrzehnten eingesetzt. Auch hatte Abt Gotzbert seine Mönche stets an die großen Heiligen Sturmius und Lullus erinnert. Vor mehr als zweihundert Jahren hatte Sturmius die Heiden in dieser Gegend bekehrt und eine Kirche errichten lassen. Später war es Lullus gewesen, der hier das Kloster gründete.

„Denkt an Sturmius und Lullus“, hatte Gotzbert die Mitbrüder und Novizen stets gemahnt, wenn diese sich allzu sehr gehen ließen, „unter den mühseligsten und gefährlichsten Bedingungen verrichteten sie ihre Missionsarbeit, ständig der Gefahr ausgesetzt, von einem unbekehrbaren Heiden erschlagen zu werden. Und doch ließen sie nie nach in ihrem Eifer und bestellten das Feld für uns, die wir heute nicht mehr darben müssen.“

Tja, der gute Gotzbert! Vor fünfzehn Jahren war er gestorben, und Bernhard war zu seinem Nachfolger bestimmt worden. Mit ihm, einem Mann, der damit prahlte, in seiner Jugend ein hoffnungsloser Wüstling gewesen zu sein, hatte der Niedergang begonnen. Zumal Bernhard offenbar bald der Vorwitz packte, die Abenteuer seiner Jugend ein weiteres Mal zu erleben und die Mitbrüder keineswegs davon abhielt, daran teilzuhaben. So kam es in der Abtei Hersfeld zu manchem Festschmaus, der Weinverbrauch erreichte nie gekannte Ausmaße, und auch manch liederliches Weibsbild hatte Paulinus schon nächtens durch die dunklen Gänge des Klostergebäudes huschen sehen. Das alles missbilligte er aufs Äußerste, aber was vermochte er schon dagegen zu unternehmen? Beschwerte er sich beim Bischof über diese Zustände, so war er fortan ein Nestbeschmutzer, man würde ihm das Leben zur Hölle machen. Zwar hatte er grundsätzlich nichts dagegen, ein Märtyrer zu sein, aber unter einem Martyrium verstand er nicht das tapfere Ertragen der Schikanen von Mitbrüdern.

Paulinus hatte eine leise Hoffnung, auch wenn diese sich eines Christen nicht ziemte, vor allem, wenn man zugleich Mönch war: Er setzte darauf, dass Abt Bernard kein hohes Alter erreichte – was aufgrund seiner Lebensweise nicht einmal unwahrscheinlich war. Bernhard war fast fünfzig, auf seine Gesundheit legte er noch weniger Wert als auf sein Seelenheil. Nach seinem Tod könnte ein neuer Abt Ordnung in diesen Pfuhl bringen, günstigenfalls gehörte er ja der clunyazenischen Reformbewegung an. Cluny, eine Abtei im abgelegenen Burgund, galt als Ausgangspunkt bedeutender Klosterreformen. Schade nur, dass diese Reformen sich keineswegs wie ein Wirbelwind ausbreiteten, aber immerhin schwebten sie wie ein Damoklesschwert über diesen Ort. Ja, Paulinus schämte sich nicht für seinen Wunsch. Bernhard war ein schlechter Mönch und ein miserabler Abt, sollte er doch bis zum Jüngsten Tag im Fegefeuer schmoren.

So sehr in Gedanken verloren, musste Paulinus sich eingestehen, dass er selbst an diesem Tag kein leuchtendes Vorbild mönchischer Frömmigkeit war, denn sein Gebet hatte er ohne jede Andacht gesprochen. Als er es deshalb von neuem beten wollte, vernahm er laute Schritte. Einer der Novizen näherte sich ihm durch den Mittelgang. Paulinus war verdrossen ob dieser Ruhestörung, doch der Novize steuerte geradewegs auf ihn zu.

„Dies ist keine Markthalle“, fuhr Paulinus ihn an, „und wenn du schon nicht zum Beten gekommen bist, so dämpfe zumindest deine Schritte.“

„Euer Bruder ist eingetroffen!“, entgegnete der Novize, ohne auf die Rüge einzugehen. „Der Bruder Krankenpfleger schickt mich, Euch zu holen.“

„Der Bruder Krankenpfleger?“

„Bruder Meginher ist sehr erschöpft. Er liegt im Krankensaal und möchte Euch sehen.“

Paulinus nickte knapp. „Sobald ich meine Gebete beendet habe, werde ich zu ihm gehen.“

Der Novize machte sich wieder davon; immerhin bewegte er sich nun leise und vergaß auch diesmal nicht, sich zu bekreuzigen.

Meginher war also wieder da. Täglich hatte man mit seiner Rückkehr gerechnet. Dass der lange Marsch nach Aachen ihn erschöpft haben musste, war verständlich. Zumal er auf diesen Auftrag nicht erpicht gewesen war. Viel lieber wäre er, wie seine Mitbrüder, im Kloster geblieben, wo er nicht hungern musste und sich im Kaminzimmer wärmen konnte. Doch der Abt hatte das Los sprechen lassen. Paulinus hatte sich erboten, das Evangeliar anstelle seines Bruder abzuliefern – wie gern hätte er das lasterhafte Hersfeld einmal für eine Weile hinter sich gelassen, um mit sich und Gott allein zu sein. Doch Abt Bernhard hatte abgelehnt. Vielleicht hatten die

Mönche ja bereits heimlich Wetten abgeschlossen, ob und wann Meginher zurückkehren würde.

Wie auch immer, Meginher war noch vor der Schneeschmelze zurückgekehrt. Paulinus hoffte, dass er nicht ernsthaft erkrankt war und sich von den Strapazen der Reise bald erholt haben würde.

Er schlug das Kreuzzeichen, erhob sich von seinem Betstuhl und machte sich auf den Weg zum Krankensaal.

Meginher war hocherfreut, den jüngeren Bruder in die Arme schließen zu können.

„Gütiger Jesus“, entfuhr es Paulinus, als er feststellen musste, wie sehr Meginher abgemagert war. Die einst so prallen Wangen seines eingefallenen Gesichts hingen kraftlos herab; die Kälte und der Hunger der vergangenen Wochen hatten unübersehbar an ihm gezehrt, eine Reihe von Frostbeulen verunstalteten seine Hände. Immerhin lächelte er.

„Unsere Küche wird viel Arbeit haben, mich wieder zu mästen“, erklärte er.

„Es ist die Zeit des Fastens, Meginher.“

„Oh, verzeih mir. Ich wollte dich nicht gleich wieder herausfordern.“

„Ich nehme an, dass du dir auf dem langen Weg die Füße wundgelaufen hast.“

„Wundgelaufen? Sie bestehen nur noch aus rohem Fleisch.“ Wie um seinen Worten Beweiskraft zu verleihen, stöhnte er schmerzhaft auf. Der Bruder Krankenpfleger hatte ihm beide Füße mit Bandagen umwickelt. „Mein Pech war’s, dass bei Eis und Schnee weder Wagen noch Fuhrkutscher unterwegs waren, die sich eines erschöpften Reisenden erbarmten.“

Paulinus zog einen Hocker heran und setzte sich zu ihm. Sie reichten einander die Hände, und ihre Finger verflochten sich wie bei einem Liebespaar. Obwohl Paulinus wenig mit seinem Bruder gemein hatte, fühlte er sich seit jeher tief mit ihm verbunden. Wenn sie auch keine Brüder im Geiste waren, so hatten sie doch ein ähnliches Schicksal erfahren. Sieben Jahre Altersunterschied trennten die beiden; gleichwohl waren sie die beiden jüngsten Söhne eines Landadligen, der einen Haufen Kinder gezeugt hatte. Zu erben gab es für Meginher und Paulinus deshalb wenig - was für sie ein Leben im geistlichen Stand bedeutete. Für Paulinus war dies nie ein Opfer gewesen, im Gegenteil, aber Meginher hatte die Frömmigkeit immer schon Mühe bereitet, weil sein Fleisch nun einmal schwächer war als sein Wille. Paulinus fragte sich, was wohl mit Meginher geschähe, wenn eines Tages auf wundersame Weise die clunyazensischen Reformen Einzug in diese Mauern hielten.

„Ich hoffe", flüsterte Meginher, „der Bruder Abt hat dich während meiner Abwesenheit nicht allzu sehr schikaniert."

„Wenn er es getan hat, dann war es Gottes Wille, um mich zu prüfen."

„Gewiss doch, gewiss." Meginher stieß einen langen Seufzer aus. „Verglichen mit dir, lieber Bruder, muss der gute Hiob es leicht gehabt haben."

„Meginher, du weißt, dass mir solche Späße zuwider sind."

„Ich meinte es ernst. Du bist verloren an diesem Platz."

„Dies ist ein Kloster. Wenn es zugleich ein Ort des Glaubens wäre, müsstest du dir keine Sorgen um mich machen."

Meginher schwieg einen Augenblick lang. Dann sagte er leise: „Ich war an einem solchen Ort."

Paulinus nickte. „Das will ich dir gerne glauben."

„Ich meine nicht das Kloster Burtscheid, wohin mein Botengang mich führte. Gewiss, die Mönche dort nehmen die Regeln des heiligen Benedikt noch ernst. Aber ich spreche von einem anderen Ort."

Neugierig hob Paulinus die Brauen. „Von diesem Ort musst du mir berichten." Wie er es sagte, schwang leiser Spott in seiner Stimme mit.

Und Meginher begann zu erzählen. Von den Eremiten, die vergeblich auf das Ende der Welt gewartet hatten. Von Richarda, die sie am ersten Tag des neuen Jahrtausends zu ihrer Königin machten. Von der frommen Gesinnung, die der Grundgedanke dieses kleinen Reiches war, das die Eremiten *Gression* nannten.

„Richarda ist ein Mädchen, wie ich noch keines sah. Schön wie die heilige Jungfrau und ebenso keusch. Sieh mich nicht so an, Bruderherz, ich begehrte sie nicht. Um Himmels Willen, sie könnte meine Tochter sein. Aber sie beeindruckte mich, so wie sie auf alle Menschen, die ihr begegnen, tiefen Eindruck hinterlässt. Sie strahlt etwas Übernatürliches aus, als sei sie, das Kind von Bauern, von ihrer Geburt an dazu bestimmt gewesen, eine Königin zu sein."

Aufmerksam lauschte Paulinus den Worten des Bruders. Er wollte zu einer Frage ansetzen, doch Meginher hob Einhalt gebietend eine Hand und fuhr fort. „Sie bat mich, für eine Weile Priester ihrer Gemeinschaft zu sein. Also blieb ich einige Tage bei diesen Menschen. Ich gebe zu, dass ich mich Gott nie so nah fühlte. Über dem Ort liegt Sein Segen, davon bin ich überzeugt. Und obwohl es wenig zu essen gab, obwohl die Klause, in der ich untergebracht war, eine alte, zugige Ruine war, blühte meine Seele auf."

Paulinus sah sich um, um sich zu vergewissern, dass ihr Gespräch nicht belauscht wurde. Doch bis auf einen fußkranken Pilger, der im vorderen Teil des Saales fest schlief, war niemand anwesend. „Du hättest bei den Eremiten bleiben können", raunte er verschwörerisch. Aber Meginher schüttelte seufzend den Kopf.

„Tatsächlich gab es Augenblicke, wo mir das durch den Kopf ging. Aber du kennst mich: Irgendwann würde mein schwaches Fleisch sich wieder durchsetzen. Nein, zur Heiligkeit bin ich nicht berufen, auch wenn du das bedauern magst, Paul. Ich selbst bedauere es manchmal. Doch mein Platz ist hier, in diesem Sündenpfuhl, wie du ihn ja so gerne nennst. Glaube aber nicht, dass es im Lager der Eremiten keine Sünder gab."

„Du brennst offenbar darauf, mir davon zu erzählen."

„Die Gewissheit, dass andere Menschen noch schwerere Sünden begehen, beruhigt einen armen Sünder wie mich."

„Sei dir bloß nicht so sicher, dass der höchste Richter das für dich in die Waagschale wirft."

„Du könntest mir auch einmal etwas Tröstliches sagen, Bruderherz."

„Später. Du wolltest mir von den Sündern berichten."

Meginhers Lächeln wirkte jetzt nachdenklich. „Richardas Schwester und ein Bursche, der sich später *der Präfekt* nannte – nun ja, sie wurden ertappt, wie sie es munter miteinander trieben. Richarda verlangte, dass die beiden auf der Stelle heirateten, damit sie das Jüngste Gericht nicht im Zustand der Sünde erwarten müssten. Also habe ich sie getraut. Und das Gericht blieb bekanntlich aus."

„Ja, vorläufig."

„Einem Mörder musste ich die Beichte abnehmen. Der Junge hatte unlängst seinen tyrannischen Vater getötet. Alle glauben, der Alte sei beim Brand des Gehöftes gestorben, aber sein Sohn hat es nur so aussehen lassen."

Paulinus rieb sich die Stirn. „Jetzt hast du ein Beichtgeheimnis ausgeplaudert, du hoffnungsloser Fall von einem unseligen Mönch."

„Was soll's? Ich nannte dir ja keinen Namen. Außerdem wirst du niemals in die Nähe dieser Menschen kommen."

Paulinus starrte schweigend auf die weißgekalkte Wand, wo ein grob gezimmertes Holzkreuz hing.

„Paul? Du überlegst doch nicht etwa ... –"

„Schon gut, Meginher. Mach dir keine Gedanken. Das liegt dir nicht."

„Aber ich sehe es dir doch an. Meine Geschichte hat dich beeindruckt."

„War es denn nicht deine Absicht, mich damit zu beeindrucken?"

„Niemals würde man dir gestatten, zu diesem Ort zu gehen. Du müsstest schon fliehen!"

„Habe ich denn gesagt, dass ich fort will? Sprechen wir nicht mehr über ungelegte Eier."

Meginher, der seinen Bruder ungern verlieren wollte, nagte an seiner Unterlippe. Hätte er doch bloß geschwiegen. Er hätte wissen müssen, dass Paulinus Feuer und Flamme sein würde, wenn er von Gression erfuhr.

„Paul, hör mir zu. Das sogenannte Reich dieser Eremiten wird nicht lange Bestand haben. Auch ist der Ort kein Paradies, wie du gerade gehört hast. Der Gaugraf, ein ungehobelter und äußerst unangenehmer Mensch, erschien am Neujahrstag, um seine Hörigen wieder nach Hause zu prügeln. Es kam zum Kampf, zwei Bauern wurden getötet ..."

Er verstummte, denn der Bruder Krankenpfleger spähte gelangweilt durch eine Tür in den Saal, zog sich aber sogleich wieder zurück, da niemand nach ihm schrie, und Meginher konnte fortfahren. „Man vertrieb den Gaugraf, aber vermutlich ist er inzwischen mit einem Haufen Männer zurückgekehrt und hat den frommen Traum der Eremiten jäh beendet."

„War das der Grund, weshalb du das Weite suchtest? Die Angst vor dem Gaugrafen?"

Meginher schluckte. „Es waren andere Gründe, die mich ziehen ließen, vorhin habe ich sie dir erläutert. Außerdem habe ich doch nur einen Botengang erledigt. Gütiger Himmel, was für ein Weg liegt hinter mir, ich hoffe, dass ich nie wieder in meinem Leben so weit wandern muss. Du weißt genau, die Gefahr, unterwegs von Halunken überfallen zu werden, ist nicht gering. Es ist nicht recht von dir, mich einen Feigling zu nennen. Gression war ein wunderbarer Ort, sogar für einen schlechten Mönch wie mich – aber vermutlich existiert er schon seit zwei Monaten nicht mehr."

„Sagtest du nicht vorhin, dass Gottes Segen über dem Ort liegt?"

„Der lag auch einst über Rom, bevor die Barbaren es plünderten."

Paulinus hielt es für besser, nicht weiter auf die Sache einzugehen. Sollte Meginher ruhig denken, er nähme Abstand von der Idee, nach Gression zu gehen.

„Bestimmt hast du recht, Meginher. Jener Gaugraf hat das sicher kaum auf sich beruhen lassen. Soll ich dir etwas zu essen aus der Küche holen?"

Meginher atmete erleichtert auf. „Ich wäre dir dankbar bis in alle Ewigkeit."

6.

Gression, März 1000 A.D.
Tatsächlich bestand das kleine Reich der Eremiten auch noch zwei Monate nach Meginhers Fortgang. Wider jede Erwartung war Gaugraf Gerhard nicht zurückgekehrt, um ein Strafgericht abzuhalten.

Aus dem Lager war zwischenzeitlich ein Dorf geworden. Auch hatten die Eremiten Zulauf erhalten, in den vergangenen Wochen waren weitere Menschen aus der Umgebung zu der Gemeinschaft gestoßen. Winter und Schnee trotzend, hatten sie Bäume gefällt und solide Hütten und Katen errichtet. In vorsorglich gefertigten Pferchen sollte einst das Vieh gehalten werden, das man im Frühjahr anzuschaffen plante. Man war sich einig, dass niemand mehr privaten Besitz haben sollte, alle Güter gehörten fortan der Gemeinschaft. Nach wie vor traf man sich täglich mehrmals auf dem Platz vor der Klause, um gemeinsam zu beten. Es war Richardas dringlichstes Gebetsanliegen, dass der Herrgott ihnen einen neuen Priester sandte.

Niemand wusste freilich, ob der Gaugraf auch künftig stillhielt oder ob er nur den Winter abwartete. Richarda erwog, ihn in seiner Hügelburg aufzusuchen, aber Wigbert und Gero rieten ihr davon ab, trauten sie doch dem Gaugrafen zu, dass er sie zur Geisel nahm oder ihr gar noch Übleres antat. Wigbert übte sich derweil eifrig im Reiten und im Schwertkampf, und auch Gero fand zunehmend Gefallen an diesen Dingen. Sie ermunterten die jungen Männer im Lager, sich an ihren Übungen zu beteiligen, damit man, sollte es zum Kampf mit dem Gaugrafen kommen, nicht wehrlos dastand. Allerdings fehlte es ihnen allen an Erfahrung, und es sah recht ungelenk aus, wenn sie in wilden Scheingefechten die Klingen miteinander kreuzten. Überdies war mit zwei Schwertern und zwei Pferden nichts zu gewinnen, wenn es wirklich einmal ernst wurde. Das wusste auch Wigbert. Fieberhaft dachte er darüber nach, wie diesem Dilemma beizukommen sei.

An einem sonnigmilden Sonntag, als der Schnee zu schmelzen begann und den Waldboden in tiefen Morast verwandelte, geschah ein kleines Wunder, zumindest war es in den Augen Wigberts eines: Im Dorf der Eremiten erschien ein Mann, der ihnen dabei helfen konnte, das neue Gression wehrfähiger zu machen.

*

Richarda hatte den ritterlich gewandeten Mann, den man zu ihr in die Klause führte, früher schon einmal gesehen. Damals war er gekommen, um die Klausnerin Judith aufzusuchen und ihr die Kunde vom nahenden Tod ihrer gemeinsamen, sterbenskranken Schwester zu überbringen. Judith hatte sich in seiner Begleitung auf den Weg nach Köln gemacht, um die Sterbende ein letztes Mal zu sehen. Wie gern hätte Richarda sie damals begleitet.

Der Mann – Richarda erinnerte sich, dass er Konrad hieß – blinzelte verwirrt, als Richarda ihm gegenübertrat. „Seid uns willkommen!“

„Du bist das Bauernmädchen, das *Magistra* zu meiner Schwester sagte!“

„Ich bin Richarda. Auch ich kann mich gut an Euch erinnern.“ Sie lächelte ihm verhalten zu und entdeckte dunkle Ringe unter seinen Augen, die er seinerzeit noch nicht gehabt hatte.

Gero trat aus dem Halbdunkel einer Ecke auf den Fremden zu und streckte fordernd die Hand aus.

„Euer Schwert, Herr. Bitte.“ Er sagte es höflich, aber mit Nachdruck.

Konrad sah ihn an, als habe er einen Verrückten vor sich. „Wer ist das?“, fragte er Richarda.

„Gero, mein Bruder. Er ist der Meinung, dass ich einen Leibwächter brauche. Gero, ich glaube nicht, dass der Bruder der Klausnerin mir oder einem von uns etwas zuleide tun will.“

Gero schüttelte nur den Kopf, als sei er es leid, ständig über solche Fragen mit ihr zu debattieren. Seine Hand blieb ausgestreckt.

„Ein Leibwächter, soso." Zu Richardas Erleichterung schien Konrad nicht sonderlich empört zu sein, denn ohne weitere Einwände löste er seinen Schwertgurt und reichte ihn Gero. Konrad schenkte ihm keine weitere Beachtung, seine Aufmerksamkeit richtete sich einzig auf Richarda.

„Ich gebe zu, dass ich ein wenig überrascht bin. Ein ganzes Dorf ist hier entstanden, wo seinerzeit noch Wildnis war. Wo ist meine Schwester?"

Richarda bat ihn, Platz zu nehmen und setzte sich ihm gegenüber an den Tisch. Rothaid brachte dem Gast einen Becher mit heißem Würzwein.

„Eure Schwester", begann Richarda, „zog es vor, sich in eine Höhle zurückzuziehen, keine Wegstunde von hier entfernt. Ihre Klause überließ sie uns Eremiten, sie bestand darauf. Soll ich Euch zu ihr führen lassen?"

„Gewiss, aber erzähl mir zuerst, was es mit diesem Dorf hier auf sich hat, Mädchen."

„Nennt sie nicht Mädchen! Sie ist eine Königin!", rief Gero aus dem Hintergrund.

„Bruder, sei so gut und schweig, solange ich mich mit Herrn Konrad unterhalte", sagte Richarda gereizt.

„Königin?" Zum ersten Mal schmunzelte Konrad. Er nippte an seinem Becher. „Das erklärt natürlich den Leibwächter", räumte er dann ein.

Richarda drehte verlegen an einer Haarsträhne. „Ach, Herr, ich will Euch gern alles erklären."

„Nur zu, meine Königin."

Eine knappe Stunde später war Konrad im Bilde.

Beinahe aufdringlich erbot sich Wigbert, den Ankömmling zu Judiths Höhle zu führen. Seite an Seite ritten sie bald darauf durch den Wald. Schon schmückte erstes zartes Grün Bäume und Sträucher, deren Äste und Zweige sich unlängst noch unter Schneelasten gebogen hatten.

„Ein prächtiges Pferd hast du“, sagte Konrad nach einer Weile des Schweigens.

Wigbert grinste. „Der Gaugraf war so freundlich, es mir zu überlassen.“

„Wenn er es nur nicht wiederhaben möchte.“

„Das wäre durchaus möglich“, gab Wigbert zu.

„Ein guter Reiter bist du offenbar nicht.“ Immer wieder versuchte der eigenwillige Rotschimmel, sich Wigberts Willen zu entziehen.

„Ich hatte nie einen Lehrer“, lautete die Antwort. Wütend riss er an den Zügeln.

Abermals schwiegen sie, bis sie die Höhle erreichten. Hinter dem Buschwerk war sie erst auf den zweiten Blick auszumachen. „Dort haust sie!“, erklärte Wigbert.

Konrad stieg aus dem Sattel.

„Wenn Ihr wollt, warte ich hier auf Euch!“, erbot sich Wigbert.

Konrad stapfte Richtung Höhleneingang, der wie ein schwarzes Loch im Felsgestein klaffte. Tief atmete er durch. Er freute sich, die verschrobene Schwester wiederzusehen, aber die Nachricht, die er ihr brachte, war einmal mehr eine traurige.

Judith kniete vor einem aus zwei Zweigen zusammengebunden Kreuz, das an der Stirnwand der kleinen Höhle prangte. Obwohl sie dem Ankömmling nicht sehen konnte, weil sie ihm den Rücken zuwandte, sagte sie leise: „In der Nacht träumte mir, dass du kommen würdest, Konrad. Manchmal habe ich prophetische Träume, aber glücklicherweise nicht oft.“

„Dann weißt du vermutlich, dass ich schlechte Neuigkeiten bringe.“

Sie schlug ein Kreuz, erhob sich mühsam und wandte sich ihm zu. Er kam näher und nahm sie in die Arme. Reglos verharrten sie so eine Weile. Früher hatten die beiden Geschwister sich nicht gut verstanden; zu ähnlich waren sie sich in ihrem Eigensinn gewesen. Der Tod ihrer Schwester Klara im vorletzten Jahr aber hatte sie einander näher gebracht.

„Nun habe ich niemanden mehr. Nur noch dich, Judith.“ Seine Stimme zitterte vor Erregung, es schien, als hätte er nur zu gern geweint.

„Was ist geschehen?“, fragte Judith sanft.

„Sie sind tot! Alle!“

Judith schloss die Augen.

„Ein Fieber“, erklärte er wortkarg, weil die Erinnerungen an das Geschehene ihn quälten. „Es wütete in Köln und raffte Viele dahin. Hätte es doch auch mich gepackt.“

Sein geliebtes Weib, seine vier Kinder – alle dahin!

Judith erinnerte sich gut an ihre Schwägerin Elisabeth und die temperamentvollen Neffen und Nichten, die ihr damals, nach Klaras Tod, einige Tage Gastfreundschaft gewährt hatten. „Der Herr lasse sie ruhen in Frieden!“, sagte sie leise.

Konrad gelang es nicht länger, seine Tränen zurückzuhalten. Judith umarmte ihn abermals und ließ ihn erst wieder los, als die Tränen versiegt waren.

„Ich habe mein Haus verkauft“, verkündete er.

„Du könntest wieder heiraten.“

Er schüttelte traurig den Kopf.

„Was wirst du tun?“

Konrad verzog das Gesicht zu einem gequälten Lächeln. „Damals sagtest du mir, ich sei dir jederzeit willkommen.“

„Daran hat sich nichts geändert.“

„Nein, nur dass deine Behausung noch fürchterlicher geworden ist.“ Er musterte die kahlen Höhlenwände.

„Meine Klause ist ... –“

„Ich weiß, Schwester, ich weiß. Du hast sie Richarda und ihren Eremiten überlassen. Sie hat mir alles erzählt. Eine erstaunliche junge Frau, die *Königin von Gression*.“

„Du erinnerst dich an sie, nicht wahr? Schon damals faszinierte sie dich. Oh, das muss dir nicht unangenehm sein, Bruder. Den meisten Menschen ergeht es so, wenn sie Richarda begegnen.“

„Ja, das hast du mir schon einmal gesagt.“ Er schaute ihr lange in die Augen. „Du hältst es für ausgeschlossen, dass diese Menschen verrückt sein könnten?“, fragte er vorsichtig.

„Hat Richarda diesen Eindruck erweckt?“

„Ich spreche nicht von ihr. An diesem seltsamen Platz laufen noch viele andere Gestalten herum. Und nicht alle scheinen mir mit gesundem Menschenverstand gesegnet zu sein.“

„Dann hör auf dein Herz.“

„Und was sagt dir *dein* Herz, Judith?“

„Es hat schon immer Richarda gehört.“

„Ist das eine Antwort?“

„Die einzige, die ich dir derzeit geben kann, Bruder.“

Er schwieg eine Weile. „Wenn sie dir soviel bedeutet – warum hast du dich ihrer Gemeinschaft nicht angeschlossen?“, fragte er dann.

„Weil ich allein sein muss.“

„Ach, richtig. Du duldest niemanden, der dir etwas vorschreibt.“

„Richarda würde mir nie etwas vorschreiben.“

„Möglicherweise zweifelst du ja auch, ob ihre Sache wirklich von Gott stammt.“

„Woher willst du das wissen?“

„Ich kenne dich.“

„Nein, das tust du nicht.“ Sie blickte zur Seite, beließ es aber bei dieser vagen Widerrede. „Was wirst du nun tun?“, fragte sie ein weiteres Mal, denn eine Antwort darauf war Konrad ihr schuldig geblieben.

„Vielleicht suche ich mir einen Dienstherrn, der meine Schwertkünste benötigt. Das Reich ist groß, und Fehden gibt es immer.“

„Das neue Gression braucht solche Leute“, verkündete sie, doch es klang nicht eben wie eine Empfehlung.

„Sie sind arm. Ich glaube kaum, dass sie mich entlohnen können.“

„Aber nirgendwo sonst wirst du eine Richarda zur Königin haben.“ Sie hob das Kinn und lächelte.

„Da hast du wohl recht.“

Sie nahmen Abschied voneinander.

„Ich werde dich schon bald wiedersehen“, prophezeite Judith.

„Hast du das auch geträumt?“

„Ich habe es in deinen Augen gelesen."

Sanft küsste er ihre Stirn, bevor er die Höhle wieder verließ. Wigbert saß wartend auf einem Felsblock. Hastig erhob er sich.

„Du hättest nicht auf mich warten müssen, Junge", sagte Konrad.

„Wohin werdet Ihr reiten, Herr?"

„Immer der Nase nach."

Wigbert fasste ihn am Ärmel, was mehr als ungehörig war. „Bleibt bei uns!", sagte er drängend. Als Konrad ihn wütend anfunkelte, zog er rasch seine Hand zurück. Gleichwohl blieb er beharrlich. „Wir brauchen Leute wie Euch, Herr!"

„Hast du etwa gelauscht, Kerl?"

„Bringt mir das Kämpfen bei. Mir und den anderen jungen Männern im Dorf."

„Warum sollte ich das tun?"

„Weil es ein gutes Werk wäre. Hundert fromme Menschen – und es werden täglich mehr. Sie müssen beschützt werden."

Konrad sah, dass auch seine Schwester vor den Höhleneingang getreten und ihrem Gespräch offenbar gefolgt war. Beinahe unmerklich nickte sie ihm zu.

Aber noch zögerte er.

Wigbert faltete seine Hände zusammen. „Herr, wenn Ihr ein guter Christ seid, dürft Ihr uns nicht im Stich lassen."

„Ich will, dass du künftig deine Zunge mäßigst!", erwiderte Konrad, indem er langsam in den Sattel stieg. „Denk immer daran, wen du eigentlich vor dir hast. Und jetzt lass uns zu deiner Königin reiten."

7.

Huld, Wohlwollen oder Vergebung waren keineswegs die Gründe für Gaugraf Gerhards Stillhalten. Vielmehr war er krank geworden, nachdem die Eremiten ihn gedemütigt hatten. Tagelang hatte er das Bett gehütet, weil ein eitriger Schüttelhusten über ihn gekommen war. Dies war ärgerlich genug, denn es hinderte ihn daran, die erlittene Schmach umgehend zu rächen. Seinem Sohn konnte er diese Angelegenheit kaum übertragen, denn zum einen war dieser Schafskopf in jene Richarda vernarrt, zum anderen legte der Gaugraf großen Wert darauf, die Übeltäter mit eigener Hand zu bestrafen. Die Männer, die ihn auf seinem Feldzug begleiten würden, hätten sich darauf zu beschränken, die Schar der Eremiten im Zaum zu halten. Man durfte die Narren nicht alle umbringen, denn er benötigte ihrer Dienste noch.

Als er genesen war und seinen Plänen im Grunde nichts mehr im Wege gestanden hätte, war ein Brief des neuen Abtes von Burtscheid bei ihm eingetroffen. Gerhard ließ nach Magnus schicken, damit dieser ihm den Brief vorlas, denn er selbst beherrschte die Kunst des Lesens nicht. Also eilte Magnus aus Aecheze herbei und las ihm vor, obgleich das Lesen auch ihm größte Mühe bereitete.

Danach war dem Gaugrafen die Laune gründlich verhagelt, denn mit dem Schreiben hatte es folgende Bewandtnis:

Abt Heinrich von Burtscheid war erst vor kurzem seinem verstorbenen Vorgänger Gregor im Amt gefolgt. In dem Brief an den Gaugrafen behauptete Heinrich nun, Gregor habe ihm, seinem bereits erkorenen Nachfolger, auf dem Sterbebett das Versprechen abgenommen, den Eremiten im Wald hinter Grecenich jeden erdenklichen Schutz zukommen zu lassen. Gregor sei davon ausgegangen, dass Gottes Hand über ihnen liege.

Auch wenn er wisse, so Abt Heinrich, dass es Hörige des Gaugrafen unter den frommen Eremiten gebe, so bitte er ihn doch inständig, sie in Frieden zu lassen, was gewiss auch im Sinne des jungen Kaisers sei. Etwaige Entschädigungen würden dem Gaugrafen wohl noch zuteil werden.

Gerhards Wut kannte keine Grenzen. Entschädigungen? Pah! Darauf würde er lange warten müssen, soviel stand fest. Kaiser Otto hatte die Abtei Butscheid vor drei Jahren gründen lassen und jenen Gregor – er stammte aus Kalibrien – als Abt eingesetzt. Wenn Gerhard nun gegen die Eremiten vorging, würde er nicht nur die Benediktiner von Burtscheid, sondern auch den Kaiser selbst verärgern. Da würde es ihm, Gerhard, wenig nützen, dass sein Vater dem Großvater des Luidolfingers damals in der Ungarnschlacht von großem Nutzen gewesen war.

Es war wie verhext, aber trotz seiner Rachegelüste war Gerhard klug genug, die Angelegenheit vorläufig auf sich beruhen zu lassen. Irgendwann, davon war er überzeugt, würde die Lage sich ändern, auf welche Weise auch immer. Seine Rache war nur aufgeschoben.

Nachdem Magnus ihm die Hiobsbotschaft vorgelesen hatte, befahl ihm der Gaugraf voller Zorn, zu verschwinden. Als ob er, Magnus, daran schuld sei, dass die Eremiten die Gunst dieser Mönche besäßen.

Magnus trollte sich. Er hatte auf Bewirtung gehofft, auf Frauenzimmer, auf Ablenkung, aber daraus wurde nichts. Was blieb ihm übrig, als nach Aecheze zurückzukehren, wo ihn die Pflichten eines Dorfpriesters erwarteten, die ihm zunehmend lästig waren.

*

Wochenlang ließ der Gaugraf nichts von sich hören. Dann schickte er abermals nach dem Dorfpriester.

Nun gab sich Gerhard umgänglicher, sein Zorn schien verflogen. Auch wurde dem Dorfpriester wieder Wein eingeschenkt. Guter Wein! Doch Magnus spürte sofort, dass der Gaugraf etwas im Schilde führte.

„Es kursieren viele Gerüchte, was die Eremiten angeht“, erzählte Gerhard im Plauderton, als spreche er über Leute, mit denen er nichts zu schaffen hatte.

„Sehr viele“, bestätigte der Mönch mit einem Nicken und ließ den Wein in seinem Becher kreisen.

„So soll sich ihnen ein Patrizier angedient haben, der diesem Wigbert und den anderen Schwachköpfen Schwertunterricht erteilt.“

„Ja, das habe ich auch gehört. Dieser Mann soll angeblich der Bruder der Klausnerin sein.“

„Was du nicht sagst.“

„Ich nehme aber an, dass Euch dies keineswegs in Furcht versetzt“, sagte Magnus boshaft grinsend.

„Wenn ich wollte, würde ich das Dorf mit nur zehn Männern dem Erdboden gleichmachen. Ein einzelner Ritter wird mich daran nicht hindern. Die Bauern zählen nicht. Die werden nie das Kämpfen lernen.“

Magnus nippte an seinem Wein. Er dachte daran, was man sich über Gerhards Erscheinen bei den Eremiten am Neujahrstag erzählte. Aber er schwieg.

„Es gibt Gerüchte über Wunder, die sich im Wald ereignet haben sollen“, fuhr Gerhard nachdenklich fort. „Richarda soll einen verletzten Baumfäller geheilt haben, der sich drei Finger abschlug. Die verlorenen Finger habe sie ihm einfach wieder angesetzt.“

„Die Leute erzählen viel Unsinn, Herr. Nein, das kann ich nun wirklich nicht glauben.“

„Auch wurde mir berichtet, Richarda habe eine tote Frau wieder zum Leben erweckt.“

„Solche Wunder vollbrachte nur unser Herr Jesus.“

Magnus wurde den Verdacht nicht los, dass der Gaugraf ihn mit frei erfundenen Geschichten auf die Probe stellte, um auszuloten, ob er ihm nicht einfach nur nach dem Mund redete. Jedenfalls schien der Gaugraf mit seinen Antworten zufrieden zu sein, denn er nickte gefällig.

„Ob die Gerüchte wahr sind oder nicht, die Eremiten haben ein großes Problem, scheint mir.“

„Was meint Ihr?“

„Seitdem der Fettwanst ihr Lager verlassen hat, haben sie niemanden mehr, der ihnen die Messe liest. Für Menschen, die frömmer als fromm sein wollen, ist das mehr als ein Ärgernis, denkst du nicht?“

„Allerdings.“ Magnus bekam eine leise Ahnung, worauf Gaugraf Gerhard hinauswollte.

„Ich dachte mir, dass es nützlich wäre, einen Spitzel bei den Eremiten zu haben.“

Damit war die Katze aus dem Sack.

„Ich verstehe. Ihr wollt, dass ich mich den Eremiten zum Schein anschließe, um Euer Auge und Euer Ohr zu sein.“

Zur Antwort hob der Gaugraf seinen Becher. „Wirst du mir helfen, Magnus?“

„Ihr habt mich doch neulich erst zum Dorfpriester gemacht.“

„Und nun befördere ich dich. Ich zahle dir das Dreifache von dem, was dir dieses lausige Priesteramt einbringt.“

Ohnehin war die Entscheidung getroffen, wusste Magnus, denn er würde sich nur Ärger einhandeln, wenn er des Gaugrafen Angebot ablehnte. Immerhin erwartete ihn eine großzügige Entlohnung. „Die Eremiten fasten viel“, sagte er mit einem säuerlichen Lächeln.

„Du wirst es überleben.“

„Und sie leben keusch, wie man sich erzählt.“

„Du bist schlimmer als ein feilschendes Marktweib. Ich zahle dir das Fünffache.“

„Sie beten schon in aller Herrgottsfrühe, vor dem ersten Hahnenschrei.“

Gerhard hob drohend einen Finger. „Ich warne dich! Treib es nicht auf die Spitze, Rotbart. Mir hast du es zu verdanken, dass du nicht mehr von einem Drecksnest zum nächsten wandern musst, um dir ein paar Münzen zu ergaunern.“

Magnus seufzte. „Das Fünffache“, sagte er. „Ich bin einverstanden, Herr.“

„Na, also. Ich will, dass du ihnen die Messen liest, die Sakramente spendest und auch sonst alles erledigst, was ein verdammter Pfaffe seinen anvertrauten Schäfchen schuldet. Darüber hinaus berichtest du mir von Zeit zu Zeit, was in ihrem Dorf vor sich geht. Sie sind ja wohl kaum so heilig, wie sie zu sein vorgeben, was denkst du?“

„Kaum, da stimme ich Euch zu. Es sind nur dumme Bauern."

„Alles, was mir dienlich sein kann, sie zu diffamieren, muss ich wissen."

„Ich werde etwas finden, verlasst Euch darauf."

„Intrigen und Diffamierungen – damit kennst du dich ja aus."

„Ihr wollt mich doch etwa nicht kränken, Herr. Allerdings sehe ich auch eine Schwierigkeit."

Der Gaugraf schnalzte missbilligend. „Du willst doch nicht schon wieder mit mir feilschen?"

„Nein, Herr. Aber ich fürchte, einige der Eremiten mögen mich nicht besonders."

„Oh, das glaube ich dir sogar aufs Wort. Vermutlich hast du den Einen oder Anderen in der Vergangenheit ordentlich übers Ohr gehauen. Aber sei unbesorgt, sie werden dich nicht wieder fortschicken. Sie brauchen dich, denn sie haben ja sonst niemanden. Zumal das Osterfest unmittelbar bevorsteht."

„Wie Ihr meint."

„Jeden Sonntag schicke ich dir heimlich meinen Diener Bruno vorbei, der dir etwas zu Schmausen bringt."

„Den Kerl, der ständig dichtet?"

„Du wirst es überleben. Öffentlich wirst du so genügsam leben wie deine Schäfchen."

„Sehr gütig von Euch."

„Bestehe aber darauf, dass sie dir eine eigene Behausung geben. Du bist ihr Priester, deshalb werden sie dir das nicht verweigern."

„Im Bett der Richarda würde ich's auch gut aushalten!" Das Grinsen erstarb Magnus auf den Lippen, als sich auf des Gaugrafen Stirn eine steile Falte zeigte.

„Ich warne dich, lass die Finger von den Weibern. Wenn sie dich wegen Unzucht oder anderer Verstöße vertreiben, dann Gnade dir Gott. Ich werde dir regelmäßig ein Flittchen schicken, das sollte dir genügen, um dich nicht wie ein brünstiger Hirsch zu gebärden."

Nachdem noch weitere Detailfragen geregelt waren, ließ Gerhard den ehemaligen Wandermönch ziehen. Die Erwartungen des Gaugrafen waren hoch, sein Hass auf die Eremiten unverändert groß. Es war gefährlich, ihn zu enttäuschen. Aber Magnus freute sich über die unheilige Herausforderung, die auf ihn wartete.

*

Am Abend desselben Tages, viele, viele Tagesreisen ostwärts, verließ der Benediktinermönch Paulinus still und heimlich die Abtei Hersfeld. Allein seinen Bruder Meginher hatte er eingeweiht.

„Ich ahnte, dass die Geschichte um Richarda dir keine Ruhe lassen würde“, hatte Meginher gestöhnt. „Hätte ich dir doch nie darüber berichtet.“

„Mach dir keine Vorwürfe, Bruder. Gott wollte es offenbar, dass ich davon erfuhr. Und du warst Sein Werkzeug.“

„Wie kannst du dir da so sicher sein?“

„Wenn Gott nicht wollte, dass ich dorthin gehe, würde Er mir das deutlich zeigen.“

Lange hatten sie in einer letzten brüderlichen Umarmung verharrt.

„Und wenn es diese Eremiten nicht mehr gibt? Was machst du dann, Paul?“

„Es gibt sie noch. Gottes Wege mögen unerklärlich sein, aber Er hält uns nicht zum Narren, Meginher. Bete für mich.“

Bevor er loszog, verstaute Paulinus etwas Proviant, etliche Bögen Pergament, einige Schreibfedern sowie ein gut gefülltes Tintenfass in sein Bündel. Dass er sein Gehorsamsgelübde brach, belastete sein Gewissen nicht, denn einem Konvent, der in sündigem Saus und Braus lebte, fühlte er sich nicht länger verpflichtet. Doch der Diebstahl, den er beging – ein Stapel Pergament war so teuer wie ein Ferkel -, würde er eines Tages sühnen müssen.

Die Nacht empfing ihn wie eine Befreierin. Er würde lange Zeit unterwegs sein.

Teil II.

Gression

8.

Gression, Mitte März 1000 A.D.

Aufhalten ließ sich die Nachricht nicht lange: Magnus, der Wandermönch, neuerdings Dorfpriester von Aecheze, sei in die Klause eingekehrt, um der Königin einen Besuch abzustatten. Gero hörte davon, als er mit Wigbert und einigen anderen jungen Männern auf einer Wiese jenseits des Baches Waffenübungen abhielt.

„Magnus? Wer ist das?“, fragte Konrad, der die Burschen unterrichtete.

„Ein Spielzeug des Gaugrafen“, erwiderte Gero abfällig und reichte sein Schwert einem der Gefährten, der sich, wie die meisten anderen, bis dahin mit einer Holzwaffe begnügt hatte. „Hier, macht weiter! Ich will hören, was dieser schmierige Kerl mit Richarda zu besprechen hat.“ Die Unterbrechung kam ihm gerade recht, denn sein frisch verheilter Arm vertrug noch keine anhaltende Belastung.

„Gero, warte! Ich komme auch mit!“ Wigbert eilte ihm nach.

Die beiden jungen Männer betraten die Klause. Magnus und Richarda saßen am Tisch, während Rothaid dem Gast einen Imbiss aus Brot und Käse vorsetzte.

„Was hat er hier zu suchen?“ Geros Frage galt der Schwester, Magnus würdigte er keines Grußes.

„Setzt euch zu uns“, forderte Richarda sie auf. „Bruder Magnus möchte uns etwas mitteilen. Wir wollen ihn anhören.“

„Du traust ihm?“ Wigbert straffte sich. „Er ist eine Kreatur des Gaugrafen.“

„Jetzt nicht mehr“, widersprach Magnus und kratzte sich den Bart, als sei er zutiefst verlegen. „Ich habe mich von ihm losgesagt und möchte künftig *euch* zu Diensten sein.“

„Was?“, rief Gero. „Ich habe mich wohl verhört.“

Richarda hob beschwichtigend eine Hand. „Bitte, nehmt Platz“, sagte sie noch einmal. „Warum sollte er uns belügen?“

Wigbert stellte die Gegenfrage. „Warum sollte er die Wahrheit sprechen?“

„Nehmt Platz oder lasst uns allein.“ Richardas Blick duldete keinen weiteren Einwand. Widerwillig setzten sie sich. Wie Dolchstiche waren ihre Blicke, die sie Magnus zuwarfen.

„Es ist wahr“, begann dieser mit dem Anschein von Reumütigkeit, „dass ich Gaugraf Gerhard diente, denn er machte mich, wie Ihr wisst, zum Dorfpriester. Doch der Gaugraf ist kein guter Mensch. Ich will ihm nicht länger dienen.“

„Und was führt dich zu dieser überraschenden Einsicht?“, verlangte Gero von ihm wissen.

„Ich missbillige, was er tut und bereits getan hat. Er fordert von mir, dass ich Beichtgeheimnisse ausplaudere. Er säuft und frisst und hurt und will diese Sünden nicht bereuen. Er ist ungerecht zu seinen Bediensteten. Wie oft schon beschwor ich ihn, ein gottgefälliges Leben zu führen, aber er lachte mich nur aus. Ich kann diesem Unhold nicht länger dienen.“ Er fuhr sich mit dem Handrücken über die Augen, als wollte er Tränen unterdrücken.

Zweifelnd runzelte Wigbert die Stirn. „Weshalb lässt er uns seit nunmehr drei Monaten in Frieden? Das passt nicht zu ihm.“

„Weil ich ihm prophezeite, dass ihn die Hölle erwartet, wenn er fromme Menschen daran hindert, Gott zu dienen.“

„Was du nicht sagst. Und in diesem Fall hört er auf dich?“

„Unterschätzt nicht, welcher Ruf euch vorausgeht. Wenn ihr seinetwegen zu Märtyrern würdet – wie könnte er je das ewige Heil erlangen? Jede Sünde mag einem Menschen vergeben werden, nicht aber die Lästerung gegen den heiligen Geist. Der aber, davon bin ich überzeugt, ist mit euch.“

Alle sahen ihn schweigend an. Auch Richarda war nicht anzusehen, was sie von Magnus’ Worten hielt.

„Gewiss, auch ich habe nicht selten gesündigt“, fuhr er fort, denn er konnte den Ruf, der an ihm haftete, schwerlich leugnen, „aber ich habe dem Herrn Besserung gelobt. Lange habe ich über mich selbst und die Welt nachgedacht – und über euch, ihr Eremiten. Euer gottgefälliges Leben beeindruckt mich. Gestattet mir, künftig euer Priester zu sein!“

Gero und Wigbert sahen Richarda an.

„Und Ihr seid sicher, diese Berufung in Euch zu spüren, Vater Magnus?“, fragte sie.

Gero gluckste. „Du nennst ihn *Vater* Magnus?“

„Ja, ich bin mir sicher“, antwortete Magnus mit erhobenem Kinn. „Der Herrgott will, dass ich bei euch bleibe!“

„Ich weiß nicht, ob wir ihm vertrauen können.“ Wigbert blieb bei seiner ablehnenden Haltung. Gero pflichtete ihm bei, indem er heftig nickte.

Richarda starrte grüblerisch auf die Tischplatte. Dann sagte sie entschlossen: „Seit Wochen beten wir, dass Gott uns einen Priester schickt. Heute, wenige Tage vor dem Osterfest, hat Er uns erhört. Wir brauchen doch einen Priester, oder etwa nicht? Warum vertraut ihr dem Herrn nicht? Auch Vater Magnus müssen wir Vertrauen schenken, das ist unsere Christenpflicht. Er bleibt, denn er ist Gottes Antwort auf unsere Gebete!“

Gero und Wigbert kannten Richarda gut genug, um zu wissen, dass sie ihre Entscheidung gefällt hatte.

„Na, schön“, zischte Gero. „Aber in der Klause kann er nicht wohnen.“ Allein der Gedanke, dass der feiste Mönch ständig in Richardas Nähe weilte, war ihm ein Gräuel.

„Gewiss nicht“, sagte Richarda. „Er ist der Priester unserer Gemeinschaft und wird selbstverständlich eine eigene Kate bekommen, damit er ungestört ist. Sorgt also dafür, dass man ihm so rasch wie möglich ein Heim errichtet.“

Besser hätte es nicht laufen können, dachte Magnus zufrieden. Die Burschen würden sich schon wieder beruhigen, wenn er den frommen Gottesmann gab und sich nichts zuschulden kommen ließ.

In diesem Augenblick betrat Oda die Klause. Magnus musterte sie verstohlen. Das Mädchen war klein und zart, es hatte ein bleiches, von flachsblondem Haar umrahmtes Gesicht, ein Paar melancholische Augen leuchteten matt darin. Ein Frauenzimmer ganz nach Magnus' Geschmack. Denn je schwächer sie wirkten, umso leichter ließen sie sich in ihrer Widerspenstigkeit zähmen. Er hätte viel darum gegeben, sich dieses schmächtige Ding hier und jetzt zu Willen zu machen. Aber daran durfte er nicht einmal denken. Zumindest vorläufig nicht.

Oda sah zuerst den Mönch, dann Richarda fragend an. Doch es war Wigbert, der seiner Schwester eine Antwort gab. „*Vater Magnus* wird uns künftig den Priester geben“, erklärte er naserümpfend.

*

Bruder Paulinus erwachte von dem säuerlich stinkenden Atem, der ihm in die Nase kroch. Erschrocken schlug er die Augen auf, doch eine Faust, die schwer wie Eisen auf seiner Brust lag, hinderte ihn daran, sich aufzurichten.

Er besann sich. Offenbar hatte das Morgengrauen schon eingesetzt, dämmriges Licht fiel ihm in die Augen. Gestern Abend hatte er sich mit der Erlaubnis des Bauern in dieser Scheune zum Schlafen niedergelegt. Das derbe, bärtige Gesicht, das sich jetzt über ihn beugte, gehörte aber nicht dem Bauern, sondern eher einem Strauchdieb, der sich in die Scheune geschlichen hatte. In seiner Begleitung befand sich ein nicht minder verwahrloster Kumpan, der damit beschäftigt war, Paulinus’ Bündel zu durchsuchen.

„Schön ruhig, Pfäfflein! Und nicht bewegen!“

„Ich besitze weder Geld noch Dinge von Wert“, sagte Paulinus gepresst.

„Wir werden sehen.“ Mit einer Hand tastete er den Saum der Mönchskutte ab, um nach eingenähten Wertgegenständen zu suchen. „Was ist drin?“ Die Frage galt dem Kumpan. Der kaute an einem Stück Käse herum, das er im Proviant gefunden hatte.

„Das hier!“ Er wedelte mit den Pergamenten.

Paulinus schluckte mühsam. „Pergament. Man schreibt darauf. Glaubt mir, für euch ist es wertlos.“

„Ich hab gehört“, dachte der fündig Gewordene laut nach, „dass Pergament sehr teuer ist.“

Der Andere schürzte die Lippen. „Dann werden wir einen Käufer suchen."

Paulinus erschrak. Die Kerle meinten es ernst.

„Bei Christus und Seiner Mutter, ich flehe euch an: Lasst mir die Pergamente."

Abermals wurde er grob ins Stroh gepresst. „Willst du etwas aufschreiben, Mönch?"

„Aber gewiss doch."

„Geschichten aus der Bibel?"

„Nein. Über das Leben einer Jungfrau will ich berichten, die eines Tages eine Heilige sein wird."

Die Strauchdiebe warfen lachend den Kopf in den Nacken. „Schreib lieber über das Leben unheiliger Frauen. Das wär' wenigstens unterhaltsam."

Der Hofhund hatte zu bellen begonnen, was die beiden Strauchdiebe zur Eile antrieb. Kurz darauf huschten sie aus der Scheune, das geraubte Bündel mit sich tragend. Stöhnend kam Paulinus wieder auf die Füße.

Die Pergamente – allesamt gestohlen! Nicht allein wegen der Kühle des Morgens zitterte er am ganzen Leib.

Der Bauer und sein Hund erschienen in der Scheune. Er habe Stimmen gehört, behauptete der Bauer und erkundigte sich nach dem Wohlergehen des Mönchs.

„Es ist nichts", sagte Paulinus mit tonloser Stimme, bedankte sich für das Obdach und machte sich davon.

Nebel kroch über Wiesen und Felder.

Wohin?

Paulinus fühlte sich leer, Trostlosigkeit hielt ihn umfangen wie der Morgendunst die Welt. – *Wenn Gott nicht wollte, dass ich dorthin gehe, würde Er mir das deutlich zeigen!*

Seine eigenen Worte! Er erinnerte sich an das zweifelnde Gesicht des Bruders, nachdem er sie ausgesprochen hatte.

Die Pergamente und das Tintenfass waren fort, gestohlen – welches Zeichen Gottes vermochte ihm deutlicher aufzuzeigen, dass er sich geirrt hatte? Der Herr hatte ihm zwei Banditen geschickt.

Es war nicht Sein Wille, dass er, Paulinus, sein Kloster verließ, um künftig einer Frau zu dienen, die eine Handvoll Eremiten zu ihrer Königin gemacht hatten. Er konnte es drehen und wenden, wie er wollte, es war ihm nicht bestimmt, jenes geheimnisvolle Gression zu finden.

Was blieb ihm übrig, als sich wieder auf den Rückweg nach Hersfeld zu machen?

Er würde seinen lauen Mitbrüdern Abbitte leisten müssen. Welch ein Hohn! Aber auch das gehörte wohl zu den Prüfungen, die Gott ihm auferlegte.

Schweren Herzens, doch sein Schicksal folgsam hinnehmend, wandte er sich nach Osten. Zwei Tage nur war er unterwegs gewesen, und schon musste er seine Hoffnung begraben, dass sein irdisches Leben eine geistige Wendung nahm.

*

Die Nachricht, dass Gression in der Gestalt des Magnus nunmehr einen Priester habe, stieß nicht bei allen Eremiten auf Begeisterung: Magnus' Leumund war nicht der beste, auch bezweifelten nicht wenige, dass er die Priesterweihen besaß. Richarda aber nahm ihn in Schutz, denn sie konnte und wollte nicht glauben, dass er ein falsches Spiel trieb. Öffentlich tadelte sie mit schroffen Worten sechs Eremiten, die Magnus' erster Messe fernblieben. Sie selbst war froh, endlich wieder beichten zu können, denn immerhin ging es zügig auf Ostern zu.

Magnus traute seinen Ohren nicht, als sie ihm mit viel Demut ihre Sünden bekannte. *Von wegen keusche Jungfrau!*, dachte er bei sich, *auch Richarda ist vor den Verlockungen des Fleisches nicht gefeit.*

Er fragte sich, was wohl der junge Tassilo sagen würde, wenn er von Richardas Zuneigung erführe. Bestimmt wäre er entzückt, denn es war ja kein Geheimnis, dass er in Richarda vernarrt war.

Zwei Menschen, die einander begehrten! *Und doch*, dachte Magnus belustigt, *bleibt es letztlich bei ihrem albernen Schmachten. Was für ein Narr der junge Tassilo doch ist.*

Nun, schöne Königin, ich würde es dir ja auch besorgen!, hörte Magnus sich im Geiste sprechen, während er sich mühte, ein ernstes Gesicht zur Schau zu tragen. *Oder du schickst mir deine kleine Freundin Oda vorbei, ich wäre schon mehr als zufrieden mit dieser kleinen Kröte ...*

Die mahnenden Worte des Gaugrafen kamen ihm in den Sinn, seine Anweisungen waren eindeutig gewesen. Zu Recht, wie Magnus sich eingestand, denn es war unerlässlich, dass er Richardas Vertrauen nicht verspielte. Blieb zu hoffen, dass der Gaugraf sein Versprechen wahr machte und ihm bald ein williges Weib schickte, an dem er seine Gelüste austoben konnte.

Als Richarda auf ihren Bruder Gero zu sprechen kam, wurde Magnus erneut hellhörig. „Auch deinen Bruder begehrst du?“, fragte er ungläubig.

„Manchmal, wenn er mir nahe kommt, ertappe ich mich, dass ich ihn nicht wie eine Schwester, sondern mit den Augen einer Frau betrachte. Und wenn er mich brüderlich auf die Wange küsst ...-“

„Was?“, forschte Magnus neugierig.

„Dann wird mir warm ums Herz. Was denkt Ihr, Vater, ist es in Wahrheit Tassilo, an den ich denke?“

„Hm! Womöglich.“ *Sieh mal einer an: Die Todsünde der Blutschande schwebt über der heiligen Jungfrau!* „Doch hab Mut, wir alle sind nur Menschen. Der Teufel wird niemals aufhören, uns zu versuchen. Bleib nur im Gebet, meine Tochter.“

Er erteilte die Absolution und freute sich diebisch, Richardas Beichtvater zu sein. Was für ein Segen, dass ihm hier niemand ins geistliche Handwerk pfuschte.

*

Es ging bereits gegen Mittag, als der Herrgott sich des Paulinus doch noch erbarmte: Am Wegrand, auf halber Strecke zwischen zwei Weilern, fand er zwei leblose Gestalten. Sie lagen in Lachen ihres eigenen Blutes, offensichtlich hatte man ihnen die Kehlen durchtrennt. Paulinus bekreuzigte sich schaudernd. Erst beim zweiten Hinsehen fiel ihm auf, dass es sich um jene Strauchdiebe handelte, die ihn tags zuvor so schamlos ausgeraubt hatten. Vermutlich waren sie die Opfer skrupelloser Berufsgenossen geworden.

Dann sah Paulinus das Bündel, und sein Herz machte einen Sprung. Etwas abseits der Toten lag es, als habe es jemand achtlos beiseite geworfen.

Durfte er hoffen? Zögernd bewegte er sich darauf zu. Bückte sich danach. Öffnete es.

Herr, ich danke dir von ganzem Herzen!

Die Pergamente waren vollzählig. Auch das Tintenfass war noch fest verschlossen und unversehrt. Nicht nur erbarmungslos, auch unsäglich dumm mussten die Mörder der Strauchdiebe gewesen sein.

Es war, als habe Gott sich alles wieder anders überlegt. Ihm, Paulinus, war es doch beschieden, nach Gression zu wandern. Der Diebstahl der Pergamente war nur eine letzte Prüfung gewesen.

Da, ein Röcheln! Paulinus fuhr herum. Einer der beiden Halunken, jener, der ihn auf so grobe Weise festgehalten hatte, lebte noch. Wie aus einem Tiefschlaf aufgeschreckt, versuchte er sich aufzurichten, wenn auch vergebens. Mit jedem Atemzug spritzte Blut aus der Wunde seines Halses wie Wasser aus einer Felsquelle. Weit waren seine Augen nun geöffnet und flehend auf den Mönch gerichtet, während er mit kralligen Fingern verzweifelt im Dreck kratzte.

Paulinus zügelte sein Entsetzen und besann sich. Es war seine Pflicht, dem Sterbenden als Seelsorger beizustehen. Zu fürchten brauchte er sich nicht mehr vor ihm, im Gegenteil, denn vermutlich betrachtete der Sünder ihn, den Mönch, als letzten Schutz vor den Feuern der ewigen Hölle.

Paulinus kniete sich zu ihm, sprach beruhigend auf ihn ein. Dann begann er zu beten und spendete das letzte Sakrament. Dies schien den Sterbenden zu trösten, denn er wurde zunehmend ruhiger, bis er seinen letzten Atemzug machte und erstarrte.

Auch für den zweiten Toten sprach Paulinus ein Gebet und empfahl ihn der Gnade Gottes.

Der Tag versprach den Frühling. Vögel, die von Mord und Tod nichts wussten, sangen in den ergrünenden Baumkronen.

Paulinus blickte nach Osten. Hügel und Wiesen erstreckten sich bis zum Horizont, irgendwo dahinter, noch einen Tagesmarsch entfernt, lag Hersfeld. Doch der Herr wollte, dass er abermals kehrtmachte. Er hatte keine Zeit mehr zu verlieren, barmherzige Seelen würden die beiden Leichen finden und sie begraben lassen. Gedanken an weitere Gefahren auf dem langen Weg schob er beiseite, Gott würde nicht zulassen, dass ihm etwas zustieß. Also nahm Paulinus sein Bündel, wandte sich westwärts und schritt den Weg von neuem.

9.

Das erste Osterfest stand für die Gressioniter unter dem Zeichen des Neubeginns. So wie jedes Ostern im Grunde ein neuer Anfang war, wie Magnus es während der Osternachtsmesse in wohlklingende Worte gefasst hatte.

Doch eines wurde immer deutlicher, die Eremiten brauchten ein Gotteshaus, wollten sie ihre Messfeiern nicht länger unter freiem Himmel abhalten. Also entschloss man sich zum Bau einer Kirche. Unmittelbar nach dem Fest wurden im Wald um Gression zahlreiche Eichen gefällt; bis zum Weihnachtsfest, so war die einhellige Meinung, sollte das Kirchengebäude fertiggestellt sein. Einen richtigen Turm mit Spitze sollte es erhalten, aus einem Felsblock gedachte man, einen soliden Altar zu schlagen. Hinter der Klause gab es noch einen freien Platz, wo man bislang wegen einer alten unterirdischen Gruft von einer Bebauung abgesehen hatte. Die Männer füllten sie mit Erde und Geröll auf, denn dies schien der geeignete Platz für ein Gotteshaus zu sein, zumal die Klause der Königin nur einen Steinwurf davon entfernt lag.

Unheimlich wie die Ruhe vor einem heftigen Sturm erschien den Eremiten das Stillhalten des Gaugrafen, aber Magnus beteuerte ihnen immer wieder, dass sie das Wohlwollen höchster Kreise genossen und nicht zuletzt deshalb vor Gerhards Willkür geschützt seien.

Wigberts Gemütsverfassung erlebte derweil Höhen und Tiefen. Konrads Lektionen belebten ihn, das Schwert zu führen, gelang ihm immer besser; andererseits wurmte es ihn, dass der Mentor *ihn*, der er sich doch Präfekt nannte, wie einen Schüler behandelte und auf diese Weise die Autorität untergrub, die er sich bei den Eremiten erworben hatte. Auch die Holzfällertätigkeiten, die es zu erledigen gab, missfielen ihm, aber da jede Hand gebraucht wurde, konnte er sich dem schwerlich entziehen. Zudem ging ihm Gunda, die sich unbedingt ein Kind wünschte, zunehmend auf die Nerven, denn abends, nach den Anstrengungen des Tages, wollte er nur noch seine Ruhe haben.

An einem Sonnabend im Mai geschah etwas Merkwürdiges. Zwei Knaben, Söhne des Bauern Winniges, fanden im Wald ein rostiges Schwert. Voller Stolz und Begeisterung wollten sie es allen im Dorf zeigen, aber sie liefen Wigbert in die Arme.

„Was habt ihr da?“, fragte dieser neugierig.

Die Wangen der Knaben leuchteten vor Aufregung. „Ein Schwert. Wir fanden es, als wir in der Erde nach Schätzen gruben.“

„Gebt das her, ihr Bengel. Ihr werdet euch noch daran verletzen.“ Er entriss ihnen die Waffe und betrachtete sie ausgiebig.

„Das ist unser Schwert“, protestierten die Knirpse. „*Wir* haben es gefunden ...“

„Unsinn. Es gehört der Gemeinschaft. Ihr wisst doch, dass niemand etwas Eigenes besitzen darf. Verkrümelt euch, los! Sonst sorg ich dafür, dass ihr Arrest bekommt. Außerdem habt ihr mich mit *Präfekt* anzureden, kapiert?“

Ein Schwert dieser Art hatte Wigbert noch nie gesehen. Es war kurz und bereits so verrostet, dass es als Waffe nicht mehr taugte. Ein fester Hieb, und die Klinge würde zerbrechen. Vermutlich hatte es schon lange, lange Zeit unter der Erde gelegen.

Am Griff der Waffe entdeckte Wigbert eine Gravur. Mit dem Daumen rieb er die Erde ab und erkannte ein Schriftsymbol, doch da er des Lesens nicht kundig war, blieb ihm seine Bedeutung verborgen. Der Besitzer war längst tot; da eines der Symbole jedoch einem Kreuz glich, handelte es sich vermutlich nicht um die Waffe eines Heiden.

Es war das Schwert eines Christen gewesen, der vor langer Zeit im Kampf gefallen war. Ja, so musste es sein. Wigbert dachte nach. Das neue Gression, es brauchte Symbole, die den Eremiten Kraft gaben. So wie die heilige Lanze einst dem König Otto zum Sieg gegen die Ungarn verholfen hatte. Das würde er auch Richarda klarmachen müssen, denn es oblag ihm, dem Präfekten, ihrem kleinen Reich Stärke zu verleihen, auf welche Art auch immer.

Mit dem uralten Schwert machte er sich auf den Weg ins Dorf. Er fand seine Schwägerin an der Baustelle hinter der Klause, wo der Bau des Gotteshauses erstaunliche Fortschritte machte. Längst war der Grundriss auszumachen, schon wuchsen die Außenwände in die Höhe. Soeben rumpelte ein mit frisch geschlagenen Baumhölzern beladener Wagen ins Lager, gezogen von einem Ochsen, den wenige Tage zuvor ein Neuankömmling mitgebracht hatte. Hundertzwanzig Eremiten, die Kinder eingenommen, zählte das neue Gression inzwischen, all diesen Menschen sollte das Gotteshaus Platz bieten. Mindestens zwanzig von ihnen betätigten sich in diesem Augenblick als Zimmerleute, das Schlagen ihrer Hämmer hatte Wigbert schon aus der Ferne vernommen. Die Kirche, auch wenn sie nur aus Holz war, sie würde der ganze Stolz der Eremiten sein. Und wer weiß, vielleicht würden sie eines Tages sogar eine Kirche aus Steinen errichten.

Zu Wigberts Verdrossenheit wurde Richarda von Magnus begleitet. Nun denn. Er würde ihn einfach mit Missachtung strafen. Entschlossen trat er auf Richarda zu.

„Sieh her, was ich im Wald gefunden habe, Richarda!"

Sie betrachtete das Schwert mit gerunzelter Stirn. „Warum zeigst du es mir? Es ist alt und zu nichts nütze."

„Das stimmt, zum Kämpfen taugt es nicht mehr. Aber siehst du das hier?" Er zeigte ihr den Schwertgriff. Auch Magnus beäugte die Waffe voller Neugier.

„Ein altes Symbol früherer Christen", verkündete der Eremitenpriester mit wichtiger Mine. Schwach erinnerte er sich nämlich, das Zeichen schon einmal irgendwo gesehen zu haben, denn als Wandermönch war er viel herumgekommen.

„Was bedeutet es?", fragte Richarda.

Näheres wusste Magnus freilich nicht zu berichten. Immerhin sah Wigbert sich in seinem Verdacht bestätigt. „Bestimmt gehörte es einem Christen, der beim Untergang des alten Gression gegen die anstürmenden Feinde kämpfte."

Richarda schüttelte den Kopf. „Nun wirfst du alles durcheinander, Schwager. Das erste Gression ging unter, weil seine Bewohner gottlos waren."

„Dann ist es halt ein Schwert der Feinde. Vielleicht wurde Gression ja von Christen zerstört."

Richarda biss sich auf die Lippen, als sei dieser Gedanke wenig erfreulich. Wigbert ahnte die Mühen, die es ihn kosten würde, sie von seiner Idee zu überzeugen. „Hör zu, Richarda", sagte er eindringlich, „was immer es mit diesem Schwert auch auf sich hat: Dass es in unserem Wald lag, muss etwas zu bedeuten haben!"

„So? Und was?"

„Unser ehrwürdiger Vater Magnus hat es selbst gesagt, es ist ein christliches Symbol darauf zu erkennen."

„Nun ja", sagte Magnus.

Wigbert ignorierte ihn. „Wenn das nicht ein Zeichen Gottes ist."

„Und was will Gott uns mit diesem Schwert deiner Meinung nach mitteilen, Wigbert?"

„Es ist ... eine Reliquie! Ja, bestimmt hat es einem sehr frommen Menschen gehört, einem Heiligen, der für Christus kämpfte und starb."

„Aber wie können wir das wissen?"

„Das fragst *du*? Du bist es doch, die behauptet, göttliche Botschaften zu erfahren."

Sie sah ihn missbilligend an. „Ich bin nicht mehr berufen als du, Wigbert. Gottes Sprache ist auch für mich nur schwer zu verstehen, ich sehe mich keineswegs als Begnadete."

„Wie man mir erzählte", warf Magnus ein, „gehörtest du zu den ersten, Wigbert, die Richarda zur Königin ausriefen. Willst du ihr nun ebenbürtig sein?"

Der Kerl machte Wigbert wütend, aber er beließ es dabei, ihm keine Beachtung zu schenken.

„Richarda", sagte er beschwörend, „unser neues Gotteshaus könnte eine Reliquie gut gebrauchen." Seine Stimme wurde zu einem Flüstern. „Sollen die Menschen doch denken, es sei das Schwert", - er durchforstete sein Gedächtnis nach frommen Legenden – „das Flammenschwert des heiligen Michael. Es wird sie in ihrem Glauben stärken."

„Aber es wäre eine Lüge."

„Und wenn es tatsächlich das Schwert des Erzengels ist? Das ist doch immerhin nicht ausgeschlossen, oder?"

Nun musste Richarda lächeln über seinen Eifer.

„Es ist nur dein *Wunsch*, Wigbert."

„Wenn *du* es aber behauptest, Richarda, werden alle dir glauben."

„Wigbert! Es ist ein altes Schwert. Ja, es ist möglich, dass es einem Christen gehörte. Dennoch wollen wir auf uns selbst schauen, nicht auf die Menschen früherer Zeiten. Es ist das *neue* Gression, das Gott uns zur Heimat bestimmt hat."

„Bedenke, wie verbissen die Menschen einen solchen Schatz verteidigen würden. Jeden Feind würden sie inbrünstig bekämpfen, damit die Kostbarkeit nicht in die Hände von Frevlern fällt."

Richarda rollte mit den Augen. „Dies ist ein Ort des Friedens und soll es bleiben. Wir wollen nicht schon wieder darüber streiten. Reliquien sollen und dürfen uns nicht zum Kämpfen ermutigen."

„Ha! Hätte auch König Otto so gedacht, dann hätte er die heilige Lanze daheim gelassen, und die Ungarn wären niemals besiegt worden."

„Die Kriege verschwanden danach nicht aus der Welt. Ich bin nicht König Otto, ich bin Richarda. Mein Reich soll ein Reich des Friedens sein. Schwerter sind zum Töten da."

„Und töten ist bekanntlich Sünde", fügte Magnus überflüssigerweise hinzu.

Wigbert widerte es an, wie der feiste Kutterträger Richarda nach dem Mund redete. Er kapitulierte, denn von Richarda trennten ihn offenbar Welten. Doch auf *sie* hörten die Menschen, nicht auf ihn. Die wunderbare Welt – ein jeder verstand etwas anderes darunter. Wortlos wandte er sich um und ging in den Wald zurück. Den beiden Söhnchen des Winniges – zufällig liefen sie ihm ein weiteres Mal über den Weg – warf er das Schwert übellaunig vor die Füße. „Da habt ihr es wieder! Von mir aus schlagt euch eure dummen Köpfchen damit ein!"

Am Abend, nachdem er sich ins Bett gelegt hatte, schmiegte Gunda sich zärtlich an ihn.

„Lass mich in Ruhe!", fauchte er sie an.

Gunda gab sich eingeschnappt. „Meine Schwester hat uns verheiraten lassen, weil du es unbedingt mit mir treiben wolltest. Und jetzt ... –“

„Was redest du da? Liebestoll, wie du warst, konntest du doch kaum genug kriegen.“

„Wigbert, ich will doch nur, dass du mich liebst.“

„Aber nicht jetzt. Ich will schlafen.“

Gunda wandte sich von ihm ab. „Träum was Schönes, du großer Schwertheld“, zischte sie.

10.

Trotz des göttlichen Zeichens, das ihm neue Zuversicht verliehen hatte, blieb der Tod Paulinus' Wegbegleiter.

Ein heftiger Frühlingsregen, der ihn vor Wetzlar überraschte, bewog ihn, eine Herberge am Straßenrand aufzusuchen. Von innen wurde ein Riegel zurückgezogen, und ein halbwüchsiger Bursche mit dem Gesicht einer Spitzmaus öffnete die Tür, ließ ihn aber nicht eintreten.

„Hier ist heute geschlossen!“, verkündete er abweisend.

„Aber es regnet aus allen Wolken!“ Paulinus sorgte sich vor allem um die Pergamente in seinem Gepäck. „Ich will nur warten, bis der Regenguss vorüber ist.“

„Habt Ihr etwas mit den Ohren? Ich sagte, hier ist geschlossen! Ein Trauerfall!“

„Wer ist dort, Addo?“, rief von drinnen die verweinte Stimme eines Mannes.

„Ein Mönch, Vater!“

„Ein Mönch? Um Himmels willen, dann lass ihn eintreten!“

Der Bursche murrte, aber er gehorchte und gab den Eingang frei. In der Stube war es düster, die Luft beißend vom weißen Herdrauch, der keinen Abzug fand. Paulinus unterdrückte ein Husten.

„Seid Ihr wirklich ein Mönch?“, fragte die verweinte Stimme hoffnungsvoll.

Paulinus entdeckte den Sprecher in einer Ecke. Auf einer Bank kauerte er neben einer leblosen Gestalt.

„Mein Name ist Paulinus. Ich bin Benediktiner.“

„Ich heiße Jacob“, entgegnete der etwa vierzigjährige Mann, offenbar der Wirt des Gasthauses. „Vergebt meinem Sohn seine Unhöflichkeit, aber Ihr trefft uns in großer Trauer an. Mein Weib ...“, seine Stimme wurde wieder brüchig, „mein Weib ist heute gestorben!“ Er streichelte der leblosen Gestalt, deren Kopf in seinem Schoß gebettet lag, über den ungeordneten Schopf.

Paulinus trat näher. Und erschrak. Die Kleidung der Toten war von oben bis unten mit Blut besudelt.

„Bei allen Heiligen, was ist hier geschehen?"

„Nicht das, was Ihr vielleicht denken mögt, Bruder", versicherte ihm Jacob rasch, „niemand hat Hand an sie gelegt." Leiser, fast beschämt fügte er hinzu: „Das hat sie selbst getan."

„Wie meinst du das?"

„Sie ... sie hat sich selbst getötet, Bruder. Mit einem Fleischmesser!" Er schluchzte. Paulinus stöhnte erschüttert. Vor ihm lag der Leichnam einer Selbstmörderin.

„Sie war krank", erklärte der Witwer, nachdem er wieder zu Atem gekommen war. „In ihren Eingeweiden wucherte ein Geschwür, niemand konnte ihr helfen. Sie konnte die Schmerzen am Ende kaum noch ertragen und war nicht mehr ihrer Sinne mächtig. Es geschah heute Morgen. Bevor ich eingreifen konnte, nahm sie das Messer und ..." Er vergrub sein Gesicht.

„Sicher wird's der Mönch dem Vogt stecken", argwöhnte Addo, der mit verschränkten Armen im Hintergrund stand. „Und der Vogt steckt's dem Priester. Oder umgekehrt. Jedenfalls wird uns Mutters Tod eine Menge Ärger bringen."

„Sei still, Addo!", schalt ihn sein Vater. „Was weißt du denn schon vom Leben, du Neunmalkluger?"

Addo spuckte auf den Boden, schwieg aber.

„Es ist so, Bruder", fuhr der Wirt nun zögerlich fort, „die Sorge meines Sohnes ist nicht unberechtigt, wie Ihr wisst. Einer Selbstmörderin wird ein christliches Begräbnis verweigert. Doch wollen wir auch nicht selbst in den Verdacht kommen, wir hätten sie umgebracht. Sagt, Bruder, muss sie wirklich ewig in der Hölle schmoren?"

Selten nur hatte Paulinus soviel Angst in den Augen eines Menschen leuchten sehen. Ohne Zweifel hatte der Wirt Jacob sehr an seinem Weib gehangen. Ob der Herrgott ihn, Paulinus, einmal mehr auf die Probe stelle? Was konnte er tun, um dem untröstlichen Witwer zu helfen?

„Dein Weib war nicht länger Herrin ihrer Sinne, als sie es tat. Christus wird ihr vergeben, denn seine Gnade ist groß. Wo willst du sie beerdigen?"

„Was bleibt mir übrig, als sie hinter dem Haus zu verscharren? Der Priester wird sich weigern, sie zu beerdigen. Ach, was für ein Elend ist über uns gekommen!“

„So will ich dafür sorgen, dass die Erde, in die du sie betten wirst, geweiht ist!“

Jacobs rotverheulte Augen begannen hoffnungsvoll zu leuchten. „Das würdet Ihr tun?“

Paulinus nickte ernst.

„Dann hat Euch der Himmel zu uns geschickt!“

Die Wege des Herrn, dachte Paulinus, *sind und bleiben seltsam*! Dennoch gab er die Hoffnung nicht auf, sie noch zu Lebzeiten ein wenig begreifen zu können.

*

Rothaid genoss die Milde des sonnigen Frühlingstages. Die Luft roch würzig nach aufblühenden Pflanzen und Kräutern. Kinder spielten auf dem Platz vor der Klause, wo man vorhin noch gebetet hatte. Der Tag würde kommen, an dem sie sich endlich alle in der Kirche versammelten, doch bis dahin würden noch einige Monate ins Land gehen.

Der Tag schien Rothaid wie geschaffen, um am Bach Wäsche zu waschen. Andere Frauen hatten denselben Gedanken gehabt, sodass am Ufer munteres Treiben herrschte. Rothaid genoss die Ehrerbietung, den man ihr als Mutter der Königin entgegenbrachte, man nickte oder winkte ihr respektvoll zu, und niemand wäre auf den Gedanken gekommen, sie kurzerhand zu übersehen.

Was für ein Leben! Sie war eine von allen geachtete Frau. Und das nach all den schrecklichen Jahren, die sie an der Seite ihres gewalttätigen Ehemanns Pippin verbracht hatte. Sie hatte mit ihrer Familie unter der Fuchtel eines Tyrannen gelebt – bis der Tag des Gerichts über ihn gekommen war.

Nur zu genau wusste sie, dass Gero nachgeholfen hatte. Nicht nur den Brand hatte er gelegt, er hatte dem Schwerverletzten auch noch den Rest gegeben. Sie, Rothaid, hatte unmittelbar daneben gestanden. Mit ihrem stillen Einvernehmen vollendete der Sohn eigenhändig, was die Flammen nicht geschafft hatten. Im vergangenen Herbst war dies geschehen, doch Rothaid erschien es wie eine Episode aus der Frühzeit ihres Lebens. Vorbei waren diese trostlosen Jahre. Nie wieder hatten sie und Gero ein Wort darüber verloren. Warum auch, Pippin hatte erhalten, was er verdiente. Von jenem Tag an hatte sich ihr Leben zum Besseren gewendet.

Rothaid kniete sich nieder und stapelte die Wäsche neben sich. Fröhlich plätscherte das Wasser. Fröhlich war auch die Stimmung unter den Frauen. Adelinde, eine Eremitin der ersten Stunde, erinnerte an einen Versprecher des Magnus bei der letzten Sonntagsmesse: Den biblischen Propheten Amos hatte er *Amor* genannt.

Alle lachten. Auch Rothaid. Süßer Jesus, wie gut es ihr tat, zu lachen. Vierzig Jahre galt es nachzuholen, in denen es nichts zu lachen gegeben hatte.

Ein hellblauer Himmel spannte sich über Gression. Das Wasser des Omerbachs war lauwarm, wie im Sommer. Jemandes Schatten fiel auf Rothaid herab. Sie zuckte zusammen. Hadwig war erschienen, sie kniete neben ihr. Hadwig war jünger als Rothaid, doch ein zerfurchtes Gesicht und zwei blutunterlaufene Augen machten sie schon vor der Zeit zu einer gealterten Frau.

Ihr Anblick trübte Rothaids Hochstimmung. Wenn es ihr möglich war, ging sie Hadwig aus dem Weg, denn Hiltruds Schwester erinnerte sie stets daran, dass Richarda in Wahrheit die Tochter einer Anderen war. Hadwig war gewissermaßen Richardas Tante. Aber sie konnte nicht wissen, was aus dem Säugling geworden war, den ihre jüngere Schwester damals in der Klause der Judith entbunden hatte.

Oder hatte Hadwig vielleicht doch eine Ahnung? Wie sonst war ihr kühler Blick zu erklären, mit dem sie Rothaid bedachte, sooft sie einander begegneten. Nein, Hadwig zählte nicht zu jenen, die der Mutter der Königin übertriebene Ehrerbietung entgegenbrachten.

„Du gehst mir aus dem Weg!“, sagte Hadwig, während sie einen Kittel ins Wasser tauchte. Sie sprach leise, ihre Worte klangen verbittert.

Rothaid gab sich befremdet. „Ich? Aber warum sollte ich das tun?“

Hadwig zog den Kittel aus dem Wasser und wrang ihn aus; es sah aus, als würde sie einem Huhn den Hals umdrehen. „Ja, warum nur? Sag du es mir, Rothaid.“

„Du irrst dich. Ich meide dich keineswegs.“

„Was hat sie dir erzählt?“

„Ich weiß nicht, von wem du sprichst, Hadwig.“

„Von meiner Schwester, von wem wohl sonst. Als ihr damals zum See gegangen seid – an jenem Tag, als sie ertrank! –, da habt ihr doch miteinander geplaudert, oder etwa nicht?“

„Wie? Gewiss, aber ... Hadwig, es fällt mir schwer, über diesen Tag zu sprechen. Es war furchtbar, mit ansehen zu müssen, wie sie ... –“

Was hat sie dir unterwegs erzählt?“ Sie sah Rothaid offen an.

„Wir sprachen über Belangloses, soweit ich mich erinnere.“

„Sie hat dir also nichts von einem Kind erzählt?“ Die Frage kam lauernd, aber Rothaid bemühte sich um ein nichtssagendes Gesicht.

„Von einem Kind? Nein. Ich erinnere mich nicht, dass wir über ein Kind gesprochen hätten.“

Hadwig ließ sie nicht aus den Augen. Rothaids Unbehagen wuchs.

„Meine Schwester nannte dich eine Freundin.“

„Ich mochte Hiltrud sehr.“ Rothaid schlug kurz die Augen nieder, sie konnte nichts dagegen tun.

„Ertrinken ist ein schlimmer Tod!“

„Ich wünschte, ich hätte ihr helfen können. Aber es gab nichts, was ich tun konnte. Beinahe wäre ich selbst eingebrochen und ins Wasser gestürzt.“

Hadwigs Augen wurden zu schmalen Schlitzen. „Ich kenne meine Schwester. Sie hatte dich tief in ihr Herz geschlossen. Es sollte mich wundern, wenn sie sich dir nicht anvertraut hätte.“

Es war nun an der Zeit, das Gespräch zu beenden, fand Rothaid. „Hadwig, was willst du eigentlich von mir?“, rief sie so laut, dass die anderen Frauen am Bach abrupt verstummten und herübersahen. „Hiltruds Tod hat auch mich schwer getroffen! Wirfst du mir vor, ich hätte sie sterben lassen? Der Anblick der Ertrinkenden war schrecklich, ich träume jede Nacht davon. Und von einem Mädchen weiß ich nichts!“

Hadwig hob die Brauen. Ihre Stimme wurde zu einem Flüstern. „Ich sprach von einem Kind, Rothaid. Und du sprichst von einem Mädchen?“

Siedendheiß durchfuhr es Rothaid. „Was fällt dir ein? Wie sprichst du mit mir?“, zischte sie. „Du sprachst von einem Mädchen, aber ich habe keine Lust, mich weiter vor dir zu rechtfertigen. Es gibt nichts, was ich mir vorwerfen muss.“

Hadwigs Gesicht glich einer starren Maske.

Gütiger Gott, warum hört sie nicht auf? Rothaid spürte ihre Kräfte schwinden. Wie lange würde sie dem unverhohlenen Misstrauen der Anderen noch Widerstand leisten können?

Gütiger Gott, gib, dass sie endlich schweigt!

Später war Rothaid fest überzeugt, dass Gott ihr Gebet auf der Stelle erhört hatte. Denn just in diesem Moment erfüllte ein Grollen die Welt, und die Erde begann zu beben. Die anwesenden Frauen kreischten erschrocken, doch nach wenigen Augenblicken war alles wieder ruhig.

Schon im vergangenen Jahr waren die Menschen immer wieder durch heftige Erdstöße beunruhigt worden; damals hatte man sie für Vorzeichen der Apokalypse gehalten.

Rothaid erhob sich. „Kommt!“, rief sie den Frauen geistesgegenwärtig zu, „gehen wir zum Gebetsplatz!“

Allen schien es naheliegend, dass der Herrgott solches von ihnen verlangte. Und so trafen die Eremiten vor der Klause zusammen, obwohl es noch nicht an der Zeit fürs Gebet gewesen wäre.

Rothaid aber war den lästigen Fragen der Hadwig entronnen.

Magnus machte sich wegen des Bebens keine Sorgen. Vermutlich wollte Gott – oder auch der Teufel, wer konnte das so genau wissen? – die Menschen nur ein wenig erschrecken. Ein zitternder Erdboden, das war schließlich nichts Neues mehr, nur Kindern oder Frömmlingen wie diesen Eremiten machte das noch Angst. Vermutlich war alles nur eine Alberei des Himmels oder der Hölle.

Gleichwohl setzte Magnus eine ernste Miene auf, als die Eremiten ihn nach dem Erdstoß zum Gebet riefen. Und während er Gott um Erbarmen anrief, dachte er voller Vorfreude an den bevorstehenden Abend. Von Bruno, dem heimlichen Boten des Gaugrafen, hatte er erfahren, dass er mit Besuch rechnen durfte. Magnus hatte darum gebeten, ihm wieder diese feingliedrige Dirne mit dem Namen Wita zu schicken, die ihm bereits einige Nächte versüßt hatte.

Tatsächlich erschien Wita kurz vor Mitternacht in der kleinen Hütte, die man ihm zur Verfügung gestellt hatte. Eine lächerliche Behausung, aber immerhin war er hier ungestört, und eines Tages, so hatten die Eremiten es ihm versprochen, würde er eine geräumigere Wohnung beziehen können.

Wita hatte langes blondes Haar, himmelblaue Augen und kleine weiße Brüste. Sie berichtete von ihrer Furcht, die sie wegen des Erdstoßes gehabt habe.

„Bei mir musst du dich nicht fürchten, erst recht nicht vor Stößen“, beschied ihr Magnus grinsend, während seine Hände über ihren Busen glitten.

„Gewiss nicht“, erwiderte sie mit spöttischem Lächeln, „du bist ja auch ein Gottesmann.“

„Und zwar einer, der die Bedürfnisse seiner Schäfchen kennt!“

Aufreizend langsam schälte sie sich aus ihrer Kleidung. „Nun? Nimmst du mir nachher die Beichte ab?“

„Aber das mache ich doch immer, Wita!“

„Gut. So will ich dir heute etwas Neues zeigen.“

„Du hast immer noch etwas Neues zu bieten?“

„Mehr, als du dir vorstellen kannst.“

„Und das soll etwas heißen.“ Magnus neigte erwartungsvoll den Kopf. Er stellte fest, dass er Wita nicht nur begehrte, sondern auch wirklich mochte. Vielleicht lag das ja an der Abgeschiedenheit, in der er hier lebte. Oder daran, dass ihr Äußeres ihn an Oda erinnerte, die eine verbotene Frucht für ihn blieb.

Wigbert staunte nicht schlecht, als er an der Tür lauschte. Zweifellos trieb Magnus es da drinnen mit einem Weibsbild.

Weil Gunda wieder einmal zudringlich geworden war, hatte Wigbert seine Hütte kurzerhand verlassen, um frische Nachtluft zu schnuppern. Gunda und ihr verdammter Wunsch nach einem Balg! Solche Entscheidungen wollte er nicht ihr überlassen, sondern selbst treffen, nämlich dann, wenn er der Meinung war, dass die Zeit dafür reif sei. Es reichte ihm schon, dass er sich dem hochmütigen Konrad unterordnen musste, auch wenn dieser ihm manch guten Kniff beigebracht hatte.

Jetzt aber, in dieser milden Frühlingsnacht, wurde er Zeuge von Magnus' Lasterhaftigkeit. Nicht, dass ihn das überrascht hätte, sah er sich doch in seiner Meinung über den früheren Wandermönch nur bestätigt.

„Was machst du denn da?", hörte Wigbert ihn kichern.

„Gefällt es dir etwa nicht?", erwiderte das Weibsbild, das, da war Wigbert sich sicher, keins aus dem Lagerdorf war.

„Hallelujah! Und ob mir das gefällt, mein süßes Früchtchen."

Wigbert hatte genug gehört. Es würde ihm ein Vergnügen sein, Richarda von den Verfehlungen des Magnus zu berichten.

Dann aber besann er sich. Besser, er behielt alles vorläufig für sich. Für ihn selbst würde sich ohnehin nichts ändern. Und dem Eremitenpriester konnte er sein Wissen immer noch um die Ohren hauen und ihm damit drohen, wenn es ihm einmal von Nutzen sein würde.

11.

Vor den Toren Kölns, im Wirtshaus „Zum Hunnen“ am Rheinufer, wenige Tage vor dem Pfingstfest 1000 A.D.

Der Wirt, ein hinkender Mann mit Hasenscharte und einem fassrunden Bauch, entzündete zwei Funzeln. Flackerndes Licht breitete sich aus und ließ die Schatten in der Stube wild tanzen. Ein dreibeiniger Hund, auf der Suche nach etwas Fressbarem, war durch die angelehnte Tür ins Innere gelangt. Schnüffelnd durchsuchte er das stinkende Binsenstreu des Fußbodens, das seit Wochen nicht erneuert worden war. Der Wirt vertrieb das Tier, indem er ihm schimpfend einen Tritt versetzte und verlor dabei selbst um ein Haar sein Gleichgewicht.

„Behandelt man so einen Leidensgenossen?“, rief einer der Zecher grinsend. Die Anspielung galt dem körperlichen Gebrechen des Wirtes, dessen Bewegungen denen des Hundes in der Tat nicht unähnlich waren. Der Kumpan des Zechers lachte grölend über diese Abfälligkeit.

„Wenn ihr nicht die Klappe haltet“, lispelte der Wirt, „dann kriegt ihr kein Bier mehr.“

„Bier nennst du das? Ich nenne es Pferdepisse.“

„Nenn es wie du willst. Noch ein Wort und ihr sitzt im Trockenen.“

„Trocken ist es in diesem feuchten Drecksloch noch nie gewesen. Willst du deine besten Gäste vergrätzen?“

„Meine besten Gäste zahlen immer, was sie mir schulden. Was man von euch nicht behaupten kann.“

Die Zecher ließen es gut sein mit ihren Spötteleien und widmeten sich wieder den Würfeln.

Iwein hatte sich in eine dunkle Ecke der Spelunke zurückgezogen. Ihm war wohler, wenn er alles im Auge hatte, ohne selbst von jedem wahrgenommen zu werden. Er machte sich Sorgen um seinen Schützling. Der nämlich hatte darauf bestanden, an diesem Abend ohne die Hilfe des großen Bruders Geld zu verdienen und sich zu den beiden Zechern an den Tisch gesetzt. Nun beteiligte er sich an deren Würfelspiel. Sein neuer Ehrgeiz gefiel Iwein überhaupt nicht.

„Was ist, wenn du einmal krank wirst?“, hatte Rufus ihm zugeflüstert. „Dann muss ich doch auch für unseren Lebensunterhalt sorgen, oder etwa nicht?“

„Du bist noch nicht soweit“, erwiderte Iwein mit erzwungener Geduld.

„Nie traust du mir etwas zu.“

„Du besitzt noch nicht genügend Geschick, um Kerle wie jene um ihren Geldbeutel zu erleichtern. Selbst für mich wäre das ein gewagtes Spiel. Wenn sie den Diebstahl bemerken, dann schlagen sie dir alle Zähne aus.“

Den Rest seiner Meinung behielt Iwein für sich, denn seine Zweifel am gaunerischen Talent seines Schützlings waren grundsätzlicher Natur. Es war schwer zu glauben, dass aus Rufus einmal ein Meisterdieb werden konnte. Rufus war einfach nicht kaltschnäuzig genug. Ein allzu sanftes Gemüt war nicht besonders hilfreich für den Beruf, den sie ausübten. Den vor allem er, Iwein, ausübte. Denn Rufus war und blieb in erster Linie eines: sein Schützling. Gleichwohl war Rufus ihm keine Last, eine tiefe Geschwisterliebe verband die beiden. Was hatten sie in den vergangenen Jahren nicht alles gemeinsam durchstehen müssen. Ihr Schicksal hatte sie fest zusammengeschmiedet. Allein der Gedanke, von Rufus getrennt zu sein, bereitete Iwein Bauchweh.

In einem der umliegenden Dörfer hatten sie ihre ersten Lebensjahre verbracht. Das Unheil fing an, als der Vater, ein Hufschmied, unter den Huftritten eines wild gewordenen Gauls zu Tode kam. Bald darauf war Mutter an einem Lungenfieber erkrankt und starb nach tagelangen Qualen, niemand vermochte ihr zu helfen. Mutters Schwester nahm sich der beiden Kinder an. Aber sie starb selbst nur wenig später bei einer Geburt. Der Onkel wollte die Bälger, die nicht seine eigenen waren, nicht länger im Haus haben und schickte sie nach Köln. Dort gäbe es Nonnen und Mönche, die sich verwaister Kinder annähmen, versicherte er ihnen.

Iwein aber wollte nicht in einem Kloster oder einem Waisenhaus leben. Er war pfiffig und klug, er war sozusagen ein Meister darin, sich durchs Leben zu schlängeln, indem er die Menschen für sich gewann. Niemand sah ihm an, dass er in Wahrheit ein geschickter Dieb war. Gewiss, oft genug musste er sein Brot auch durch harte Arbeit verdienen, denn nicht überall gab es etwas zu stehlen. Aber das Vagabundenleben, das er führte, war allemal besser als ein Leben unter der Fuchtel von Menschen, die ihn nur deshalb aufnahmen, um für das eigene Seelenheil zu sorgen. Und immer an seiner Seite: sein Schützling Rufus. Noch nie hatte sich Rufus über das Leben, das sie führten, beklagt.

Rufus war etwa drei Jahre jünger als er selbst, das wusste Iwein. Er schätzte seinen Schützling auf dreizehn oder vierzehn Lenze, was bedeutete, dass er, der Ältere, inzwischen um die sechzehn oder etwas älter sein musste. Beide Geschwister hatten dunkles Haar, das Iwein gerne schulterlang, Rufus aber kurz geschoren trug. Rufus' Stupsnase war ausgeprägter als die des älteren Bruders, zumindest war dies Iweins Ansicht, wenngleich ihnen häufig versichert wurde, wie sehr sie doch einander ähnelten. Iwein hatte nur noch blasse Erinnerungen an seine verstorbene Mutter, aber wenn er in Rufus' Augen blickte, dann kehrte manche Erinnerung zurück. Die Mutter hätte ihren Beruf sicher nicht gutgeheißen – sie war fromm, aufrecht und grundehrlich gewesen -, aber was war den Waisen übrig geblieben, nachdem sich niemand ihrer hatte annehmen wollen?

Grundehrlich – das war eine Eigenschaft, die Iwein auch seinem Schützling Rufus zuschrieb. Wenn auch mit einem ganz speziellen Abstrich. Wie auch immer, im Grunde war Rufus ehrlich – keine günstige Voraussetzung für einen Beutelschneider. Doch offenbar hatte Rufus es sich in den Kopf gesetzt, den älteren Bruder künftig ein wenig zu entlasten. Ein verrufenes Wirtshaus, zwei rüpelhafte Zecher, deren Würfel mit hoher Wahrscheinlichkeit gezinkt waren - das waren weiß Gott keine guten Voraussetzungen für eine Übungseinheit. Aber Rufus wollte ja unbedingt!

„He, Burschen!", hatte einer der Kerle ihnen zugerufen. „Keine Lust auf ein Spielchen?"

Es war sonnenklar, dass sie leichte Beute in ihnen sahen.

„Nein, danke!“, hatte Iwein die Einladung ausgeschlagen.

Rufus dagegen hatte geantwortet: „Warum nicht?“ Worauf es zu jenem kleinen Disput zwischen den Geschwistern gekommen war. Rufus hatte die Warnungen des Älteren in den Wind geschlagen und war zum Tisch der Spieler geeilt.

Nachdem Iwein sie von Weitem eine Weile beobachtet hatte, bekam er Gewissensbisse. Er hätte Rufus energisch daran hindern sollen, sich diesen Gestalten zu nähern. Nun war es zu spät. Die gezinkten Würfel kullerten über den Tisch. Wenn es Rufus nicht gelang, mindestens einen der Mitspieler um seinen Geldbeutel zu erleichtern, dann wären sie zudem noch die wenigen Kupfermünzen los, die sie besaßen.

Der Abend war bereits weit fortgeschritten. Bis auf Iwein, die drei Würfelspieler, den Wirt und einen alten zahnlosen Mann, der einsam an einem der vorderen Tische hockte, hatte sich die Gaststube inzwischen geleert. Iwein ließ Rufus nicht aus den Augen. Ihm schwante Böses. Und es kam, wie es kommen musste.

„He, was machst du da?“, rief plötzlich einer der beiden Falschspieler. Er erhob sich und packte Rufus grob am Kragen.

Sein Kumpan blinzelte ihn an. „Was hat er getan?“

„Der Bastard wollte mich beklauen.“ Er versetzte Rufus ein paar deftige Ohrfeigen.

Iwein eilte zum Tisch.

„Was willst du?“, herrschte Rufus’ Peiniger ihn an. Iwein blickte in sein habichtartiges Gesicht.

„Er ist mein Bruder“, entgegnete Iwein, „hör auf, ihn zu schlagen.“

„Die Ratte wollte mir an den Geldbeutel. Hat geglaubt, ich würd’s nicht merken, wenn er mir unterm Tisch an den Gürtel fasst.“

„Lass ihn los! Die Ohrfeigen sind ihm Strafe genug.“

„So, findest du? Ich dagegen finde, er gehört windelweich geprügelt.“

„Wer mit gezinkten Würfeln spielt, sollte großzügiger mit Gnade umgehen.“

Die Männer sahen sich an.

„Du behauptest also, wir spielen falsch?“, fragte der Kumpan des Habichts. Er hatte Oberarme wie Eichenäste, und zwischen seinen Zähnen, die wie angespitzt aussahen, klafften Lücken. Mit aufreizender Langsamkeit rappelte er sich auf.

„Aber nein“, keuchte Rufus. „Mein Bruder hat es doch nicht so gemeint.“

„Was hat er dann gemeint?“, forschte der Habicht.

„Ihr habt meinen Bruder um einige Kupfermünzen erleichtert“, versuchte Iwein die Situation zu entschärfen. „Lassen wir es damit gut sein.“

„Du hast uns Falschspieler genannt!“, beharrte die Eiche.

„Was ich hiermit wieder zurücknehme.“

„Gesagt ist gesagt.“

„Wenn ihr euch prügeln wollt“, rief der Wirt, „dann geht gefälligst raus!“

„Gute Idee“, sagte der Habicht. „Unser kleiner diebischer Freund hier könnte ein Bad im Fluss vertragen.“

„Aber ... er kann nicht schwimmen.“ Iweins Stimme war wie ein Flehen.

„Was für ein Jammer für ihn.“

„Bitte!“

„Verpiss dich, Bursche. Sonst landest auch du im Wasser.“

Die Männer schlurften zur Tür, den zappelnden Rufus in ihre Mitte geklemmt. Doch so sehr sich Rufus auch zur Wehr setzte, die Pranken der Männer hielten ihn gepackt, ein Entkommen war unmöglich. Erschüttert setzte Iwein ihnen nach.

„Lasst ihn los, ihr miesen Schweine!“ Er stürzte sich auf den Habicht, den vermeintlich Schwächeren der beiden, doch schon packte die Eiche ihn am Genick. Im nächsten Augenblick fand Iwein sich auf dem Boden wieder, nachdem ein krachender Fausthieb ihn am Kinn getroffen hatte. Sein Schädel dröhnte und wollte zerplatzen. Halb bewusstlos blieb er liegen, unfähig, sich wieder aufzurappeln.

„Ein Mädchen in den Fluss zu werfen, das ist nicht schicklich“, hörte er eine heisere Stimme sprechen. Vermutlich die des zahnlosen Alten, der den ganzen Abend nichts gesagt hatte.

„Was faselst du da, Tattergreis?“, entgegnete der Habicht. „Sieh dir die Ratte doch an, das ist ein Bursche. Er kriegt nur, was er verdient.“

Iwein kämpfte mit aller Macht gegen die Ohnmacht an, die ihn zu überwältigen drohte. Der metallische Geschmack von Blut lag ihm auf der Zunge. Nachdem es ihm endlich gelungen war, wieder auf die zitternden Beine zu kommen, hatten die Falschspieler samt Rufus die Spelunke bereits verlassen.

„Willst du nicht hinausgehen und der Kleinen zu Hilfe eilen?“, fragte ihn der alte Mann.

Und ob er das wollte. Er hastete Richtung Tür und überhörte das Lamento des Wirts, der sich Sorgen um seine Zeche machte.

Draußen gab am wolkenlosen Himmel eine kräftige Mondsichel etwas Helligkeit. Nur hundert Schritte vor ihm lag das Rheinufer. Die Luft war geschwängert vom Geruch nach Tang und Wasser, in den Wellen des Flusses glitzerte das Licht der Nacht. Davor die Schemen von drei Gestalten. Raues Gelächter. Rufus hatte es noch nicht aufgegeben, sich gegen die gewalttätigen Männer zur Wehr zu setzen. Freilich hätte Iweins Schützling ebenso gut versuchen können, einen Orkan zu bändigen, so aussichtslos waren seine Bemühungen, sich der groben Hände zu entziehen. Rufus würde im kalten Wasser des Rheins unweigerlich ertrinken, wenn die Männer es ernst meinten! Iwein musste sie um jeden Preis davon abhalten, selbst wenn das weitere Prügel nach sich zog.

Nach wie vor benommen vom Kinnhaken der Eiche torkelte er ihnen entgegen. Immerhin schienen die Kerle es nicht eilig zu haben, Rufus ins Wasser zu werfen, seine lebhafte Gegenwehr amüsierte sie offensichtlich.

„Loslassen!“, schrie Iwein.

Als er sich auf sie stürzen wollte, wurde er abermals zu Boden geschleudert – diesmal war es der Ellenbogen der Eiche, der sein Nasenbein traf. Iwein schluckte Blut und Dreck, und er ahnte, dass die Nase wohl gebrochen war. Schlimmer aber war der Gedanke, Rufus nicht beschützen zu können. „Nehmt eure verdammten Pfoten weg“, murmelte er benommen.

„Bitte, nicht!“, flehte Rufus. „Lasst mich nach meinem Bruder schauen. Seht ihr denn nicht, dass er blutet?“

Der Habicht und die Eiche lachten und grölten.

Iwein hörte das Zerreißen von Stoff. Ein Aufschrei! Es folgte ein Augenblick überraschter Stille.

„Was haben wir denn da?“, prustete der Habicht. „Unser kleiner Gauner ist ja eine Gaunerin!“

Erschrocken blickte Iwein auf. Die Widerlinge hatten Rufas Geheimnis entdeckt. Das zerrissene Wams der Schwester offenbarte kleine, aber unzweifelhaft weibliche Brüste. Mit zitternden Händen versuchte Rufa, sie vor den Blicken der Männer zu bewahren.

Nun würden die Kerle sie wohl auch noch schänden, bevor sie sie in die kalten Fluten des Flusses warfen, dachte Iwein verzweifelt.

„Sieh mal einer an.“ Der Habicht verschlang sie mitgierigen Blicken. „Unsere kleine Gaunerin tarnt sich als Jüngling. Ich finde, wir sollten sie nachdrücklich daran erinnern, dass sie ein Weibsbild ist.“

„Von mir aus“, grinste sein Kumpan.

Der Fuß der Eiche auf seinem Brustkorb hinderte Iwein daran, sich aufzurichten.

„Ich zuerst“, verlangte der Habicht. „Halt sie gut fest, damit sie keinen Ärger macht.“

Die Eiche sah auf Iwein herab. „Warte noch. Zuerst will ich diesen Nichtsnutz hier unschädlich machen, sonst gibt er keine Ruhe.“ Er bückte sich nach einem Weidenzweig, der neben seinen Füßen lag.

Iwein gab alle Hoffnung auf und schloss die Augen. Dieser unselige Tag würde in einer Katastrophe enden. Gleich würde die Eiche auf ihn eindreschen, bis er bewusstlos oder gar tot war. Noch schlimmer aber war der Gedanke an das, was sie seiner Schwester antun würden. Iwein war nicht sonderlich fromm, aber für ein Stoßgebet reichte seine Gottesfurcht gerade noch aus.

Herr im Himmel, lass Rufa nicht zu lange leiden. Oder besser noch: Rette sie!

„Zügelt euren Zorn und versündigt euch nicht!"

Wessen Stimme war das? Iwein hielt den Atem an. Wer hatte diese befehlenden Worte gesprochen? Oder hatte er sie etwa nur in seiner Fantasie vernommen? Hatte er vielleicht die Stimme des Teufels gehört, der ihm Hoffnung machte, um sich hiernach umso mehr an seiner Mutlosigkeit zu weiden?

Schweigen. Plätschernde Wellen trafen das Flussufer.

„Was zögert ihr?", fuhr die Stimme fort. „Geht heim und sät keine Gewalt. Glaubt mir, eure Seele wird es euch danken."

„Wer seid Ihr?", zischte der Habicht. „Dieses Flittchen wollte uns bestehlen."

„Sünden werden nicht durch neue Sünden vergolten. Sonst wäre die Hölle uns allen gewiss."

Iwein hob blinzelnd die Augenlider. Nur wenige Schritte entfernt sah er einen Mann in Kutte, der einen Wanderstab hielt und ein Bündel bei sich trug.

„Kümmert Euch um Euren eigenen Kram, Mönch", sagte der Habicht, doch seinen barschen Worten zum Trotz war sein Tonfall erstaunlich zurückhaltend. Die Eiche zeigte weniger Ehrfurcht.

„Wenn Ihr unbedingt wollt, bekommt auch Ihr eine Tracht Prügel. Macht Euch besser vom Acker, wir sind beschäftigt!"

„Wer einen Mann Gottes schlägt", sagte Iwein, und es klang wie ein Krächzen, „dem ist die Hölle so gut wie sicher. Nichts mehr kann ihn dann von dieser Sünde rein machen!"

Die Falschspieler wechselten einen unschlüssigen Blick. Selbst ihnen war zu Ohren gekommen, dass es eine arge Todsünde war, einem Geistlichen Gewalt anzutun. Und so betrunken, dies außer Acht zu lassen, waren sie nun auch wieder nicht. Die Hölle war kein schöner Ort.

„Er spricht die Wahrheit", sagte der Mönch mit ernster Stimme.

„Was sicherlich nicht häufig der Fall ist", erwiderte der Habicht ausspuckend.

Die Eiche ließ den Knüppel zu Boden fallen. Noch einmal musterte er das halb entblößte Mädchen; dann zuckte er mit den Achseln. Sein Kumpan wischte sich mit dem Ärmel den Geifer vom Mund. Widerwillig ließ er ab von Rufa, die zu Boden sank und sich ängstlich zusammenkauerte.

„Komm!“, sagte der Habicht zu der Eiche, „trinken wir weiter Pferdepisse, anstatt unsere Zeit mit diesen Tölpeln zu vertrödeln.“ Derbe Zoten von sich gebend, kehrten sie ins Wirtshaus zurück.

Stöhnend kam Iwein auf die Beine, entledigte sich seines Überrocks und reichte ihn der Schwester.

„Hier, du Meisterdieb!“

Rufa beeilte sich, das Kleidungsstück überzustreifen, damit sie nicht länger entblößt war. „Ich hätte auf dich hören sollen“, sagte sie kleinlaut und vergrub ihr Gesicht.

„Jetzt haben wir nicht einmal mehr eine Kupfermünze.“

„Tut mir leid.“

„Mir auch.“

„Wie lange wirst du mir nun Vorhaltungen machen?“

„Drei Tage. Vielleicht länger. Herrgott, meine Nase ist gebrochen.“

„Es tut mir so leid.“

„Ja, das sagtest du schon.“

„Beim nächsten Mal mach ich's besser.“

„So schnell wird es kein nächstes Mal geben. Du musst noch viel lernen, hörst du?“

„Ja, ja, ja.“

„Gütiger Jesus, sie hätten dich um ein Haar geschändet.“ Iwein wurde sich der Gegenwart des Mönchs wieder bewusst. Dieser stand, auf seinen Wanderstab gestützt, immer noch dort und beobachtete die Geschwister schweigend.

Iwein nickte ihm zu. „Habt Dank, Bruder. Wenn Ihr nicht gekommen wärt, dann -“ Er ließ den Satz unvollendet, weil er nicht länger darüber nachsinnen wollte.

„Deine Schwester?“, fragte der Mönch, indem er mit dem Kinn auf Rufa deutete.

„Ja, Bruder. Obwohl sie sich lieber als mein Bruder ausgibt."

Fragend hob der Mönch die Brauen.

„Sie ist sehr eigenwillig", seufzte Iwein.

„Aus gutem Grund", warf Rufa schluchzend ein, „man sieht ja, was einem Weib alles widerfahren kann." Dem Mönch entging nicht, wie sehr sie sich mühte, ihrer Stimme einen dunkleren Klang zu verleihen.

Für eine ausführlichere Erklärung war dies wohl nicht der rechte Ort, fand Iwein. Außerdem war und blieb der Mönch ein Fremder, auch wenn er sie allein durch sein Erscheinen vor der Gewalt der beiden Rohlinge gerettet hatte.

„Mein Name ist Paulinus", stellte sich der Mönch vor, als habe er Iweins Gedanken erraten, „ich komme aus Hersfeld."

12.

Bruder Paulinus lag schlaflos auf einer verlausten Strohmatte. Seine Füße waren rohes Fleisch und schmerzten höllisch, seit Wochen war er unterwegs. Unweit von dieser heruntergekommenen Pilgerherberge, bei seinen Glaubensbrüdern in Sankt Pantaleon nämlich, hätte er wohl ein komfortableres Quartier erhalten. Doch Paulinus scheute die Einkehr in die Klöster, denn schließlich war er nichts anderes als ein Entflohener, ein Mönch, der ohne Erlaubnis des Abtes seinen Konvent verlassen hatte. Sein Verstoß gegen die Ordensregeln war kein geringer, auch wenn er gute Gründe für sein Handeln zu haben glaubte. Jedenfalls wollte er nicht noch weitere Sünden begehen, indem er fremden Mitbrüdern einen erlogenen Grund für seine Reise nannte. Zudem war es nicht gänzlich ausgeschlossen, dass die Kunde eines entlaufenen Mönchs aus dem fernen Hersfeld durch irgendwelche Zufälle bereits hiesige Klostermauern überwunden hatte. Paulinus wollte nichts riskieren, erst recht nicht so kurz vor dem Ziel, denn Gression konnte nicht mehr weit sein.

Er trug keine Geldmünzen bei sich, deshalb war es unerlässlich, Herbergen dieser Art aufzusuchen, wollte er nicht im Freien nächtigen. Ohnehin waren die Mühen und Plagen seiner Reise eine willkommene Demutsübung, sagte er sich, denn in Hersfeld hatte es soviele Annehmlichkeiten gegeben, dass dem heiligen Benedikt wohl die Haare zu Berge gestanden hätten. Damit würde es künftig für immer vorbei sein, denn Gression war ein Ort der Einkehr und des Gebets, es gab dort keinen Platz für verschwenderische Fülle.

Der Grund für Paulinus' Schlaflosigkeit aber waren weder das Ungeziefer, das ihn malträtierte, noch seine wunden Füße. Es waren die schweifenden Gedanken, die ihn wach hielten.

Die Begegnung mit den diebischen Geschwistern beschäftigte ihn immer noch. Sie waren ihm in die Herberge gefolgt, und er konnte hören, wie sich die beiden, die am anderen Ende des Schlafsaales lagen, flüsternd unterhielten. Weitere Einkehrer waren nicht zugegen.

Offenbar waren Bruder und Schwester uneins, denn immer wieder erhob das Mädchen klagend die Stimme, vergessend oder außer Acht lassend, wie hell sie ohne Verstellung klang, doch der Bruder mahnte sie, leise zu sprechen.

Das Schicksal hatte Bruder und Schwester zu Waisen gemacht, immerhin das hatte Paulinus von ihnen erfahren. Vagabundierend und stehlend schlugen sie sich durchs Leben, es war eine Tragödie. Gewiss, der junge Mann war klug, gerissen und dabei durchaus von gewinnendem Wesen. Auch das ängstliche Mädchen Rufa hatte sein Herz berührt; trotz all ihrer Zerbrechlichkeit und Zartheit schien sie genau zu wissen, was sie wollte. Dass sie wie ein Bursche daherkommen wollte, musste gute Gründe haben, vermutlich war sie in der Vergangenheit mehr als einmal männlichen Begierden ausgesetzt gewesen. Es mochte nicht gottgefällig sein, sein Geschlecht zu verleugnen, aber wenn es zum Schutz gegen wollüstige Raubeine geschah, wer wollte ihr Vorhaltungen machen?

Paulinus hatte den Geschwistern einen Vorschlag unterbreitet.

„Warum kommt ihr nicht mit mir?“

Iwein fragte: „Und wohin geht Ihr, Bruder?“

„Nach Gression!“

Er hatte gehofft, dass der Name ihnen irgendetwas sagte, doch Iwein runzelte fragend die Stirn.

„Ist das eine Stadt?“

„Gression ist ein Ort, wo fromme Menschen nach Gottes Geboten leben.“

„Also ein Kloster?“

Paulinus schüttelte den Kopf. „Kommt und seht! Der Ort ist kaum mehr als eine Tagesreise von hier entfernt.“

Iwein kratzte sich das stoppelige Kinn. „Ich weiß nicht, ob ein solcher Ort das Richtige für uns ist.“

„Du musst nicht für mich sprechen“, entgegnete das Mädchen trotzig, aber Iwein ging nicht darauf ein.

„Nochmals danke, dass Ihr uns zu Hilfe gekommen seid, Bruder.“

„Denkt darüber nach!“ Mit diesen Worten hatte Paulinus sich zu seinem Nachtlager begeben.

Er konnte es kaum erwarten, Richarda endlich kennenzulernen. Und mit jeder Faser seines Körpers spürte er, dass er berufen war, ihr zu dienen. Gott hatte es so gefügt.

„Wie oft habe ich dir das schon gesagt? Wenn du stiehlst, dann tu es mit den Finger*spitzen*." Flüsternd betonte Iwein jedes seiner Worte. „Du musst eins werden mit dem Diebesgut. Und vor allem: Warte den rechten Augenblick ab. Der Bestohlene muss abgelenkt sein, wenn du ihm an die Geldbörse willst."

„Das alles habe ich bedacht. So vergesslich bin ich nicht, dass du mir das jeden Tag aufs Neue einhämmern müsstest, Bruder."

„Ach nein? Erfolgreich warst du trotzdem nicht." Und mit Nachdruck: „Fast hättest du auch noch deine Jungfräulichkeit verloren."

„Man gewinnt fast den Eindruck, dass dich das schadenfroh macht."

„Red keinen Unsinn, Rufa. Du weißt genau, dass ich jeden Kerl umbringe, der dir Böses will. Aber immerhin verdanke ich dir eine gebrochene Nase. Das sind höllische Schmerzen, glaub mir. Ja, ich weiß, es tut dir leid, verschon mich damit."

„Wann hörst du endlich damit auf, mir ständig Vorwürfe zu machen?", schnarrte sie.

„Psst, sei leise." Iwein legte ihr einen Finger auf den Mund. „Der Mönch muss nicht alles mithören. Wann ich dir keine Vorwürfe mehr mache, willst du wissen? Nun, wenn du es schaffst, einmal eine Wurst zu stehlen, ohne dass der Fleischer uns mit einem Schlachtmesser verfolgt, genau an diesem Tag hat es ein Ende mit meinen Vorwürfen."

„Übertreib nicht. Ich habe schon manches Brot geklaut."

„Das stimmt nicht ganz. Du hast dir schon manches Brot *erbettelt.*" Es war stockfinster in der Herberge, aber Iwein war sich sicher, dass Rufa errötete.

„Das hast du gesehen?", fragte sie verlegen.

„Ich bin dein Mentor, es ist meine Pflicht, dich zu beaufsichtigen."

„Und hast es für dich behalten?"

„Ich wusste, es würde dir peinlich sein."
„Zu betteln ist kaum weniger peinlich, als ein Dieb zu sein."
„Gib's ruhig zu, es wäre dir peinlich gewesen."
„Wenn du meinst, Besserwisser!"
„Psst. Leise, sagte ich."
„Wie kann ich dir beweisen, dass ein guter Dieb aus mir werden kann?"

Iwein dachte darüber nach. „Der Mönch", flüsterte er ihr schließlich zu, „er trägt ein Bündel bei sich. Mir fiel auf, dass er es hütet wie seinen Augapfel."

„Und?"

„Wenn du es schaffst, den Inhalt des Bündels an dich zu nehmen, ohne dass er den Diebstahl bemerkt, dann nenne ich dich einen guten Dieb."

„Das wäre äußerst unredlich. Ihm verdanken wir, dass uns nichts Schlimmeres zustieß."

„Du kannst ihm ja später alles wieder zurückgeben, wenn du unbedingt willst. Wertvollen Besitz wird er ohnehin nicht mit sich führen. Mönche müssen arm sein. Wenn ich auch bezweifle, dass die Kerle am Hungertuch nagen."

„Also gut, ich will stehlen, was in dem Bündel ist. Aber wenn der Mönch aufwacht, ist alles wieder an seiner Stelle."

„Augenblick mal, ich sagte nicht, dass du es *jetzt* stehlen sollst. Das wäre kein großes Kunststück in dieser Dunkelheit. Nein, am helllichten Tag muss dir das gelingen."

„Oh je." Schon bereute Rufa ihre Forschheit.

„Du kneifst also?"

„Von wegen. Ich werde es tun. Morgen. Das bedeutet allerdings, dass wir den Mönch begleiten müssen. Wohin wollte er gehen?"

„Nach Gression, wo immer das auch sein mag. Jedenfalls hat er gesagt, dass Aachen nicht weit entfernt ist. Das trifft sich gut, denn dort waren wir schon lange nicht mehr."

„Na schön. Morgen also." Rufa gähnte und streckte sich aus. Iwein nahm ihre Hand und rieb sanft ihre Finger.

„Und denk daran ..."

„Immer mit den Finger*spitzen*! Gute Nacht, Iwein."
„Gute Nacht, Schwesterherz."

Am nächsten Morgen, eine Stunde nachdem er aufgebrochen war, staunte Paulinus nicht schlecht, als die Geschwister ihn einholten. Noch waren die Mauern Kölns in der Ferne auszumachen, und über den Wiesen und Feldern, wo Bauern und Knechte ihrer Arbeit nachgingen, lag ein milder Frühlingstag.

„Wir haben beschlossen, mit Euch nach ..., äh, Gression zu gehen, Bruder", verkündete Iwein feierlich.

Paulinus nickte erfreut. „Ich glaube, dass ihr es nicht bereuen werdet."

„Nun, ob es uns dort gefällt, werden wir sehen. Jedenfalls möchten wir sehr gern wissen, was es mit diesen frommen Menschen auf sich hat."

„Ich schätze, dass wir unser Ziel morgen erreichen."

„Gut, worauf warten wir dann?" Iwein rieb sich beflissen die Hände.

Nachdem sie ihre gemeinsame Wanderung begonnen hatten, sagte Rufa zu Paulinus: „Um eines will ich Euch bitten, Bruder."

Paulinus nickte ihr aufmunternd zu. Wieder ließ ihr Äußeres keinen Zweifel daran, dass sie sich als Junge auszugeben gedachte.

„Nennt mich Rufus. Erzählt niemandem, dass ich ein Mädchen bin."

„Wenn du es verlangst, will ich das tun, meine Tochter. Oder mein Sohn, da du das ja offenbar lieber hörst. Aber weshalb ... –?"

„Bitte fragt sie nicht", schnitt Iwein ihm nicht sonderlich höflich das Wort ab. „Sie will es so. Ich sagte es schon gestern, sie ist sehr eigenwillig."

Mit jedem Schritt kamen sie Gression näher.

13.

Gression, der Tag vor dem Pfingstfest.

Oda liebte es, ihrer Freundin die Haare zu kämmen, denn nur selten konnte sie ihr so nahe sein. Mit Mühe hatte sie Richarda bislang überreden können, ihr kastanienbraunes, immerzu glänzendes Haar nicht abzuschneiden. Nach wie vor wallte es der Königin von Gression über die Schultern, zumindest, wenn sie keine Haube trug. Wenn sie aber vor die Eremiten trat, legte sie Wert auf eine Kopfbedeckung, denn Gression durfte kein Ort der Eitelkeit sein. Als Königin – sie selbst mied diese Bezeichnung – hatte sie mit gutem Beispiel voranzugehen. So kam es, dass auch die unverheirateten Mädchen Gressions inzwischen ihr Haar bedeckt trugen, was eine Art Bekenntnis war, Mitglieder der Gemeinschaft zu sein.

Der Kamm – Oda hatte ihn selbst aus Weidenholz geschnitzt - glitt sanft durch ihr Haar. Richarda genoss die Berührungen, ein wohligeres Gefühl konnte sie sich kaum vorstellen. Dennoch sagte sie, wie sie es immer tat, leise wie zu sich selbst: „Eigentlich wäre es nun an der Zeit, sie abzuschneiden."

„Nein, Richarda." Oda war längst nicht mehr so entsetzt wie an jenem Tag, als Richarda diesen Wunsch zum ersten Mal geäußert hatte. „Die Haare sind ein Teil von dir, Gott hat sie wachsen lassen. Er will, dass du schön bist!"

„Gott lässt auch die Haare der Nonnen wachsen. Dennoch sind viele unter ihrem Schleier kahl geschoren."

„Du bist keine Nonne. Du bist die Königin von Gression!"

Richarda schwieg. Weder sie noch Oda ahnten, dass dies der letzte ruhige Moment des Tages sein würde, denn nacheinander wurden ihr außergewöhnliche Ankömmlinge gemeldet.

Die Tür zur Klause öffnete sich. „Du wirst nicht glauben, wer hier eingetroffen ist, Richarda", sagte der eintretende Gero.

Oda hörte auf zu kämmen; beide sahen sie Gero nun fragend an. „Mach's nicht so spannend, Bruder. *Wer* ist es?" Richarda ertappte sich bei dem Wunsch, dass es Tassilo sei, aber dann hätte Gero wohl ein säuerliches Gesicht zur Schau getragen.

„Ein Benediktiner aus Hersfeld. Hat sich als Bruder Paulinus vorgestellt. Er sagt, dass der gute Meginher sein Bruder ist. Sein leiblicher, sozusagen."

Richarda erinnerte sich, dass Meginher mehrmals seinen Bruder Paulinus erwähnt hatte. Voller Hochachtung hatte er von ihm gesprochen, als sei dieser ein Heiliger unter lauter Schelmen.

„Das ist eine Überraschung. Wohin führt ihn seine Reise?"

„Nach Gression, wie er behauptet. Natürlich verlangt er, zu dir geführt zu werden."

„Dann lass ihn nicht länger warten."

„Mit ihm sind auch zwei Burschen eingetroffen. Seltsame Vögel. Keine Ahnung, was ich von den beiden halten soll."

„Wenn sie es wünschen, werde ich sie hinterher empfangen. Doch schick mir zuerst den Bruder Paulinus."

Kurz darauf wurde der Mönch von Gero und Wigbert hereingeführt. Wigbert, der einsah, dass Paulinus keine Gefahr darstellte, verschwand sogleich wieder, Gero aber blieb. Richarda, die bislang gesessen hatte, während Oda sie kämmte, stand auf und trat dem Mönch entgegen. Dass dieser sich leicht vor ihr verbeugte, war ihr mehr als peinlich.

„Mein Bruder hat mir viel von dir berichtet, Richarda."

„Wir waren heilfroh, dass er einige Tage bei uns verweilen konnte. Seid uns willkommen, Bruder Paulinus. – Mutter!" Wie ein Schatten schälte Rothaid sich aus einer dunklen Ecke der Klause. „Sei so gut und reiche unserem Gast etwas zur Stärkung."

„Ein Schluck Wasser soll mir genügen", wehrte Paulinus ab; es war offensichtlich, dass er rasch auf den Grund seines Erscheinens zu sprechen kommen wünschte. Auf das Angebot, am Tisch Platz zu nehmen, ging er nicht ein. Bedächtig trank er an dem Becher, den Rothaid ihm gab, dann reichte er ihn ihr mit einem dankbaren Nicken zurück.

Richarda, die ihm nach wie vor gegenüberstand, wartete geduldig, dass der Mönch abermals das Wort ergriff.

„Mein Bruder Meginher erzählte mir von einem Ort", begann er, „wo man der Sünde mit Kampfeswillen entgegentritt. Wo die

Menschen Gott ganz nahe sein wollen, anstatt sich immerzu mit ihren Nöten zu beschäftigen. Wo ein neuer Geist herrscht, der dem Menschen vieles von ihrer ursprünglichen Unschuld zurückgibt."

Richarda lächelte verlegen. „Gewiss hat Euer Bruder auch erzählt, dass wir zur Jahreswende das Ende der Welt erwarteten."

„Gottes Wege sind für die Menschen nicht erklärbar. Er wollte dich und jene, die dir folgen, nicht in die Irre leiten. Ich bin davon überzeugt, dass das kleine Reich, das ihr euch geschaffen habt, *Sein* Wille ist. Ihr seid auserkoren, der Menschheit und allen künftigen Generationen ein leuchtendes Vorbild zu sein."

Nachdenklich blickte Richarda zu Boden, den vor langer Zeit ein Mosaik geschmückt hatte. Größtenteils war es zerstört, aber immer noch waren die Umrisse eines Harfe zupfenden Mannes sowie einige Tiere, die ihn umgaben, zu erkennen.

„Wir maßen uns nicht an zu behaupten, Gott habe uns vor allen Anderen erwählt, um der Menschheit den Weg zu weisen."

„Auch von deiner Bescheidenheit hat mir Meginher berichtet. Doch ob du es gut heißt oder nicht, Richarda, gegen Gottes Berufung bist du machtlos. Er hat dir eine Verantwortung aufgebürdet, du darfst dich nicht dagegen wehren."

„Weshalb seid Ihr gekommen?", fragte Richarda leise. Sie spürte ihr Herz klopfen. Der Mönch sprach von Dingen, die sie in diesem Augenblick überforderten. Warum hatte Gott die Welt nicht einfach untergehen lassen? Sie und die anderen Eremiten waren darauf vorbereitetet gewesen; stattdessen türmten sich nun bizarre Berge vor ihr auf, die ihr den Blick auf den Horizont verwehrten.

„Ich bin hier", verkündete Paulinus, „um dir fortan zu dienen, Richarda."

„Aber wir haben schon einen Priester", entgegnete sie, wissend, dass dies nicht gerade wie eine freundliche Einladung klang. Sogleich bereute sie diese Unhöflichkeit, aber Paulinus schien ihr nichts übel zu nehmen.

„Nicht als Prediger oder Seelsorger bin ich gekommen, Richarda, sondern als dein Schreiberling."

Fragend hob sie das Kinn.

„Ich will niederschreiben, was an diesem wunderbaren und von Gott auserwählten Ort geschieht. Über Gressions Königin will ich schreiben, über ihr Leben. Ich schreibe über *dich*, Richarda. Dein Biograf will ich sein. Das – ich spüre es, seit ich von dir erfuhr – ist meine Berufung."

Eine Weile herrschte atemloses Schweigen in der Klause. Odas Kamm fiel zu Boden.

„Ich bin die Tochter unfreier Bauern, Bruder Paulinus", Richardas Stimme zitterte leicht, „und einer solchen Ehre bin ich nicht würdig. Weiß Gott nicht."

„Denkst du etwa, alle Heiligen seien von edlem Geblüt gewesen?"

„Bitte, vergleicht mich nicht mit solchen Menschen."

„Du magst keine Heilige sein, Richarda von Gression. Aber du bist ein Licht in einer Zeit des Niedergangs."

„Bruder, ich ... –"

„Richarda, was fällt dir ein, dem frommen Mann ständig zu widersprechen?" Erstmals ergriff Rothaid das Wort, eine aufgeregte Röte überzog ihre Wangen. „Du hast keinen Grund, dich dafür zu schämen, dass du meine Tochter bist."

„Gewiss nicht, Mutter, aber ... –"

„Lerne, damit umzugehen, was der Herrgott dir aufgetragen hat. Oder glaubst du, Er hätte Bruder Paulinus ohne Grund hierher geschickt? Alles fügt sich. Was ist daran ungewöhnlich, dass jemand die Geschichte einer Königin niederschreiben möchte?" – *Ich habe es immer schon gewusst!*, verkündeten ihre leuchtenden Augen.

Richarda schloss die Lider und atmete tief. „Verzeiht mir, Bruder Paulinus. Es ist alles so erdrückend."

„Nur zu gut verstehe ich das, meine Tochter."

„Es wundert mich, dass Euer Abt Euch ziehen ließ. Hersfeld liegt so weit von hier."

Erstmals rang Paulinus nach Worten, doch rasch gewann er seine Souveränität wieder. „Auch das sind Gottes Wege. Alles fügt sich, deine kluge Mutter sagte es bereits."

Draußen hörte man Hufgetrappel. Pferdeschnauben. Aufgeregte Männerstimmen. Richarda biss sich auf die Lippen. Hatten Gaugraf Gerhard und seine Männer ausgerechnet heute beschlossen, ihr Stillhalten zu beenden? Wenigstens würde dies beweisen, dass Bruder Paulinus Unrecht hatte. Dass Gott ihr diese Bürde nicht länger zumutete. Dass sie keineswegs eine Auserwählte war.

Wenn nur kein Blut floss! Sie wollte hinauseilen und den Eremiten jeden Widerstand verbieten, doch schon betrat ein Ritter polternd die Klause. Er trug Helm und Kettenhemd, an seiner Seite hing ein Schwert. Wigbert folgte ihm protestierend, der Mann aber strafte ihn mit Missachtung, als sei er seiner soldatischen Aufmerksamkeit nicht würdig. Durch die offene Tür erblickte Richarda weitere Ritter. Ein ganzer Reitertrupp war eingetroffen.

„Ich suche Richarda von Gression!“, rief der Fremde. Er sprach mit einem Akzent, den Richarda noch nie gehört hatte.

Sie trat vor ihn hin. „Ich bin Richarda!“

Zu ihrem Erstaunen deutete er eine Verneigung an. „Wir wurden geschickt, um dich nach Aachen zu geleiten. Jemand hat den Wunsch, dich kennenzulernen.“

„So? Und wer ist dieser *Jemand*, von dem Ihr sprecht?“

„Der Kaiser!“

Richarda verspürte Zorn. Was für ein Tag. Zuerst tauchte ein Mönch auf, um sie zu glorifizieren, und jetzt mit großem Reitergefolge dieser martialische Fremdling, der sich über sie lustig machte.

„Sagt dem Kaiser, dass ich leider keine Zeit für ihn habe. Ich erwarte nämlich den Papst, der mir seinen Besuch vermelden ließ.“

Der Ritter blinzelte verwirrt. „Aber ... das kann nicht sein“, stammelte er. „Der Papst ist in Rom.“

„Kluger Bursche“, murmelte Wigbert.

Paulinus räusperte sich. Durch die offenstehende Tür hatte er eine flatternde Heerfahne gesehen. „Sie tragen den Erzengel Michael mit sich“, flüsterte er Richarda ins Ohr. „Schon der Großvater des Kaisers, der große Otto, ritt niemals ohne dieses Banner.“

Bedeutete dies, dass dies tatsächlich Leute des Kaisers waren? Richarda schluckte.

„Ein Wagen steht draußen für dich bereit“, fuhr der Bote fort. „Wir können gleich aufbrechen.“

Schwindel erfasste Richarda. Träumte sie? Entgeistert erwiderte sie den Blick des Mönchs, dessen Augen wie im Triumph leuchteten.

„Siehst du, Richarda? Alles fügt sich. Nicht einen Tag zu früh bin ich gekommen.“

„Vier deiner Leute dürfen dich begleiten, Königin von Gression“, erklärte der Bote weiter. „Ein wenig Eile wäre angebracht, damit wir Aachen noch vor Einbruch der Nacht erreichen.“

In einem rumpelnden Wagen, vor dem zwei kräftige Gäule gespannt waren, verließ Richarda eine Stunde später das Dorf der Eremiten. Ein gutes Dutzend Reiter bildete ihre Eskorte, vier Vertraute begleiteten sie.

Unter Richardas Getreuen hatte eine lange Debatte stattgefunden, wer sie begleiten dürfe. Paulinus, der gerade erst eine lange Reise hinter sich hatte, sah sich berufen, zu diesen Auserwählten zu gehören. Zu seiner eigenen Verwunderung widersprach ihm niemand. Die Tatsache, dass der Ordensbruder eines bedeutenden Klosters eigens hierher gekommen war, um über Gressions Königin zu schreiben, musste einen überwältigenden Eindruck bei den Eremiten hinterlassen haben.

Oda bettelte Richarda an, mit ihr reisen zu dürfen, aber Richarda schüttelte energisch den Kopf. „Nein, meine Freundin, du bleibst. Ich werde nicht lange bleiben, mach dir keine Sorgen um mich.“ Für ein zartes Geschöpf wie Oda wäre eine solche Reise eine Strapaze gewesen.

Auch Rothaid hätte sie gern begleitet, doch die Vorstellung, sich innerhalb von Stadtmauern zu bewegen und dem leibhaftigen Kaiser und anderen Edlen gegenüberzutreten, bereitete ihr Unbehagen. Also gab sie rasch nach.

Gero verkündete, er wolle eher sterben, als Richarda ohne seinen persönlichen Schutz ziehen zu lassen. Man glaubte ihm. Wigbert wollte sich ihm anschließen, aber Konrad nahm ihn beiseite.

„Lass *mich* mit ihr reisen, Junge. Ich weiß, wie man mit diesen Rittern umzugehen hat; du würdest dir nur den Mund verbrennen. Bleib hier und sei mein Stellvertreter. Wer sonst außer dir sollte das Dorf beschützen?“

Wigbert war geschmeichelt, wenngleich er sich, Konrads Präsenz zum Trotz, als der wahre Präfekt von Gression betrachtete. Schließlich war er es gewesen, der Richarda zur Königin gemacht hatte. Gewiss, Konrad hatte ihm vieles beigebracht, doch seine Abwesenheit würde er ausgiebig genießen.

Wigberts Frau Gunda hingegen bestand darauf, Richardas Begleitung anzugehören. Sie hatte das Leben im Dorf bereits gründlich satt und brannte darauf, etwas von der großen Welt zu sehen. „Unser Bruder darf reisen! Und ich? Ich soll bleiben? Nennst du das Geschwisterliebe?“

Richarda, die Streitereien hasste, legte lächelnd eine Hand auf Gundas Arm. „Liebe Schwester, ich würde mich sehr darüber freuen, wenn du mich nach Aachen begleitest.“

Konrad schloss sich den kaiserlichen Reitern an. Somit saßen im Wagen neben Richarda ihre Geschwister Gero und Gunda sowie der Benediktinermönch Paulinus von Hersfeld, Richardas Biograf, der sich vornahm, schon recht bald mit seiner Niederschrift zu beginnen.

14.

Müde von dem langen Fußmarsch, den sie in den vergangenen beiden Tagen bewältigt hatten, hockten Iwein und Rufa am Ufer des Omerbachs. Drüben spielten lärmende Kinder auf einer Wiese. Eine an einen Pflock gebundene Kuh sah ihnen mit Seelenruhe dabei zu. Iwein rupfte Grashalme und warf sie in das fließende Wasser.

„Du hast es tatsächlich geschafft, Rufa“, sagte er kopfschüttelnd. „Mehr als einen Tagesmarsch waren wir unterwegs, und es ist dir nicht gelungen, auch nur in die Nähe seines Bündels zu gelangen.“

„Was hätte ich denn machen sollen?“, klagte sie, „er ließ es doch keinen Moment aus den Augen.“

„Wer ein Meisterdieb sein will, dem fällt immer etwas ein.“

„So? Und was wäre beispielsweise dir eingefallen, um an den Inhalt des Bündels zu gelangen?“

„Man muss die Menschen, die man um ihr Eigentum erleichtern möchte, ablenken. Nicht zehnmal, nein, hundert Mal habe ich dir das schon gesagt.“

„Sicher. Hätte ich doch bloß gesagt: ‚Schaut mal zum Himmel, Bruder Paulinus, dort seht Ihr ein fliegendes Pferd.’ Dann wäre es ganz leicht gewesen, ihn zu bestehlen.“

„So doch nicht. Heiliger Kalixtus, es ist hoffnungslos mit dir. Jetzt wissen wir noch nicht einmal, was in diesem Bündel war.“

Rufa zog eine Grimasse. „Weißt du was? Ich will gar kein Meisterdieb mehr sein.“

„Nein? Und was willst du dann sein?“

Sie wies auf die Hütten, die keinen Steinwurf entfernt vor ihnen lagen. „Warum schließen wir uns diesen Eremiten nicht einfach an?“

„Ist das dein Ernst?“

„Wir müssten nie wieder stehlen. Das Himmelreich wäre uns näher als je zuvor.“

„Du willst mehrmals am Tag Gebete sprechen? Nie wieder ein gestohlenes Huhn essen?“

„Ich kann nicht behaupten, dass gestohlene Hühner den Sinn meines Lebens ausmachen.“

„Ach du liebe Güte. Du redest daher wie ein Pfaffe. Die Gesellschaft des Paulinus ist dir offenbar nicht bekommen.“

„Es geht den Menschen doch gut hier. Niemand sieht unzufrieden aus.“

Iweins Blick fiel auf das blondzopfige Mädchen, das mit einem Tonkrug ans Bachufer trat, um Wasser zu schöpfen. Nur wenige Schritte trennten sie.

„Tja, ein wenig unzufrieden sieht die da schon aus“, flüsterte er entzückt, „aber immerhin ist sie bezaubernd.“

Rufa folgte seinem Blick. Das Mädchen – es war bleich, zart und schmächtig – hatte in der Tat etwas Liebreizendes an sich. „Du glotzt sie an wie ein Lüstling.“

„Und du sprichst wie eine Eifersüchtige.“

Iwein sprang auf die Beine trat ein paar Schritte auf das Mädchen zu. „Guten Tag, ich heiße Iwein. Und *der* hier ist mein Bruder Rufus.“

Das Mädchen, das sich mit ihrem Krug gerade wieder auf den Rückweg hatte machen wollen, hielt inne. Ein leichtes Lächeln vertrieb die schlechte Laune in ihrem Gesicht. „Ich bin Oda“, stellte sie sich vor. „Seid ihr neu in Gression?“

„Mein Bruder hat soeben beschlossen, hier keinesfalls sesshaft zu werden“, erklärte Rufa. „Er hat es nicht so mit der Frömmigkeit.“

Iwein widersprach. „Hör nicht auf ihn, Oda. Euer Leben hier beeindruckt mich. Ich könnte mir durchaus vorstellen ... äh, länger zu bleiben.“

Rufa stieß einen zischenden Laut aus, ersparte sich aber weitere Kommentare.

„Wie wird man denn Mitglied dieser Gemeinschaft?“, wollte Iwein wissen.

„Normalerweise empfängt meine Herrin, Königin Richarda, alle Neuankömmlinge. Leider ist sie aber jetzt unterwegs.“

„Ja, das haben wir gesehen. Wer waren diese Ritter?“

„Männer des Kaisers.“

„Was du nicht sagst.“

„Es ist die Wahrheit."

„Kommt es häufiger vor, dass deine Herrin von Männern des Kaisers aufgesucht wird?"

„Genau genommen war es das erste Mal!"

Iwein war es warm ums Herz. Bildete er sich nur ein, dass Oda seine Zuneigung erwiderte? Oder war es bloß das Sonnenlicht, das ihre Augen glänzen ließ, wenn sie ihn ansah? „Du hättest deine Herrin sehr gern begleitet, nicht wahr?"

Oda wirkte überrascht. „Sieht man mir das an?"

„Oh ja. Du liebst deine Herrin."

Sie nickte heftig. „Schon als Kinder waren wir die besten Freundinnen. Nichts konnte uns trennen."

„Nichts, nur die Ritter des Kaisers."

„Ja, nur die."

„Tja, was machen wir denn jetzt, wo deine Herrin nicht da ist? Ich ..., wir würden gern eine Weile bleiben und prüfen, ob uns dieses fromme Leben zusagt."

Er ignorierte den Blick, mit dem die fassungslose Rufa ihn anstarrte.

„Ich schicke euch meinen Bruder Wigbert", versprach Oda. „Er hat hier in Gression einiges zu sagen, zumindest behauptet er das." Sie zwinkerte mit einem Auge. „Aber nehmt euch nicht alles zu Herzen, was er sagt."

„Wir sind daran gewöhnt, dass man uns nicht umschmeichelt."

„Gut. Dann sehen wir uns später?"

„Das will ich hoffen."

Er sah ihr nach. Rufa stieß ihn an.

„Hast du dich etwa verknallt?"

„Und wenn es so wäre – was schert es dich?"

„Wegen *ihr* willst du bleiben!"

„Bleiben – das wolltest du doch, oder?" Er setzte sich wieder auf den Hosenboden und rupfte Grashalme. Brütendes Schweigen breitete sich zwischen den Geschwistern aus.

„Gütiger Himmel", flüsterte Rufa mit einem Mal. „Wer ist das denn?"

Iwein folgte ihrem Blick und erkannte den Grund für ihre Verwirrung. Der junge Mann, der sich ihnen näherte, trug ein zotteliges altes Fell über seine Schultern. Ein *Wolfs*fell, wie Iwein klar wurde, denn Schädel und Rachen des erlegten Tieres bildeten eine Art Kapuze. Iwein und Rufa erhoben sich, als fürchteten sie, der Ankömmling könnte sich wie ein Raubtier auf sie stürzen. Ein langes Schwert hing an seiner Seite.

„Was gibt's denn da zu gaffen?“, herrschte Wigbert die beiden an.

„Wir bewundern nur deine ..., äh, Aufmachung“, stammelte Iwein. „Wirklich sehr beeindruckend.“

„Den Wolf hat mein Großvater erlegt. Deshalb nannte man ihn den Wolfstöter. Ich habe viele seiner Eigenschaften geerbt.“

„Du musst Wigbert sein, Odas Bruder.“

„Für euch bin ich der Präfekt. Was wollt ihr hier?“

„Nun ja“, Iwein zupfte vorsichtig an seiner gebrochenen Nase, weil dies aber zu sehr schmerzte, ging er zu einem Ohr über, „wir würden uns gern dieser Gemeinschaft anschließen.“

Wigbert blinzelte ihn an. „Zerlumpt, wie ihr Taugenichtse ausseht, sucht ihr doch bloß einen bequemen Unterschlupf und eine Futterkrippe.“

„Aber nein, Gott behüte. Bruder Paulinus hat uns über euch erzählt. Wir würden gern ... -“

Wigbert hob eine Hand, um ihn zum Schweigen zu bringen. „Wo kommt ihr her? Und was habt ihr bisher gemacht?“

„Wir haben keine Heimat“, antwortete Rufa rasch. „Und bisher haben wir von der Dieberei gelebt!“, fügte sie mit einem wütenden Seitenblick auf Iwein hinzu.

„Dachte ich mir“, lachte Wigbert. „Kleine Diebe seid ihr. Aber hier in Gression gibt es nichts zu stehlen. Ich warne euch.“

„Mein Bruder ist ein Meisterdieb. Er findet selbst dort Diebesgut, wo niemand welches vermutet.“

Am liebsten hätte Iwein seiner Schwester in den Hintern getreten. „Ach, sei still, Rufus. Glaub mir, Präfekt, es ist uns ernst. Wir sind der Gaunereien überdrüssig. Wir wollen endlich gottesfürchtige Menschen werden, damit wir nicht in die Hölle müssen. Gewiss, Heilige werden wohl nicht mehr aus uns. Oder ist das die Voraussetzung, um hier aufgenommen zu werden?“

Nachdenklich legte Wigbert beide Hände auf den Schwertknauf. Nach einer Weile überlegte er laut: „Die Königin ist fort und wird vor morgen nicht zurückerwartet. Die Entscheidung, ob ihr Hosenscheißer in unsere Gemeinschaft aufgenommen werdet, liegt deshalb ganz allein bei mir.“

Und was bedeutet das für uns?, hätte Iwein ihn allzu gern gefragt.

„Ein Meisterdieb willst du also sein?“ Wigberts bohrender Blick blieb auf Iwein haften.

„Ja, schon, aber wie gesagt, ich will künftig ...-“

Abermals ließ Wigberts erhobene Hand ihn verstummen.

„Wenn ihr Mitglieder dieser Gemeinschaft werden wollt, müsst ihr eine Prüfung bestehen, ihr Versager.“

„Aha?“ Iweins Neugier war geweckt.

„Und was müssen wir dafür tun, *Präfekt*?“, fragte Rufa säuerlich.

„Sie bauen dort hinten ein Gotteshaus. Was Gression noch fehlt, ist eine kostbare Reliquie. Beschafft mir eine, woher auch immer.“

Iwein und seine Schwester sahen sich an.

„Du verlangst von uns, dass wir eine Reliquie stehlen?“, wunderte sich Iwein.

„Eine frömmere Untat kann man wohl kaum begehen, findet ihr nicht?“

„Fromme Untat? Für mich ist das sündiger Frevel“, entgegnete Rufa.

„Bürschchen, dein Ton gefällt mir nicht besonders.“

„Schweig endlich, Bruder!“ Iwein funkelte sie drohend an. „Nun, eine Reliquie zu stehlen, ist für mich ein Kinderspiel, Präfekt.“

„Gut. Ich gebe euch eine Woche Zeit. Eine Reliquie! Der Knochen eines Heiligen, ein Kleidungsstück, eine Sandale, ein Zahn – irgendwas. Habt ihr verstanden?“

„Jawohl."

„Darüber hinaus brauche ich noch ein paar Waffen. Messer, Dolche, Äxte – am liebsten natürlich auch Schwerter."

Nun musste Iwein doch schlucken. „Wir sollen ... Schwerter stehlen? Aber wo ... –?

„Ha! Du kneifst also doch, du Meisterdieb?"

Iwein straffte sich. „Waffen! Ganz wie du willst. Nichts leichter als das."

Rufa schüttelte stöhnend den Kopf.

„Und wenn wir dir das Verlangte liefern, werden wir dann in die Gemeinschaft aufgenommen?", fragte Iwein hoffnungsvoll.

Wigbert nickte. „Mein Ehrenwort!"

„Wir bekommen Unterkunft? Essen? Geistlichen Beistand?"

„Das alles sollt ihr haben. Natürlich müsst ihr auch dafür arbeiten und an den täglichen Gebeten teilnehmen."

„Genau das ist unser Herzenswunsch!" *Und vor allem werde ich öfter deine reizende Schwester sehen, du Präfekt der Wölfe*, fügte er in Gedanken hinzu.

*

Bei einem Gehöft, das zur Reichsabtei Kornelimünster gehörte, machten die Reisenden Halt. Der Reiterhauptmann steckte den Kopf in den Wagen und kündigte den Insaßen eine Rast an, da man die Pferde tränken wolle. Richarda und ihre Gefährten waren froh darüber, denn in den vergangenen zwei Stunden waren sie heftig durchgeschüttelt worden.

„Offenbar will man mich zermürben", klagte Gunda in einem Tonfall, als habe man sie genötigt, an der Reise teilzunehmen. Sie suchte sich ein schattiges Plätzchen unter einer Linde und hockte sich nieder.

Richarda zog es vor, sich die Beine zu vertreten. Paulinus schritt neben ihr her, obwohl er wegen seiner wunden Füße lieber im Wagen geblieben wäre. Gero folgte ihnen im Abstand weniger Schritte. Die Luft war erfüllt von süßem Blütenduft. Auf einem nahen Acker arbeiteten Klosterknechte. Irgendwo im Dickicht klopfte ein Specht.

„Erzähl mir von dir, Richarda", sagte der Mönch. „Ich möchte alles über dich wissen."

Richarda konnte sich immer noch nicht an den Gedanken gewöhnen, dass jemand etwas über sie schrieb. Aber schon genoss Paulinus ihr Vertrauen, denn er besaß Würde, und seine Frömmigkeit kam nicht gestelzt daher.

„Leider gibt es nicht viel über mich zu erzählen", meinte Richarda schüchtern.

„Das sehe ich anders."

Nachdem Paulinus ihr konkrete Fragen gestellt hatte, begann sie zu plaudern. Erzählte von ihren Eltern, ihrem verstorbenen Großvater Ortwin, ihren beiden Geschwistern. Sie erzählte auch von jenem fernen Tag, an dem sie sich beim Herumtollen im Wald den Arm brach. Gero habe sie bis zur Klause der Einsiedlerin Judith getragen, die sie gesund pflegte. Judith habe sie sehr geprägt; vor allem ihr, die sie nach wie vor als ihre Mentorin betrachte, verdanke sie ihren tiefen Glauben.

„In einer wunderbaren, von Gott erleuchteten Welt zu leben", erklärte sie dem Benediktiner versonnen, während sie durch den Frühling flanierten, „das war immer meine Vision. Ist sie im neuen Gression nun Wirklichkeit geworden? Ich weiß es nicht."

Paulinus lächelte. „Dein Vater – was für ein Mensch war er?"

Für einen kurzen Moment verdüsterte sich Richardas Antlitz. „Er war ein wortkarger und strenger Mann", sagte sie mit bitterem Ernst. „Im vergangenen Jahr kam er ums Leben, als unser Hof in Flammen aufging."

Sie schwieg. Paulinus vermutete, dass sie nichts Schlechtes über ihren toten Vater sagen wollte. Noch einmal vergegenwärtigte er sich ihre Worte.

„Das Gehöft brannte ab?"

Ein trauriges Nicken. „Ein entsetzliches Unglück."

Eine Erinnerung schlich sich in Paulinus' Gedanken. Es war noch nicht allzu lange her, da ihm jemand von einem brennenden Gehöft erzählt hatte. Dann entsann er sich, und es fiel ihm wie Schuppen von den Augen: Meginher! Gedankenfern hatte er von den Sünden der Eremiten geplaudert. Ein Bursche hatte seinen tyrannischen Vater mit eigenen Händen umgebracht, seine Mordtat jedoch wie einen Unfall getarnt, indem er das Gehöft abfackelte.

Richardas Bruder Gero!

Unwillkürlich warf Paulinus einen kurzen Blick über seine Schulter. Der ahnungslose Gero, der ihnen folgte, lächelte ihm höflich zu.

Der Bruder der seligen Richarda – ein gemeiner Vatermörder! Auf keinen Fall durfte das Erwähnung in Richardas Vita finden.

Der Mord war in einem früheren Jahrtausend geschehen, in einer alten Welt. Der Mörder hatte seine Untat gebeichtet und gewiss auch von Herzen bereut. Sie lebten nun in einer neuen Welt, vergessen sein sollten die Sünden aus finsterer Vergangenheit. Paulinus beschloss, keine weiteren Gedanken an Dinge zu verschwenden, die er, hätte Meginher nicht leichtfertig ein Beichtgeheimnis ausgeplaudert, niemals erfahren hätte.

In Richardas Welt hatte die Todsünde keinen Platz!

„Ich möchte einen Wunsch äußern, Bruder Paulinus!" Ihre Stimme riss ihn aus seinen Überlegungen.

„Sofern es in meiner Macht liegt, will ich dir jeden Wunsch erfüllen, meine Tochter."

Verlegen nage sie an ihrer Unterlippe und strich sich eine Haarsträhne aus der Stirn. „Ich würde gern lesen und schreiben lernen. Das ist immer schon mein großer Herzenswunsch gewesen."

„Es mag viele Gründe geben, weshalb Gott mich zu dir schickte, und vielleicht ist dies einer davon. Wisse jedoch, dass der Unterricht dir gewaltige Mühen abverlangen wird."

Richardas Augen leuchteten glücklich.

Gunda genoss die Rast und den Schatten der Linde. Sie nahm das Medaillon, das sie unter ihrem Kleid an einem Lederband auf der

Brust trug, zwischen ihre Finger und betrachtete es ausgiebig, als sähe sie es zum ersten Mal. Das machte sie immer, wenn sie grübelte.

Das Medaillon, es musste uralt sein, war aus Bronze und etwa so groß wie der Handteller eines Kindes. Undeutlich war auf einer der Seiten noch ein männliches Profil auszumachen. Gunda hatte es vor einigen Monaten in einer alten Gruft hinter der Klause gefunden, dort, wo jetzt die Kirche errichtet wurde. Niemand wusste, wessen Abbildung das Medaillon zeigte. Deshalb hatte Gunda entschieden, dass er der heilige Petrus sei. Einen Heiligen, noch dazu den ersten Apostel Jesu auf der Brust zu tragen, konnte schließlich nicht schaden. Nützlich war ihr der Heilige freilich auch nicht, dachte Gunda verbittert. Ihr Eheleben verlief weiß Gott nicht so, wie sie sich das anfangs ausgemalt hatte. Wigbert hatte nur Waffen und Reiten im Kopf, nur selten schlief er mit ihr, und wenn er es tat, dann roch er wie ein Pferd, und sie spürte dann deutlich, dass er mit seinen Gedanken in Wahrheit woanders war. Wie sollte sie da jemals schwanger werden? Ein Kind aber hätte ihren Alltag erträglicher gemacht, denn zu dem Leben, das die Eremiten führten, fühlte sie nicht wirklich berufen.

Gewiss, mit dem Schwangerwerden war es so eine Sache. Zwar hatten die Paare unter den Eremiten keine Keuschheit geloben müssen, aber Enthaltsamkeit wurde ihnen von Vater Magnus immer wieder empfohlen. Denn nur, wer frei von menschlichen Begierden sei, habe die Sinne frei für das Himmelreich, predigte er.

Gunda gehörte zu jenen, die Magnus für einen Heuchler hielten, aber das änderte nichts an ihrer Situation. Sie begann sich zu fragen, ob das Medaillon ihr sogar Unglück brachte. Wer konnte schon wissen, wem es einst gehört hatte und ob es nicht sogar mit einem Fluch belegt war.

„Ein hübsches Schmuckstück! Das Hochzeitsgeschenk deines Gatten?“

Konrads Stimme riss sie jäh aus ihren Überlegungen. Judiths Bruder stand vor ihr und sah sie lächelnd an. Offenbar wollte auch er sich die Füße vertreten, bevor sich die Reisegesellschaft wieder auf den Weg machte.

Ein Hochzeitsgeschenk, pah! Als ob Wigbert sie jemals beschenkt hätte. „Ich fand es im Erdboden", erwiderte sie ihm. „Es ist sehr alt." Sie ließ das Medaillon wieder in ihrem Ausschnitt verschwinden. Konrad nahm neben ihr Platz.

„Bis Aachen sind es nur noch wenige Meilen", sagte er, mit dem Kinn nach Westen deutend.

„Das freut mich zu hören. Meine Eingeweide sind völlig durchgerüttelt. Vermutlich haben Magen und Leber ihre Plätze getauscht."

Konrad lachte. Gunda wusste nicht viel über Judiths Bruder, nur dass er Witwer war, weil seine ganze Familie unlängst an einer tückischen Seuche gestorben war. Bis zum heutigen Tag hatte sie kaum ein Wort mit ihm gewechselt. Für sie war er vor allem der Mann gewesen, der Wigberts Flausen nährte, weshalb sich ihre Sympathie für ihn in Grenzen gehalten hatte.

Wohl zu Unrecht!, ging es ihr nun durch den Kopf. Seine Nähe war ihr angenehm.

„Du bist doch die Schwester einer Königin", sagte er. „Eine Prinzessin, wenn man so will. Da muss man hin und wieder bereit sein, die Unbilden einer Reise auf sich zu nehmen. Übrigens reist der Kaiser unentwegt; in Kürze, so erzählten mir seine Ritter, will er nach Rom aufbrechen."

„Wenn ich Kaiserin wäre", entgegnete Gunda feierlich, „würde ich mir einen prächtigen Palast bauen lassen. Und alle Menschen müssten sich schon zu mir bemühen."

Konrad schwieg dazu. Ob er sie für ein dummes, launisches Ding hielt? Oh nein, um keinen Preis wollte sie, dass er eine schlechte Meinung von ihr hatte.

„Das war natürlich nur ein Scherz."

„Natürlich." Wieder lachte er.

Verstohlen musterte sie ihn aus ihren Augenwinkeln heraus. Schwer zu glauben, dass dieser stattliche Mann der Bruder des Schleiergespenstes sein sollte. Vom Alter her hätte er mindestens ihr Vater sein können, aber daran wollte sie nicht denken. Konrad war der Mann, der Wigbert gern wäre. Doch Großspurigkeit und ein albernes Wolfsfell machten noch lange keinen echten Kerl aus.

Ganz in der Nähe rief ein Kuckuck.

„Habt Ihr die Absicht, längere Zeit bei den Eremiten zu bleiben?“, hörte Gunda sich fragen.

Konrad schien über ihre Frage nachzudenken. „Niemand kann wissen, was geschehen wird“, antwortete er nach einer Weile. „Vorläufig werde ich bleiben. Deine Schwester Richarda besitzt meine Hochachtung. Sie ist eine außergewöhnliche Frau ...“

Musste er unbedingt von Richarda sprechen?

„Hoffentlich habt ihr auch Achtung vor einer außergewöhnlichen *Prinzessin*, Herr Konrad!“ Lächelnd entblößte Gunda ihre Zähne.

„Aber gewiss doch. Wer wollte einer zauberhaften jungen Frau die Ehrerbietung verweigern?“ Auch er verlieh seiner Stimme einen spöttisch heiteren Klang.

Einer der Ritter winkte ihnen aus der Ferne zu. Die Reise konnte weitergehen, was Gunda bedauerte, denn sie hätte gern noch eine Weile mit Konrad geplaudert. Er erhob sich mit jugendhafter Leichtigkeit und reichte ihr eine Hand, um ihr beim Aufkommen behilflich zu sein. Sein Händedruck war fest und zärtlich zugleich, und Gunda bildete sich ein, dass er sie länger festhielt, als es nötig gewesen wäre.

Auch Richarda, Gero und Paulinus kehrten in diesem Augenblick von ihrem Spaziergang zurück. Die Freundlichkeit, die der Witwer der verheirateten Frau erwiesen hatte, war Richarda offenbar nicht entgangen. Gunda glaubte, Missbilligung im Blick der Schwester wahrzunehmen.

Du kannst dich nicht bis in alle Ewigkeit in mein Leben einmischen, Richarda!, lautete Gundas stumme Antwort.

Vielleicht brachte das Medaillon ihr letztlich doch Glück.

15.

Sie erreichten ihr Ziel am späten Nachmittag, als die Schatten schon länger als ihre Träger waren.

Staunend nahmen Richarda, Gero und Gunda die Stadt in Augenschein, die trutzige Mauer, die einen gewaltigen Ring um Aachen bildete, die Häuser, die Kirchen, die Gassen und die vielen Menschen, die beiseite sprangen, um den unter kaiserlichem Banner reisenden Ankömmlingen Platz zu machen. Nie waren die drei Geschwister so weit über ihre Heimat hinausgekommen, mit offenen Mündern starrten sie aus den Fensteröffnungen des Wagens. Allein Paulinus schien unbeeindruckt zu sein. Als aber einer der Reiter meldete, dass man sich der Kaiserpfalz nähere, stieg auch seine Anspannung. Die berühmte Pfalzkapelle des *Carolus Magnus* einmal zu sehen, war schon seit langem einer seiner still gehegten Wünsche gewesen. Nicht nur der große Karl, auch der junge Kaiser Otto und dessen Ahnen waren hier gesalbt und zu Königen gekrönt worden.

In der Tat, die Pfalzkapelle erwies sich als imposantes Bauwerk, das Richarda am liebsten auf der Stelle betreten hätte. Doch zunächst galt es abzuwarten, was weiter geschehen würde. Gleich hinter der Kapelle schloss sich ein weitläufiger Gebäudekomplex an, die eigentliche Pfalz, wie Paulinus erklärte. Inmitten dieser palastähnlichen Bauten machte der Reisewagen Halt. Die davor gespannten Gäule schnauften. Der Reiterhauptmann erschien und war den Reisenden beim Aussteigen behilflich.

„Hier will ich gern eine Weile bleiben“, frohlockte Gunda, die nicht müde wurde, sich mit großen Augen umzuschauen.

„Sei still, Gunda“, zischte Gero, „nicht nach dir ließ der Kaiser rufen.“

„Wohl wahr. Ebenso wenig wie nach dir, Bruder.“

Ein Mann im mittleren Alter und silbergrauem Haar – er trug ein edles Gewand aus blauem Stoff - stand plötzlich vor ihnen und verbeugte sich. „Willkommen in der Pfalz des Kaisers“, begrüßte er die Ankömmlinge mit fremdländischem Akzent. Sein Blick heftete sich auf Richarda. „Du bist Richarda, die Königin der Eremiten von Gression, nehme ich an.“

Die Angesprochene neigte zustimmend den Kopf. Einmal mehr verspürte Gunda nagende Eifersucht. Was hatte den Mann eigentlich davon abgehalten, in *ihr* Richarda zu sehen? Aber sie tröstete sich. Zweifellos hatte es sich herumgesprochen, dass Richardas Erscheinungsbild dem einer Nonne nicht ganz unähnlich war.

„Es sind Quartiere für dich und deine Begleiter hergerichtet, Richarda“, verkündete der Mann, der offenbar zur Dienerschaft des Kaisers gehörte. „Bitte folgt mir!“

„Augenblick“, sagte Gero etwas übermütig, „wo ist der Kaiser? Wann gedenkt er uns empfangen?“

„Morgen, nach dem Hochamt“, erwiderte der Mann geduldig, „heute fastet und betet Seine Majestät.“

Er führte sie in eines der Gebäude, das offenbar für vornehme Gäste vorgesehen war. Für Richarda war eine separate Kammer hergerichtet worden, aber sie bat darum, Quartier bei ihren Geschwistern nehmen zu dürfen. Worauf Gunda seufzend bemerkte, Richarda könne das *Gemach der Königin* gern an sie abtreten. Konrad und Paulinus teilten sich eine weitere Kammer.

Später wurden alle Gäste zu einer üppig gedeckten Tafel geführt. Richarda aß nur mäßig, auch wenn der Anblick der köstlichen Speisen – gesottener Aal oder gebratenes Huhn – ihr das Wasser im Mund zusammenlaufen ließ. Der junge Kaiser hielt es schon richtig, wenn er vor dem Pfingstfest fastete, an seiner großen Frömmigkeit konnte es keinen Zweifel geben.

Nachdenklich sah Richarda dem kommenden Tag entgegen.

*

Die Reichsabtei Kornelimünster stand, ähnlich wie die Abtei Burtscheid, hoch in der Gunst Ottos III. Kaiser Ludwig der Fromme, ein Sohn Karls des Großen, hatte den Benediktinern an der Inde einst wertvolle Reliquien vermacht, denen gemeinsam war, dass sie mit Jesus Christus selbst in Verbindung standen. Ein Schürztuch, ein Grabtuch sowie ein Schweißtuch des Herrn, allesamt heilige Relikte aus den Tagen der Passion: Seit jeher hüteten die Mönche in Kornelimünster diese Dinge inbrünstiger als ihre eigenen Augäpfel; selbst vor der Raubwut plündernder Normannen hatten sie die Schätze einst zu bewahren vermocht. Zu den unermesslichen Kostbarkeiten waren im Lauf der Zeit weitere hinzugekommen. Inzwischen gehörten zum Klosterschatz auch die Schädelreliquie des heiligen Kornelius, der dem Kloster zum Namenspatron geworden war, ebenso das Haupt des heiligen Cyprianus.

Von beiden Heiligen hatte Iwein nie etwas gehört, aber immerhin hatte er in Erfahrung bringen können, dass deren Reliquien, von den Tüchern Christi ganz zu schweigen, die größten Kostbarkeiten weit und breit darstellten. Also hatte er sich auf den Weg nach Kornelimünster gemacht. Notgedrungen war Rufa ihm gefolgt.

Die Geschwister hockten am Waldrand auf dem Mauerrest einer uralten Ruine. Ein Heidentempel habe hier einst gestanden, erzählte man; geblieben waren nur noch einige moosbewachsene Fundamente. Schweigend beobachteten Iwein und Rufa das Schauspiel der Nachtwerdung. Unten im Tal zeichnete das Licht der untergehenden Sonne einen geheimnisvollen Glanz auf die Mauern des Klosters und ließ das Wasser des nahen Indeflusses schimmern wie die schuppige Haut einer Forelle. Laienbrüder beeilten sich, ihre Werkzeuge aufzusammeln und sie in die Schuppen zu bringen. Eine Glocke läutete, vermutlich rief sie die Mönche zum Gebet. Ihr heller Klang weckte in Rufa die Sehnsucht nach einem geordneten Leben.

„Eine Reliquie stehlen, ha! Etwas Dümmeres habe ich noch nie gehört“, brach sie endlich das Schweigen, das zwischen ihr und dem Bruder lastete.

„Du willst doch auch bei den Eremiten leben, oder? Also müssen wir tun, was der Wolfsmann uns aufgetragen hat.“

„Der Kerl hat doch nicht alle beisammen. Und Waffen will er auch noch haben. Wozu?“

„Wegen der Waffen zerbrechen wir uns später den Kopf.“

„Warum warten wir nicht ab, bis diese Königin zurückkehrt? Die würde uns bestimmt nicht einer solchen Prüfung unterziehen."

„Vielleicht doch."

„Unsinn. Dieser Wigbert will sich nur wichtig machen. Wenn wir ihm tatsächlich eine Reliquie bringen, wird er sich damit brüsten und ihren Erwerb als sein eigenes Verdienst darstellen."

„Und wenn schon."

„Du weißt es selbst, es ist nichts Gottgefälliges, eine Reliquie zu stehlen."

Iwein zuckte nur mit den Achseln und schwieg.

„Damit wir Mitglieder einer frommen Gemeinschaft werden können, sollen wir eine schwere Sünde begehen? Ha! So etwas Verrücktes!"

„In der Nacht werde ich mich ins Kloster schleichen. Ich erwarte nicht, dass du mich begleitest, Rufa. Im Gegenteil, am Ende würdest du alles vermasseln. Also sei unbesorgt, es wird allein *meine* Sünde sein."

„Nur *ihretwegen* machst du es."

„Fang nicht schon wieder damit an. Ja, du hast recht, ich mache es wegen ihr. Auch wenn ich ein Dieb bin, bleibe ich dennoch ein Mann. Ich besitze ein fühlendes Herz, auch wenn es nicht immer den Anschein haben mag. Ich habe dich immer gut versorgt, Schwesterherz, vertraue mir auch diesmal."

Seine Offenheit nahm ihr beinahe die Lust, weiter gegen seinen Plan zu wettern. Was sie jedoch insgeheim irritierte, war die Tatsache, dass auch sie Zuneigung zu jenem blonden Mädchen namens Oda empfand.

„Was wirst du stehlen, Iwein? Das Lendentuch Christi? Die Mönche werden es wohl kaum auf dem Altar ausgebreitet haben."

„Du weißt, ich kann alles stehlen, was ich nur stehlen will."

„Diesmal wirst du an deine Grenzen stoßen."

„Warum lässt du es nicht einfach darauf ankommen?"

„Und Gottes Strafe? Glaubst du wirklich, dass Er dir auch nur den Versuch durchgehen lässt? Ha, am Tag des Gerichts wirst du dich aber mächtig wundern."

So wie steter Tropfen den Stein höhlt, machte auch Rufas fortdauerndes Klagen Iwein zunehmend nachdenklich.

„Dann stehle ich eben den Schädel eines Heiligen, das dürfte nicht so schwer wiegen“, erwiderte er leise und ohne die Schwester anzusehen.

„Das glaubst nur du allein. Sind Heilige etwa Tölpel, deren Knochen man ungestraft an sich nehmen kann? Wenn die sich im Himmel über dich beschweren, dann Gute Nacht, mein Lieber.“

„Warum hörst du nicht endlich auf, mir auf die Nerven zu fallen, Rufa?“ Er durfte sich nicht von ihr weich klopfen lassen. Immerhin war er es, der sie ernährte, nicht umgekehrt. „Und überhaupt, für ein Mädchen, das lieber ein Junge wäre, nimmst du den Mund ganz schön voll. Denkst du etwa, der liebe Gott wäre erfreut darüber, dass du nicht so sein willst, wie Er dich schuf?“

„Du weißt genau, dass ich mich nur zu meinem Schutz tarne.“

„Manchmal frage ich mich, ob dies wirklich der einzige Grund ist.“

„Was willst du damit sagen?“

„Nichts!“

„Iwein, ich ... –“

„Lass es nur gut sein, Rufa. Wir wollen nicht weiter streiten. Wie auch immer, in der kommenden Nacht schleiche ich mich ins Kloster und stehle eine Reliquie, ob dir das passt oder nicht.“

Von der Sonnenscheibe war inzwischen nichts mehr zu sehen. Auch der Gesang der Vögel hatte nachgelassen. Rufa stierte in die Ferne.

„Wenn du das wirklich tust“, sagte sie nach einer Weile mit einem Ernst, der einem Schwur gleichkam, „werde ich dich verlassen, Bruder. Ich gehe dann meine eigenen Wege!“

*

Die Pfingstmesse in der Pfalzkapelle zu Aachen war der erhabenste Gottesdienst, dem Richarda jemals beigewohnt hatte. Mit großer Feierlichkeit hatte ein Bischof die Eucharistie zelebriert, ein Chor hatte gesungen, und die Klänge des Gesanges würden noch lange in Richardas Kopf nachhallen. Umgeben von marmornen Säulen hatte sie mit ihren Gefährten und vielen anderen Gläubigen – alle trugen edle Gewänder - inmitten des Oktogons gestanden und war vom Heiligen Geist berührt worden. Unsichtbar für alle hatte auch der Kaiser an der Messe teilgenommen; hoch oben, auf der Empore, saß er auf dem Marmorthron des *Carolus Magnus*.

Nach dem Schlusssegen des Bischofs trat jener Diener, der sie gestern empfangen hatte, zu ihr und führte sie durch einen Seitenausgang hinaus. Paulinus, Konrad und die beiden Geschwister folgten ihnen, bis sie einen Kreuzgang erreichten. Im nahen Garten blühten Rosen, deren betörender Duft zu ihnen hinüber wehte.

„Seine Majestät wird dich nun empfangen, Richarda“, verkündete der Diener feierlich.

„Fein!“, freute sich Gunda und zupfte aufgeregt an ihrem Kleid aus grünem Wollstoff herum. Mägde hatten es ihr für den Messbesuch angelegt, damit sie nicht wie eine Bäuerin daherkam. Richarda hingegen hatte ihr kuttenartiges Leinenkleid nicht ablegen wollen. Inzwischen fragte sie sich, ob solche Schlichtheit dem Kaiser gegenüber angebracht wäre, aber jetzt war es zu spät für einen Sinneswandel.

Der Diener blickte Richardas Begleiter der Reihe nach an. „Seine Majestät sprach allein von Richarda, die er zu empfangen gedenkt. Ihr anderen dürft, sofern Ihr es wünscht, hier im Garten auf sie warten“, erklärte er freundlich, aber mit Nachdruck.

Gero öffnete den Mund, um zu widersprechen, immerhin war er Richardas Leibwächter, doch ihr besänftigender Blick ließ ihn innehalten. Gunda stieß ein enttäuschtes Seufzen aus, beließ es aber dabei, denn Konrad, der neben ihr stand, schenkte ihr unverhofft ein Lächeln. Paulinus nickte, als habe er nicht ernsthaft erwartet, dass der Kaiser die Reisegesellschaft vollzählig empfangen wolle. Er nahm es auf mit der Gelassenheit des Chronisten, der ohnehin erfahren würde, was es mit der Audienz auf sich hatte.

Der Diener ging voran, und Richarda folgte ihm. Er führte sie durch einen langen Gang, bis sie letztlich an eine breite Tür gelangten, vor der eine Wache postiert stand. Die beiden Männer nickten einander zu, der Wachhabende öffnete die Tür und ließ sie eintreten.

Der Saal war karg und schmucklos, kalte Säulen stützten eine gewölbte Decke. In der Mitte stand mit zugekehrtem Rücken ein schlanker und hochgewachsener Mann, der einen blauen Mantel trug, auf dem goldgestickte Sterne zu erkennen waren.

Richardas Begleiter räusperte sich. „Mein Kaiser! Sie ist hier: Richarda von Gression!"

„Danke, Pedro!", lautete die Antwort Ottos III. Noch immer hielt er ihnen den Rücken zugewandt, als sei er zu tief in seine Gedanken versunken, um sich von der Stelle zu rühren.

Der Diener entfernte sich, und Richarda realisierte, dass sie und der junge Kaiser nun die einzigen Personen waren, die sich noch in dem Saal befanden. Heftige Aufregung überkam sie. Aber noch bevor sie weiter darüber nachdenken konnte, wandte sich der Kaiser um und sah sie an. Vermutlich wunderte er sich über die Schlichtheit ihrer Garderobe. Richarda machte einen Knicks vor ihm.

„Aber nicht doch, Richarda von Gression. Bist du nicht selbst eine Königin? Lass es nur gut sein!"

Sie horchte auf einen Anflug von Ironie in seiner Stimme, aber es war nichts zu hören. Er trat näher. Nur eine Armlänge von ihr entfernt blieb er stehen. Als er noch ein Knabe gewesen war, erinnerte sich Richarda, hatte sein Haar einen rötlichen Schimmer besessen, nun war es schwarz wie das Gefieder eines Raben. Dunkle, träumerische Augen waren auf sie gerichtet, in denen sich die fremdländische Herkunft seiner Mutter spiegelte, weich und gewinnend die Gesichtszüge. Unter dem seltsamen Übermantel trug er ein einfaches Surkot aus braunem Wollstoff.

„Der Abt von Burtscheid berichtete mir von dem heiligmäßigen Leben, welches du und deine Emeriten in einem Wald führt. Er betrachtet eure Sache mit großem Wohlwollen. Ich wiederum schätze den Abt."

„Der Herr Abt ist sehr gütig, obgleich er nie in unserem Dorf war."

„Aus genau diesem Grund ist ein weiterer Abt, nämlich Lantfried von Kornelimünster, mit seiner Meinung zurückhaltender." Er sah sie lange an. Richarda senkte den Blick, weil es ihr ungebührlich erschien, ihm auf die gleiche Weise in die Augen zu schauen.

„Haben wir uns schon einmal gesehen?", fragte der Kaiser nach einer Weile zögernd.

Er erinnerte sich also doch.

„Beinahe zehn Jahre ist es her, mein Kaiser; es war der Tag, an dem sich die Sonne verfinsterte. Ihr wart mit Eurer Mutter, der Kaiserin, auf dem Weg nach Aachen ..."

In seinen Augen glomm plötzlich das Feuer der Erinnerung. „Du bist das Mädchen, das mit seinen Spielgefährten am Wegrand stand. Wir plauderten, bis das Naturschauspiel vorüber war." Er wirkte nun sehr aufgeregt, als sei es unfassbar, dass sie sich abermals gegenüberstanden. „Du kanntest meinen Namen nicht!", rief er lachend.

„Heute kenne ich den Namen unseres Kaisers."

„Du hattest nicht die geringste Angst vor der Finsternis."

„So wie Ihr. Als ein lauter Donner zu hören war, musstet Ihr eine der Dienerinnen trösten. Ihr erklärtet der Ängstlichen, dass ein Gewitter durch abgekühlte Luft entsteht."

„Nun ja, meine Mutter ließ mich von den berühmtesten Gelehrten unterrichten."

Richarda erinnerte sich genau an die prophetischen Worte, die er ihr damals zum Abschied gesagt hatte: *Wir werden uns wiedersehen!* Er hatte recht behalten, obwohl es ihn selbst am meisten zu überraschen schien.

„Kaiserin Theophanu! Eure Mutter war die Heldin meiner Kindheit. Als ich von ihrem Tod erfuhr, weinte ich."

Otto presste die Lippen fest zusammen. Was darauf hinwies, wie sehr er sie geliebt haben musste.

„Sie riet mir", fuhr Richarda leiser fort, „mich niemals gegen das mir bestimmte Schicksal zu wenden."

Otto nickte. „Meine Mutter hat später, als wir wieder im Reisewagen saßen, über dich gesprochen. Sie besaß ein Gespür für besondere Menschen!"

Seine Worte versetzten Richarda in Unruhe. Auch die Klausnerin Judith hatte ihr immer wieder angedeutet, dass sie zu Höherem berufen sei. Aber Richarda wollte kein besonderer Mensch sein. Gewiss, man hatte sie zur „Königin“ von Gression gemacht, eines winzigen Reiches fromm gesinnter Eremiten. Auf keinen Fall aber wollte sie zu einer Berühmtheit werden, denn dies widersprach ihrer Berufung. Dass sie in diesem Augenblick sogar dem Kaiser gegenüberstand, war zwar ein bemerkenswertes Erlebnis, entsprach jedoch keineswegs ihrem Streben.

„Sie sagte“, fuhr der junge Kaiser fort, „sie habe es in deinen himmelblauen Augen gesehen: Viele Menschen würden dich einst verehren!“ Er schien berauscht zu sein von dieser Erinnerung. „So ist es kein Zufall, dass ich dich rufen ließ, auch wenn ich – Gott sei mein Zeuge! – nicht wusste, dass Richarda von Gression das kleine Mädchen ist, das mich und meine Mutter damals so sehr beeindruckte!“

Was für Worte! Die große Kaiserin Theophanu war beeindruckt von einem einfältigen Kind gewesen? Man hätte es für eine Spöttelei halten können, wäre Ottos Stimme nicht von heiligem Eifer erfüllt gewesen. Nachdenklich starrte Richarda auf ihre Füße. Wozu hatte er sie nach Aachen bestellt?

Der Kaiser legte seine Hände auf ihre Schultern. Mit solcher Vertrautheit hatte Richarda nicht gerechnet; erschrocken blickte sie zu ihm auf.

„Richarda“, sagte der Kaiser eindringlich, „ich möchte dich um etwas bitten!“

„Sofern es mir möglich ist, werde ich Euch jeden Gefallen erweisen, mein Kaiser“, erwiderte sie. Ihre Stimme klang heiser.

Otto nahm die Hände weg, ließ Richarda aber nicht aus den Augen. „Auch ich verehre Helden und Heilige. Mein Ahnherr, der große Karl, war seit meiner Kindheit ein leuchtendes Vorbild für mich. Vor zweihundert Jahren starb er hier in Aachen. Lange Zeit galt sein Grab als verschollen, aber der Herrgott schickte mir einen Engel im Traum, der mir offenbarte, an welcher Stelle ich graben lassen müsste. Vor wenigen Tagen wurde die Grabkammer endlich gefunden.“

Er schwieg, aber er erwartete wohl keine Antwort von ihr, denn gedankenverloren betrachtete er jetzt seine Hände, ergriffen von seinen eigenen Worten.

Warum erzählte er ihr das alles?

„Heute Abend, nach der *Komplet*, will ich mit einigen Vertrauten erstmals in das Grab hinabsteigen", erklärte er schließlich. „Es wäre mir eine Ehre, wenn du mich in die Gruft begleiten würdest, Richarda von Gression!"

16.

„Warum ich?“, fragte Richarda den Benediktinermönch, den sie um ein vertrauliches Gespräch gebeten hatte. „Was habe ich mit dem Grab des *Carolus Magnus* zu schaffen? Bin ich nicht nur eine Fremde für den Kaiser? Die Tochter von Bauern? Weshalb wünscht er, dass ausgerechnet ich ihn dorthin begleite?“

Paulinus dachte lange über ihre Fragen nach. Wie er selbst folgte offenbar auch der kaiserliche Jüngling einem Ruf des Himmels. Richarda, ob sie es wollte oder nicht, war nicht die Herrin ihres eigenen Willens. Und sie alle waren Werkzeuge des Herrn.

„Der junge Kaiser verehrt seinen Ahnherrn so sehr, dass er ihn gern zum Heiligen erheben lassen würde“, vermutete er. „Deshalb auch die ausdauernde Suche nach seinem Grab. Er könnte der Forderung nach einer Heiligsprechung Nachdruck verleihen, indem ...“ Er stockte.

„Sprecht weiter“, drängte ihn Richardis.

„... indem er darauf hinweist, dass eine geheiligte Person ihn begleitete, als er in die Grabgruft stieg.“

Richarda erschrak. „Ihr meint ... –“

„Wann wirst du es begreifen, Richarda? Du bist eine Berufene! Vielleicht vergehen noch hundert Jahre, bis Ottos Wunsch nach einer Heiligsprechung Karls erfüllt werden kann – aber *du* wirst dabei gewesen sein, als man die lange verschollene Grabkammer betrat.“ Die Gewissheit des Chronisten sprach aus ihm. „Ich wünschte, auch ich könnte Zeuge dieses Ereignisses sein“, gab er unumwunden zu.

„Welcher Wahnsinn“, stöhnte Richarda.

„Kaiser Otto und du, ihr habt vieles gemein. Beide wollt ihr eine bessere Welt. Das alte Imperium der Römer will Otto erneuern – als West und Ost umspannendes Gottesreich. Sein Glaube ist fest, seine Frömmigkeit groß, ich hörte, dass er sich manchmal *Knecht der Apostel* nennen lässt. Er sucht den Umgang mit Klerikern und den großen Christenmenschen unserer Zeit. Otto mag ein Träumer sein. Aber was wäre die Welt, was wäre die Geschichte ohne Herrscher wie ihn? Was wäre die Welt ohne *dich*?“

Richarda schwieg, am liebsten hätte sie sich die Hände vors Gesicht geschlagen.

Paulinus machte einen tiefen Atemzug. „Erweise ihm den Gefallen, um den er dich bittet, Richarda.“

*

„Um der Liebe Christi willen – warum antwortet Ihr mir nicht?“

Hadwigs Beharrlichkeit war schmerzhafter als eine Kolik. Judith haderte mit dem Höchsten, dem sie ihr Leben gewidmet hatte.

Warum hast du es zugelassen, dass sie zu mir kommt? Warum kann sie nicht unwissend bleiben? Ist nicht alles schon kompliziert genug?

Sie pflückte die gestielten Blätter der Salweide und sammelte sie in einem Korb, als stünde Hadwig nicht leibhaftig und drängend neben ihr, und sie dachte an jene Königin aus uralter Zeit, die ihr manchmal in ihren Träumen begegnete.

Ricarda! Ihr Name war es, den Richarda trug, denn die Königin, deren Leib längst zu Staub zerfallen sein musste, hatte es so gewünscht, ja befohlen hatte sie es geradezu.

„Was denkst du über das neue Gression?“, hatte Judith sie neulich im Traum gefragt.

„Lass nicht zu, dass es im Blut versinkt, wie es meinem Reich geschah!“, lautete Ricardas Antwort.

Auf die Frage, wie um alles in der Welt sich dies verhindern ließe, hatte Ricarda ihr freilich nichts erwidert.

„Ich darf dir nicht sagen, wer das Kind deiner Schwester damals in Verwahrung nahm, Hadwig!“

„Bei allen Heiligen! Warum nicht?“

„Ich gab ein Versprechen.“

„Meine Seele leidet. Wollt Ihr das?“

„Unserer aller Seelen leiden, Hadwig. Geh jetzt!“

Aber Hadwig machte keine Anstalten, sich von der Stelle zu rühren. Nach wie vor stand sie mit umwölkter Stirn neben der Einsiedlerin und starrte sie unverwandt an.

„Richarda ist’s, nicht wahr? Streitet es nicht ab, ich ahne es schon seit längerem!“

Nun war es ausgesprochen. Für eine Lüge besaß Judith keine Kraft mehr. Schweigend setzte sie ihre Arbeit fort.

„Also ist es wahr“, flüsterte Hadwig wie zu sich selbst.

Judith fand ihre Sprache wieder. „Rede mit niemandem darüber!“

„Wollt Ihr es mir verbieten?“

Judith hielt inne und sah Hadwig tief in die Augen. „Willst du, dass Gression in Blut und Tränen versinkt?“

„Warum sollte ... –“

„Ich weiß Dinge, die andere Menschen nicht wissen. Was im Übrigen eine Bürde ist und kein Privileg. Versprich mir, dass du schweigst!“

Hadwig biss sich auf die Lippen.

„Versprich es!“, forderte Judith noch einmal mit aller Autorität, zu der sie fähig war.

Hadwig nickte knapp. Dann machte sie kehrt und schritt wie benommen davon.

*

Das Licht der Fackeln ließ die Schatten in der Pfalzkapelle tanzen. Vier Männer und eine junge Frau schickten sich an, in das wiedergefundene Grab Karls des Großen hinabzusteigen.

Zuvor hatte der Kaiser Richarda seine drei Begleiter vorgestellt. Bei zweien handelte es sich um Bischöfe, enge Vertraute Ottos, am Morgen hatten sie gemeinsam die Messe zelebriert. Der dritte war ein graubärtiger Lombarde namens Otto von Lomello, der keinen Hehl daraus machte, dass ihm die Gegenwart einer Frau missfiel, zumal er nie zuvor von einer Eremitenkönigin gehört habe. Obwohl er mit dem Kaiser in einer fremden Sprache redete, begriff Richarda, dass sie das Objekt seines Argwohns war, doch Otto ließ sich nicht auf eine Debatte mit dem Grafen ein. Mit wenigen deutlichen Worten – Otto beherrschte die fremde Sprache offenbar vortrefflich – gab er ihm zu verstehen, dass Richardas Anwesenheit sein kaiserlicher Wille sei. Lomello fügte sich, wenn auch zähneknirschend.

Im vorderen Teil der Kapelle, unweit des bronzenen Tores, hatten Arbeiter tags zuvor den Marmorboden durchbrochen. Eine unterirdische, in Finsternis getauchte Kammer war zum Vorschein gekommen, die freilich bislang noch niemand betreten hatte. Bohlen bedeckten die entstandene Öffnung, dem Unwissenden musste es wie eine Baustelle erscheinen. Otto packte selbst mit an, um die Bretter beiseite zu räumen.

Niemand sprach mehr, alle waren von Aufregung erfasst, selbst Loretto schien den Grund seines Unmutes vergessen zu haben. Er schob eine Leiter in den schwarzen Schlund, und der Kaiser stand eine Weile wie zaudernd davor. Richarda konnte die Erregtheit, die ihn ausfüllte, geradezu spüren. Seine rechte Hand, welche die Fackel hielt, zitterte. Dann stieg er hinab.

Nacheinander folgten ihm die Anderen; als letzte gelangte auch Richarda von Gression in die Kammer, die seit Generationen niemand mehr betreten hatte.

*

Schweren Herzens hatte Iwein Rufas Willen nachgegeben und war in jener Nacht vor dem Pfingstfest nicht in die Abtei Kornelimünster eingebrochen. Denn Rufa hätte ihre Drohung zweifellos wahr gemacht und sich von ihm getrennt. Zwei Gründe waren es, die ihn bewogen hatten, einzulenken. Erstens, ohne ihn würde Rufa in der rauen Welt nicht zurechtkommen, dafür war sie zu weichherzig. Der zweite Grund aber war, dass er zu sehr an ihr hing, um eine Trennung verschmerzen zu können. Ihr gemeinsames Schicksal hatte die Geschwister zusammengeschmiedet, trotz aller Meinungsverschiedenheiten, die sie ständig miteinander ausfochten.

Gleichwohl, der Wolfsmann hatte ihnen eine Prüfung auferlegt. Wenn sie in die Gemeinschaft der Eremiten aufgenommen werden wollten – und das wollte Iwein im Hinblick auf die zauberhafte Oda auf jeden Fall –, dann musste dieser Wigbert eben zufriedengestellt werden. Also musste er improvisieren, was gleichfalls zu seinen Talenten zählte, wenngleich er sich lieber der anspruchsvollen Herausforderung, eine reiche Abtei zu bestehlen, gestellt hätte.

Einen alten Schädel aufzutreiben, der mitnichten einst auf den Schultern eines Heiligen gesessen hatte, war weiß Gott kein Kunststück. Auf einem Totenacker vor den Toren Aachens, wo man auch die Gehenkten verscharrte, wurde er nach kurzer Grabung fündig. Auch dies war seiner Schwester nicht geheuer, aber immerhin war sie bereit, Kompromisse einzugehen. Dass Iwein letztlich auch noch zwei Schwerter auftreiben konnte – die Klingen angerostet und schartig, aber der Wolfsmann hatte keine Meisterstücke verlangt -, war hingegen eher ein glücklicher Zufall. In einem Waldsee hatten zwei Reisende von vermutlich niederem Adel ein erfrischendes Bad gesucht; leichtes Spiel für Iwein, sich am Ufer der abgelegten Waffen zu bemächtigen.

Nach Gression zurückgekehrt, suchte Iwein unverzüglich Wigbert auf, der sich auf einer Wiese hinter dem Bach mit den Dorfburschen im Schwertkampf übte. Als er die beiden Geschwister sah, schob er seine Waffe in die Scheide und trat ihnen mit erhobenem Kinn entgegen.

„Sieh mal einer an, unsere diebischen Brüder! Ich dachte schon, ihr würdet kneifen. Nun? Was habt ihr mitgebracht?“

„Zwei Schwerter und einen Schädel“, antworte Iwein salbungsvoll.

„Zeig her!“ Fordernd streckte Wigbert eine Hand aus. Iwein reichte ihm den in ein altes Stück Stoff gewickelten Schädelknochen des vorgeblich Heiligen. Mit spitzen Fingern packte Wigbert ihn aus und betrachtete ihn mit vorgestülpter Unterlippe von allen Seiten.

„Das Haupt des heiligen Cyrenius“, erklärte ihm Iwein, der sich eine hübsche Geschichte dazu ausgedacht hatte. „Er war der jüngere Bruder des heiligen Cyprianus und starb den Märtyrertod, weil er von seinem Glauben nicht ablassen wollte. Bei lebendigem Leib zog man ihm die Haut ab, legte ihn anschließend in Salz, und ... –“

„Igitt, hör auf damit“, sagte Rufa angewidert.

„Wenn's aber so war.“ Den erwähnten Cyrenius hatte es nie gegeben, aber wer vermochte bei der großen Schar von Heiligen noch durchzublicken? Iwein schien es unverdächtiger und gefahrloser zu sein, einen Heiligen frei zu erfinden, als mit einem bekannten Namen aufzuwarten.

Iwein rechnete mit der Frage, wie er in Besitz der Reliquie gelangt sei – auch hierzu hatte er eine hübsche Geschichte parat –, aber zu seinem Entsetzen schleuderte Wigbert den Schädel plötzlich weit von sich. Gegen einen Baumstamm prallend, zerbarst er wie ein Tongefäß in mehrere Teile.

„Gebt's ruhig zu, den habt ihr irgendwo ausgebuddelt“, sagte Wigbert gelangweilt.

„Hui!“ Iwein kratzte sich am Kopf. Ob der Kerl doch nicht so dumm war, wie er vermutet hatte? „Ich, ähm ...“

„Die Schwerter!“, forderte Wigbert. Er schien nicht einmal erbost zu sein über den versuchten Betrug.

Ausgiebig nahm er das Diebesgut in Augenschein, als habe er sich sein Leben lang vornehmlich mit Waffen beschäftigt. Mit einer angedeuteten Attacke ließ er Iwein zurückweichen. „Hoppla“, sagte Iwein, der Wigbert den Gefallen erwies, sich erschrocken zu geben.

„Ziemlich alt, die Dinger, was?“ Wigbert fuhr mit dem Daumen über eine der Klingen. Erst als ein Bluttropfen sichtbar wurde, hörte er damit auf. Er nahm den Daumen in den Mund und saugte daran.

„Na schön, das lässt sich schärfen. Zwei alte Schwerter – immerhin besser als nichts.“ Ein breites Grinsen umspielte seinen Mund. „Ich will mal nicht so sein. Die Prüfung ist bestanden, ihr Halunken. Willkommen in Gression.“

Am Abend des Tages, an dem Iwein und Rufa zu Eremiten wurden, kehrten Richarda und ihre Begleiter, wiederum eskortiert von gepanzerten Rittern, nach Gression zurück.

Tagelang grübelte Richarda über das Erlebte nach. Paulinus hatte ihr geraten, es für sich zu behalten, um die Menschen nicht zu verwirren. Was, wenn man ihr vorwarf, an einer Grabschändung beteiligt gewesen zu sein?

Auch Rothaid gelang es nicht, Richarda etwas zu entlocken. Eine Weile noch stellten die Menschen im Dorf Mutmaßungen über Richardas Reise nach Aachen an. Nach einigen Wochen aber sprach niemand mehr davon, denn Klatsch und Getratsche waren bekanntlich nichts Gottgefälliges.

*

Lantfried, der Abt des Klosters von Kornelimünster, stand in dem Ruf, ein gottesfürchtiger und strenger Mann zu sein. In seiner Abtei herrschten Zucht und Ordnung, auch wenn er bislang gezögert hatte, die Reformen von Cluny in ihrer ganzen Konsequenz umzusetzen. Hätte Lantfried öffentliche Zweifel geäußert, dass die Mission der Eremiten gottgefällig sei, so wären sicherlich weniger Menschen zu ihnen gestoßen, denn sein Wort galt viel. Andererseits war auch kein Wort der Billigung von ihm überliefert worden, sodass Richarda sich fragte, was der allseits geachtete Benediktiner wirklich über das neue Gression dachte. Umso größer war die Überraschung, als Lantfried an einem lauen Sommertag des Jahres 1001, begleitet von zwei weiteren Mönchen, im Dorf erschien. Man führte sie zu Richarda, doch Lantfrieds Aufmerksamkeit richtete sich zunächst auf Paulinus, der bei der Königin stand.

Was den ehrenwerten Mitbruder bewogen habe, sich in die Dienste einer Schar von Laien zu stellen?, wollte Lantfried von ihm wissen. Er war bartlos, besaß ein kantiges Kinn und stechende Augen, und seine Stimme gab keinerlei Aufschluss über das, was ihm durch den Kopf gehen mochte.

Ruhig erwiderte ihm Paulinus, dass er in Hersfeld den Ruf des dreieinigen Gottes vernommen habe und seine Bestimmung im Dienst der frommen Königin Richarda gefunden habe.

Eine Königin, die nie dazu gesalbt worden sei!, lautete die lakonische Antwort Lantfrieds, aber selbst diese Worte klangen noch nicht wie ein Vorwurf.

Er wandte sich an Richarda.

Ob der Herrgott oder die Gottesmutter oder einer der Erzengel ihr erscheinen seien, um ihr die Gründung der Gemeinschaft zu befehlen?, befragte er sie.

Richarda verneinte. So sei es nicht gewesen, antwortete sie ihm demutsvoll, niemand habe sich ihr, wie in der Bibel, leibhaftig offenbart, um ihr nahezulegen, ein neues Gression zu gründen. Gleichwohl habe sie diese Berufung in sich gespürt, zunächst nur vage, später mit immer größerer Deutlichkeit. Die Menschen, die sich ihr anschlossen, hätten sie in ihrem Glauben bestärkt, dass es möglich sei, eine wunderbare und gottgefällige Welt zu erschaffen, in der die Sünde zum Aussterben verdammt war.

Lantfried runzelte die Stirn.

„Woran erkennt man, dass eine Sache von Gott stammt?“

Die Frage galt Paulinus, der sogleich wusste, worauf der Bruder in Christo hinauswollte.

„An ihren Früchten, ehrwürdiger Abt!“

Lantfried nickte, es war die erste Geste, mit der er Zustimmung bekundete.

„An ihren Früchten!“, bestätigte er. *Wir werden sehen, was die Zukunft bringt!*, stand in seinen Augen geschrieben. Dann hob er grüßend eine Hand, machte kehrt und verließ mit seinen beiden Begleitern das Dorf der Eremiten.

17.

Aus der Vita Ricardae Gressionensis des Paulinus von Hersfeld: *Drei Jahre, nachdem die Eremiten Richarda zu ihrer Königin gemacht hatten, war ihr Dorf zu einem blühenden Ort geworden, eine kleine Stadt, in deren Mitte eine aus Holz errichtete Kirche stand. Unbehelligt von den Herren, denen sie einst gedient hatten, lebten sie ihre Frömmigkeit. Ein zwanzig Fuß hoher Kirchturm reckte sich in den Himmel über Gression gleich einem Fingerzeig, dass es an diesem Ort nicht um das Diesseits ging.*

Fast zweihundert Menschen bevölkerten die Hütten. Durch Rodung waren dem Wald zwei Äcker abgerungen worden, deren Erträge die Eremiten weitgehend unabhängig machte von der Gunst ihrer Wohltäter. Man hielt Vieh und Geflügel, und jeder ging dem anderem zur Hand. Hinzu kam eine gewisse Art von Reichtum, gegen den Richarda sich sträubte. Doch man sagte ihr, dass Gressions Wohlstand auch die Gottergebenheit der Eremiten bewahren würde, denn Menschen, die keine Not litten, seien in ihren Gedanken freier für das Göttliche. Widerstrebend gab die Königin nach.

Mit dem Reichtum aber kam es so: Eines Tages erschien ein kleinwüchsiger alter Mann im Dorf und ließ sich zu Richarda führen. Einen Namen habe er nicht, sagte er, doch jene Menschen, die von seiner geheimnisvollen Existenz wussten, nannten ihn Galminus, den Zwerg. Seit vielen Jahren bewohnte er einen alten Bergstollen unweit des Dorfes Grecenich. Er klagte Richarda sein Leid, weinte über sein Alter, sein Rheuma und seine zunehmende Unfähigkeit, für sich selbst sorgen zu können. In die Gemeinschaft der Eremiten wollte er gern aufgenommen werden, doch Galminus hatte hierzu seine eigenen Vorstellungen: Da er nicht an Gott glauben könne, wolle er von Gebeten und Kirchgängen befreit sein, auch eine eigene Behausung forderte er für sich ein. Er verlangte auch, sich keinem Fasten unterziehen zu müssen, es solle ihm erlaubt werden, Wein und Bier und Schnaps zu trinken, wann immer ihm der Sinn danach stünde.

Im Gegenzug versprach er der Königin und den Eremiten beträchtlichen Reichtum.

Galminus wusste von Erzadern, die von niemandem beansprucht würden. Nur er selbst kenne die Lage der Adern im Berg, doch wolle er sie den Menschen Gressions abtreten, sofern man bereit sei, auf seine Bedingungen einzugehen. Auch sei er bereit, die Eremiten zu lehren, wie die Schätze des Berges zu fördern seien. Der Verkauf der Erze, aus denen man edles Metall fertige, würde ihnen viel Gewinn bringen, sodass man künftig keine Not mehr fürchten müsse.

Richarda war nicht willens, auf ein solches Ansinnen einzugehen, da es dem Geist des neuen Gression widersprach, denn man könne nicht Gott und dem Mammon zugleich dienen. Doch ihr Schwager Wigbert und einige andere überredeten sie letztlich, die Forderungen des Zwerges zu erfüllen. Zu verlockend erschien ihnen die Aussicht, nicht mehr allein von der Gnade Gottes oder anderer Wohltäter abhängig zu sein. Galminus erhielt Kost und Quartier, die Arbeit in dem Stollen wurde zügig aufgenommen. Kontakte zu Händlern und Kaufleuten wurden geknüpft, und schon bald flossen Gelder in die Kasse Gressions, zu deren Hüter man den ehemaligen Wandermönch Magnus bestimmte. Die Kirche gedachte man durch ein größeres, aus Steinen errichtetes Gotteshaus zu ersetzen, sobald die Mittel dafür aufzubringen seien. Darüber hinaus setzte Galminus durch, dass am Rand des Dorfes, dort, wo ein Pfad entlang des Omerbachs nach Grecenich führte, eine Taverne erbaut wurde.

Dies alles geschah in dem Jahr, als der junge Kaiser Otto, der kaum mehr als zwanzig Sommer gesehen hatte, im fernen Italien zu Gott heimging. Die aufständischen und immerzu launischen Römer hatten ihn zuvor aus ihrer Stadt vertrieben. Wie auch sein Vater starb Otto fern der Heimat an einem Fieber, noch bevor er mit seinem Heer zur Rückeroberung Roms aufbrechen konnte. Sogleich kamen Stimmen auf, die von einer Strafe Gottes sprachen, denn die Nachricht von dem schrecklichen Frevel, den der Kaiser im aufgefundenen Grab Karls des Großen begangen haben sollte, waren rasch in alle Winkel des Reiches gedrungen. Richarda aber, die wusste, was sich wirklich in jener Pfingstnacht in Karls Grabkammer zugetragen hatte, schwieg zu den Gerüchten …

Paulinus legte den Federkiel beiseite, als Richarda die Hütte betrat. Lächelnd musterte er die Königin der Eremiten, der sein Wohlwollen galt, seit er zum ersten Mal von ihr gehört hatte. Richarda trug ein blaues Kleid aus feinem Stoff. Eine Haube aus Samt bedeckte ihr Haar und umrahmte ein Gesicht, das, betrachtete man es genau, erste kleine Falten zeigte. Schon seit längerem trug sie ihr Gewand aus Leinen nicht mehr. Ein reicher Gönner aus Aachen hatte ihr das blaue Kleid einst aus dem Nachlass seiner verstorbenen Frau vermacht. Die Eremiten, Rothaid allen voran, lagen Richarda so lange in den Ohren, bis sie sich entschloss, die Kutte nicht mehr zu nutzen. „Nun siehst du endlich aus wie eine Königin!“, hatte Rothaid frohlockt. „Nur noch die Krone fehlt.“

Richarda erwiderte das Lächeln ihres Lehrers, aber Paulinus entging nicht, dass sie heute sehr nachdenklich wirkte. Er ließ sie Platz nehmen und sah sie fragend an. Schon seit geraumer Zeit war er nicht nur Richardas Biograf und Lehrer, sondern auch ihre erste Anlaufstelle, wenn sie von Kummer gequält wurde.

„Gerald, der kleine Sohn des Boldo, wurde heute verletzt, als im Stollen ein Stützbalken wegbrach“, erzählte sie mit einem Seufzen. Glücklicherweise habe man den Jungen rasch aus Geröllmassen befreien können; später sei der Stollen eingebrochen, doch alle hätten sich in Sicherheit bringen können. „Um ein Haar wären sie alle umgekommen“, schloss Richarda.

„Eines Tages wird das große Unglück eintreten“, erwiderte Paulinus leise, wissend, dass seine Worte sie noch mehr beunruhigen würden. Aber er hatte Richarda versprochen, immer offen mit ihr zu reden. „Die Schätze der Erde lassen sich nicht ohne Opfer bergen, meine Tochter. Das war schon immer so, und es wird sich auch nie ändern.“

Sie starrte ins Leere. Warum hatte sie so leicht nachgeben, als die Frage nach dem Erzabbau aufkam? Profit und Reichtum – das hatte nichts mit der wunderbaren Welt zu tun, von der sie einst geträumt hatte. Die Kinder Gressions mussten in den Stollen schuften, wo ein erwachsener Mann sich kaum bewegen konnte. Immerhin hatte Richarda darauf bestanden, dass ihr tägliches Arbeitspensum auf wenige Stunden beschränkt blieb, aber das schützte die Kinder nicht vor den Gefahren, die im Berg lauerten.

„Der Tag, an dem Galminus kam, war kein guter!“ Es geschah nur sehr selten, dass Richarda ein schlechtes Wort über einen Bewohner ihres kleinen Reiches verlor. Galminus hatte alles durcheinander gewirbelt. „Das Wirtshaus“, sagte sie zerknirscht. Und dann, mit plötzlicher Entschlossenheit: „Wenn ich schon den Bau dieser Stätte nicht verhindern konnte, so will ich wenigstens darauf bestehen, dass das Wirthaus am Tag des Herrn geschlossen bleibt.“ Sie funkelte den Benediktiner an, als erwarte sie augenblicklich seine lobende Zustimmung. „Ja“, fuhr sie fort, „künftig soll es bloß noch an drei erlaubten Tagen geöffnet sein. Wie kann jemand andächtig beten, der in Wahrheit bloß an den abendlichen Trunk denkt? Anstatt sich um ihre Kinder zu sorgen, die im Berg nach Erz graben, denken manche zunehmend an ihr leibliches Wohl. Als hätten sie niemals Angst um ihre Seelen gehabt. Ach, Paulinus, hätte der Herr die Welt doch untergehen lassen. All diese Prüfungen wären uns erspart geblieben!“

Er reichte der Erhitzten seine Hand, die sie dankbar ergriff. „Die Menschen werden nie so sein, wie Gott sie haben möchte. Selbst deine Eremiten nicht.“

„Wozu dann noch dieser Ort? Wozu ein neues Gression?“

„Weil Menschen wie Schafe sind. Sei du weiter ihre Hirtin. Wenn sie nicht in Armut leben wollen – baue eine neue Kirche von ihrem Geld. Wenn sie ihre Kinder in den Berg schicken – beharre darauf, dass man für ihren Schutz sorgt. Und wenn sie durstig sind – gönne ihnen ihren Trunk. Die Verantwortung für ihre Seelen tragen sie selbst. Du bist nie müde geworden, ihnen das Gute vorzuleben. Du bist der Mensch, auf den sie schauen, niemand sonst. Sie selbst sind unvollkommen, sie werden es immer sein. Das wissen sie, deshalb haben sie dich zu ihrer Königin gemacht. Deine Güte reicht für Alle.“

Richarda dachte über seine Worte nach, doch das Missfallen wollte nicht aus ihrem Gesicht weichen. „Ihr redet wie Gero", sagte sie leise.

„Du liebst deinen Bruder. Lass seine Worte nicht unbeachtet."

„Ich bin eine Sünderin, sonst hätte ich Galminus zum Teufel jagen lassen."

„Vielleicht hat Gott den Galminus hierher geführt, um ihm einen Weg zur Läuterung zu zeigen."

„Ich bin eine Sünderin", beharrte sie, „sonst würde ich Gero wie einen Bruder lieben und nicht wie ... –" Sie biss sich auf die Lippen.

„Was wäre die Welt ohne Versuchungen? Das Paradies muss noch warten."

„Ich bin eine Sünderin", sagte sie ein zum dritten Mal, „sonst hätte ich keuschere Gedanken. Einmal träumte ich, ich müsste mich zwischen Gero und Tassilo entscheiden. Warum erwähnt Ihr nicht solcherlei törichte Dinge, wenn Ihr über mich schreibt?"

„Weil ich über eine Königin schreibe, nicht über eine Sünderin. Lass ab von deinen selbstquälerischen Gedanken, meine Tochter. Wir wollen nun mit dem Unterricht beginnen. Was ist heute an der Reihe?"

Richarda nahm sich zusammen. „Lateinisch." Das Lernen würde ihr heute sehr schwer fallen.

*

Tassilo ließ sich Zeit, nachdem ein Page ihm mitgeteilt hatte, der Gaugraf verlange ihn auf der Stelle zu sprechen. Vielleicht war es die übliche Auflehnung, mit der er den Nachdruck in des Vaters Befehl kurzerhand ignorierte, vielleicht auch die prophetische Ahnung, dass sich sein Leben nun verändern würde. Jedenfalls fuhr er zunächst unbeirrt fort in seinem Tun und ging dem Hufschmied zur Hand, der gerade sein Pferd beschlug.

Als er später das Haupthaus betrat, sah er einen Besucher neben seinem Vater stehen. Diepold, ein Gefolgsmann, war von niederem Adel und dem Gaugrafen treu ergeben. Er war graubärtig und hatte eine zerfurchte Stirn, darunter ein Paar blutunterlaufener Augen, die Tassilo ausdruckslos musterten.

„Ah, da ist er ja endlich, unser Held", sagte der Gaugraf. Seltsamerweise schien er über die Verzögerung nicht aufgebracht zu sein. „Komm her, mein Junge, es gibt Neuigkeiten!"

Tassilo bezweifelte, dass es gute Neuigkeiten waren, denn des Vaters Augen blinzelten listig. Gerhard liebte es, wenn er dem introvertierten Sohn seinen Willen aufzwingen konnte.

„Der gute Diepold und ich sind übereingekommen, dass wir unsere Kinder vermählen sollten. Im Grunde fragen wir uns, warum wir noch nicht früher auf diese glorreiche Idee gekommen sind." Er lachte, und auch Diepold bleckte grinsend lückenhafte Zahnreihen.

Jetzt erst stellte Tassilo fest, dass sie nicht allein im Raum waren. Diepolds Tochter, seine mutmaßliche Braut, stand wie verloren in einer Ecke, als habe man sie dorthin verbannt und ihr befohlen, sich ja nicht von der Stelle zu rühren.

„Sie heißt Gisla", erklärte Diepold mit der verwaschenen Stimme eines Trunkenboldes. Möglich, dass die Väter den Handel schon reichlich begossen hatten.

Gisla war mager und für ein Mädchen recht hochgewachsen, ihr Gesicht wirkte knochig. Tief lagen die Augen in ihren Höhlen, scheu wich sie Tassilos Blick aus. Sie war um einiges jünger als er. Ihr dunkles Haar trug sie offen, es wallte ihr über die Schultern, doch änderte dies nichts an der Traurigkeit, die sie ausstrahlte. Diepolds Tochter war keine Schönheit, doch ihre Zerbrechlichkeit verlieh ihr etwas Anmutiges.

„Schau sie dir an, Junge! Sie ist nur für dich!" Gaugraf Gerhard gluckste vergnügt.

„Willst du deinen Gemahl nicht begrüßen?", zischte Diepold seiner Tochter zu.

Zögernd trat Gisla näher, blieb eine Armlänge vor Tassilo stehen und machte einen Knicks. „Ich freue mich, dass Ihr mein Gemahl sein werdet“, erklärte sie mit erstaunlich fester Stimme und wich seinem Blick diesmal nicht aus.

Tassilo wusste, er würde diese Frau niemals wirklich lieben. Nur eine gab es auf der Welt, für die sein Herz schlug. Wenngleich diese Leidenschaft hoffnungslos war.

Nein, lieben würde er Gisla nicht. Aber spielte das eine Rolle? Auch Gisla war nicht gefragt worden, als man einen Gemahl für sie wählte. Womöglich könnte sie ihm eine Gefährtin sein, eine Verbündete sogar gegen die Sticheleien des Schicksals. In ihren Augen lag ein verständnisvoller Ausdruck, als wüsste sie von seinen Seelennöten und sei dazu bereit, sie klaglos mit ihm zu tragen.

Wenn sie auch keine Liebenden sein würden, so waren sie dennoch eines Sinnes, wie es schien. Tassilo würde nicht gegen die Heiratspläne aufbegehren. Es war an der Zeit, dass er ein Leben führte, ohne sich länger nach Richarda zu verzehren. Er würde heiraten, wie es von ihm verlangt wurde, sie würden Kinder bekommen, sein Vater würde ihm neue Pflichten auferlegen, und eines Tages würde er selbst Graf im Jülichgau sein. Zwar würde er Richarda nicht vergessen können, aber Gisla, so die stumme Botschaft in ihrem Blick, versprach ihm, kein weiterer Stachel in seinem Fleisch zu sein.

„Und ich“, antwortete Tassilo, indem er sich leicht vor ihr verbeugte, „freue mich, dass du meine Gemahlin sein wirst, Gisla!“

18.

Ein Jahr später, Spätsommer 1004 A.D.

Gero wusste genau, dass es bald Ärger geben würde. Vor mehr als vier Jahren hatte er das Unheil gerade noch abwenden können. Aber jetzt war das Weib erneut aufgetaucht und hatte sich zu Richarda führen lassen, noch bevor er ihrer Ankunft gewahr wurde.

„Du hast sie damals fortgeschickt?“, hatte Richarda ihn auf Höchste erstaunt gefragt.

Was blieb ihm übrig, als es zuzugeben.

„Geh und hol Wigbert!“, forderte sie ihn auf.

Gero wusste, wo er Wigbert finden würde. Es war ein schwüler Samstagabend, das Vespergebet war bereits gesprochen. In der Taverne – von den Gressionitern „Höhle des Galminus“ genannt – traf er ihn an. Das Wirtshaus war klein, aber aus soliden Hölzern errichtet, ein tiefhängendes Strohdach reichte an beiden Seiten fast bis zur Erde. Daneben plätscherte der Omerbach, dem Galminus das Wasser für sein selbstgebrautes Bier entnahm. Das musste man dem gottlosen Zwerg lassen, sein Gebräu ließ sich trinken.

Mit einigen Bauern saß Wigbert würfelnd an einem der Tische, denn er gehörte zur Stammkundschaft des Galminus. Auch Magnus war das eine oder andere Mal in der „Höhle“ gesehen worden, was man ihm im Grunde nicht übel nehmen konnte, schließlich war er ja Seelsorger aller Gressioniter, die Zecher eingeschlossen. Betrunken hatte er sich dennoch.

„Ah, welch seltener Gast!“, rief Galminus, als er den Eingetretenen bemerkte. „Der Bruder und Leibwächter unserer verehrten Frau Königin! Sei mir willkommen!“

„Halt die Klappe, Galminus“, zischte Gero. Er suchte Wigberts Blick und gab ihm einen Wink. Widerwillig erhob sich Wigbert und trat dem Freund und Schwager entgegen.

„Was ist denn? Hat Gunda sich wieder über mich beklagt? Sie soll mich doch in Ruhe lassen!“

„Nicht Gunda schickt mich, aber ihr Wehgeschrei wird nicht lange auf sich warten lassen. Komm mit!“

„Verdammt, was ist passiert?“

Gero zog eine Grimasse. „Wer, glaubst du, ist wohl gekommen, um in die Gemeinschaft aufgenommen zu werden?“

„Woher soll ich das wissen? Die Muttergottes vielleicht?“

„Idiot!“ Geros Stimme wurde zu einem ernsten Flüstern. „Es ist Madelgard.“

Wigbert schlug sich die Hände vors Gesicht. „Jesus und Maria! Warum bleibt sie nicht bei ihrem verdammten Schmied?“

„Weil er gestorben ist. Aber das ist noch nicht alles.“

„Was denn noch?“

„Das hörst du dir gefälligst selbst an. Komm!“

Wigbert wurde in der Klause erwartet. Wie ein Tribunal erschienen ihm die Menschen, die ihn schweigend anstarrten. Richarda, Rothaid, Oda, Gunda, Madelgard – er traute sich kaum, ihnen in die Augen zu schauen.

„Sei ein Mann“, flüsterte Gero ihm zu. Es schadete nicht, wenn Wigberts Überheblichkeit mitunter einen Dämpfer erhielt. Nicht nur Waffen oder Pferde machten einen Mann aus.

Richarda brach das Schweigen. „Wigbert! Du kennst doch Madelgard, nicht wahr? Sie und ihr Mann, der kürzlich zu Gott heimging – sie waren Nachbarn deiner Familie.“

Wigbert nickte, nachdem er einen albernen Moment lang den Nachsinnenden gemimt hatte.

„Wie schön, er erinnert sich“, sagte Gunda spitz. Gero kannte seine jüngere Schwester gut genug um zu wissen, dass sie sich am liebsten auf ihren Gatten gestürzt und mit den Fäusten auf ihn eingedroschen hätte.

„Madelgard möchte in unsere Gemeinschaft aufgenommen werden“, fuhr Richarda mit ruhiger Stimme fort. „Sie hat einen kleinen Sohn. Willst du hierzu etwas anmerken, Wigbert?“

„Sollte ich denn?“, fand Wigbert endlich seine Stimme wieder. „Sonst fragst du mich doch auch nicht, wenn jemand in unsere Gemeinschaft aufgenommen werden möchte.“

Abermals Schweigen. Allein Gunda gab einen wütenden Zischlaut von sich.

„Wigbert!“ Diesmal war es Madelgard selbst, die ihre Stimme erhob. „Wigbert, sieh mich an.“ Sie war eine Frau jenseits der dreißig und somit um einige Jahre älter als Wigbert. Früher war sie eine verführerische Schönheit gewesen, jetzt wirkte ihr Gesicht grau und eingefallen, aber gänzlich verblüht waren Madelgards Reize keineswegs.

Wigbert riss sich merklich zusammen. Ein etwa vier- oder fünfjähriger Knabe, der sich bislang hinter Madelgards Rock versteckt gehalten hatte, war hervortreten, klammerte sich aber weiter an sie, offensichtlich verwirrt von den vielen Fremden.

„Das ist Ekkart, mein Sohn“, verkündete Madelgard mit knotiger Stimme. „Er ist auch dein Sohn, Wigbert“, fügte sie hinzu, indem sie dem Jungen eine Hand auf den Kopf legte.

Wigbert schluckte. Erst jetzt wurde ihm bewusst, wohin der Hase lief. Aber er gab sich kämpferisch. „Mein Sohn? Was soll dieser Unsinn?“

„Gib dir keine Mühe, Wigbert“, sagte Gunda verächtlich. „Der Kleine ist dir wie aus dem Gesicht geschnitten.“

„Bestreitest du etwa, dass du mit Madelgard ein Liebesverhältnis hattest?“, fragte ihn Richarda unnachgiebig.

„Und wenn schon. Das war früher. Vor meiner Hochzeit. Außerdem hat sie mich verführt. Jedermann weiß, wie mannstoll Madelgard ist.“

„Sie hat einen Sohn von dir, Wigbert.“

„Das ist nicht bewiesen. Außerdem trägt er den Namen des Schmieds.“

„Gunda hat recht, der Junge gleicht dir aufs Haar“, warf Rothaid ein, ihre Stimme eine einzige Anklage.

„Was soll das? Ist das hier ein Weibertribunal?“

„Madelgards Mann ist gestorben“, erklärte Richarda ein weiteres Mal. „Sie und der Knabe werden in die Gemeinschaft aufgenommen. Von dir erwarte ich gebührendes Verhalten, Wigbert.“

„Nein!“, rief Gunda zornig. „Sie soll wieder verschwinden mitsamt ihrem Bastard.“

„Ich verstehe, dass du aufgebracht bist, meine Schwester. Aber wegen alter Sünden darf niemand verstoßen werden."

Gundas Gesicht war eine Maske aus Eis. Weitere Proteste schluckend, verließ sie mit wehendem Kleid die Klause. Wigbert kratzte sich unschlüssig am Kopf, dann folgte er ihr zögerlich.

Richarda lächelte Madelgard aufmunternd zu. „Sei uns mit deinem Sohn willkommen."

Demütig senkte die Witwe das Haupt vor ihr. „Danke. Und sei unbesorgt, ich werde Wigbert in Ruhe lassen."

„Das will ich hoffen!", schnappte Rothaid.

„Mutter, Oda, seid so gut und bringt Madelgard und ihren Sohn zum Quartiermeister, damit er sich um sie kümmern kann."

Rothaid protestierte. „Reicht es nicht, wenn Oda das erledigt?"

„Mutter, bitte! Ich möchte ein Wort mit Gero reden. Allein!"

Als sie unter sich waren, seufzte Gero leise, denn er wusste nur zu gut, was sie mit ihm zu besprechen hatte.

„Madelgard erzählte mir, du habest sie damals fortgeschickt, Gero."

Er errötete unter ihrem fragenden Blick. „Ich streite es nicht ab."

„Warum hast du das getan?"

„Es war am Tag von Gundas Hochzeit. Stell dir bloß vor, was geschehen wäre, wenn Madelgard in die Feierlichkeiten geplatzt wäre. Vermutlich wäre unsere Schwester zur Meuchlerin geworden."

„Zu jener Zeit muss Madelgard bereits schwanger gewesen sein. Und verzweifelt. Auch sie glaubte an den Weltuntergang."

Gero breitete die Arme aus. „Ich wusste, dass sie eine Ehebrecherin ist."

„Und Wigbert? Zu einem Ehebruch gehören zwei. Deinem Freund aber hast du nichts verwehrt."

„Ich weiß, es war falsch. Dennoch, der kleine Ekkart mag Ähnlichkeit mit Wigbert haben, aber ist das ein Beweis? Immerhin trägt er den Namen des Schmieds, und ..."

Sie legte ihm einen Finger auf den Mund. „Auch wenn es letztlich nicht die entscheidende Frage ist, Gero: Wigbert *ist* der Vater des Jungen. Madelgard hat mir versichert, dass ihr Mann schon seit langem außerstande war, sie mit seinem Körper zu lieben."

„Oh!" Es erregte Gero, dass sie von solcherlei Dingen sprach. Zumal ihr Finger noch immer auf seinen Lippen ruhte.

„Gression darf kein Ort der Lüge sein, Gero. Galminus macht es uns schon schwer genug. Lass uns die Dinge annehmen, wie sie kommen."

„Du siehst mich einsichtig, Richarda. Und ich verspreche, meinen Fehler wieder gutzumachen. Ich werde Madelgard und ihren Sohn unterstützen, wo ich nur kann."

„Das freut mich. Vielleicht schaffst du es zudem, unsere Schwester zu besänftigen. Sie ist völlig außer sich."

„Du willst, dass ich einen Sturm bändige? Nun, das dürfte schon schwieriger werden. Aber ich werde es versuchen."

„Danke."

Sie stellte sich auf die Zehenspitzen, presste beide Hände auf seine Wangen und küsste ihn auf den Mund. Gero hätte verzweifelt schreien mögen, als dieser Augenblick verstrichen war.

Iwein und Rufa betrachteten sich schon als Urgesteine des neuen Gression. Aus dem Meisterdieb Iwein war ein nahezu vorbildlicher Eremit geworden, der brav und ohne zu murren an den Gebeten teilnahm.

Die Geschwister bewohnten eine kleine Hütte unweit der Klause. Rasch hatte man erkannt, dass der weitgereiste Iwein geschickt zu handeln wusste. Deshalb war er der erste Ansprechpartner für auswärtige Kaufleute; wo ein Unbedarfter leicht übers Ohr gehauen worden wäre, biss man bei Iwein auf Granit. Freilich hatte er Richarda feierlich versprechen müssen, seinerseits redlich zu sein. Daran hielt er sich.

Rufa – für die Gressioniter war sie nach wie vor Iweins Bruder – kümmerte sich vor allem um das Nutzvieh der Eremiten. Sie melkte Kühe, trieb Schweine in dic Brache und kümmerte sich um die Bienenvölker. Sie half beim Mistmachen, beim Schlachten und auf den Feldern. Die Ängste ihres früheren und gefährlichen Lebens waren wie weggefegt, zumal offenbar niemand auf den Gedanken kam, sie könne in Wahrheit ein Mädchen sein. Sie war glücklich, weil ihr Leben endlich in geordneten Bahnen verlief.

Iwein und Rufa genossen die sommerliche Abendsonne, während sie die Beeren des Holunderstrauches ernteten, der neben ihrer Kate wuchs. Über Gression lag eine ätherische Ruhe, die nichts von alldem ahnen ließ, was in den kommenden Wochen und Monaten geschehen sollte.

Zuerst sahen sie, wie die sichtlich wütende Gunda die Klause verließ. Es folgte ihr Wigbert, der sich mühte, sie einzuholen.

„Sieh mal einer an", sagte Iwein zu Rufa, „unser Wolfsmann und seine Prinzessin haben sich nicht mehr lieb, wie es scheint."

„Was man weder dem Einen noch der Anderen verdenken kann", merkte Rufa an.

Jetzt weckte Oda Iweins Aufmerksamkeit. Mit Rothaid und einer ihm Unbekannten, die einen Knaben an der Hand hielt, verließ sie die Klause. Rufa entging nicht, dass Iwein und Oda einen schmachtenden Blick wechselten.

„Oha", sagte Rufa.

Iwein schob sich eine Holunderbeere in den Mund. „Ich kombiniere, unser Wigbert hat ein Kuckuckskind. Siehst du den Kleinen? So muss unser Wolfsmann als Knabe ausgesehen haben. Jetzt ist die Mutter aufgetaucht und mit ihr die Wahrheit. Kein Wunder, dass unsere Prinzessin ein Gesicht zieht wie sieben Tage Regenwetter."

„Du siehst eine Menge, Bruder."

„Tja, so bin ich."

„Aber auch ich sehe einiges."

„Ah! Und was siehst du?"

„Du hast Fortschritte gemacht."

„In welcher Hinsicht?"

„Oda! Glaubst du, mir wäre entgangen, wie sehr sie dich anhimmelt?"

Iwein grinste. „Vier Jahre harte Arbeit müssen sich irgendwann auszahlen."

„Was du nicht sagst. Wie weit ist es denn mit euch beiden? Habt ihr schon ... –“

„Also bitte, Schwesterherz. Musst du denn wirklich alles wissen?“

„Dass man dich auch in Verlegenheit bringen kann, ist mir neu.“

„Neuer Mensch, neue Marotten.“

„Wenn du sie schwängerst, kriegst du Ärger. Wir befinden uns schließlich auf geheiligtem Boden.“

„He, ich sagte doch, dass ich ein neuer Mensch bin. Und ein vorbildlicher Eremit.“

Er zwinkerte mit einem Auge, aber Rufa zuckte nur mit den Schultern und widmete sich wieder dem Holunder.

19.

Es war schon dunkel, als Gunda sich zu Konrads Hütte schlich. Verstohlen blickte sie um sich, aber niemand war zu sehen, selbst die Hunde hatten sich vor der Schwüle der Nacht zurückgezogen.

Konrad hob lächelnd das Kinn, als sie eintrat. Auf dem Tisch, an dem er saß, flackerte ein Talglicht. Gunda schritt auf ihn zu, warf sich ihm in die Arme. Er drückte die Lippen auf ihren Scheitel.

„Du wirkst aufgebracht“, stellte er fest.

Sie nahm Platz auf seinem Schoß, als sei sie noch ein Kind. „Ich *bin* aufgebracht!“, antwortete sie verdrossen.

„Was ist geschehen?“

Sie holte tief Atem und berichtete von Madelgard und Wigberts Vaterschaft. Tränen stiegen ihr in die Augen. „Ich wollte immer Kinder haben. Aber du weißt, Wigbert rührt mich kaum an. Und nun erfahre ich, dass er mit dieser Schlampe einen Bastard hat. Was für eine Demütigung!“

Konrad seufzte hilflos. Er streichelte ihren Rücken und drückte sanft ihren Kopf gegen seine Brust. „Ruhig, meine Gunda. Wer immer diese Madelgard auch ist, *du* bist mit Gewissheit die Hübschere und Klügere. Glaub mir, es kommen wieder bessere Tage. Wigbert ist nicht so kalt, wie er wirken mag. Bestimmt wirst du sein Herz wieder gewinnen.“

„Ich will sein Herz nicht länger. Mein Herz gehört dir, Konrad.“

„Du weißt, dass es mit uns Beiden nie etwas geben wird.“

„Aber warum nicht?“

„Wie oft haben wir schon darüber gesprochen? Schon die Küsse, die wir tauschten, waren ungehörig.“

„Es ist mir einerlei, dass du mein Vater sein könntest. Ich will mehr von dir als ab und zu einen heimlichen Kuss.“

„Gunda, zwischen uns darf es keine Liebe geben.“

„Dafür ist es längst zu spät.“

„Du bist verheiratet, Gunda. Die Ehe ist etwas Heiliges.”

Ihre rotgeheulten Augen blickten ihn eindringlich an. „Du hast gesagt, dass ich mehr für dich bin als nur eine Kameradin. Streitest du das jetzt ab?"

„Natürlich nicht."

„Meine Ehe ist nichts Heiliges, glaub mir. Richarda zwang uns dazu."

„Was stellst du dir vor? Wir können doch nicht ... –"

„Und ob wir das können. Lass uns von hier verschwinden. Ich habe genug von diesem scheinheiligen Ort. Wir werden woanders leben."

„Wir dürfen Richarda nicht im Stich lassen."

„*Richarda, Richarda!* Mein ganzes Leben heißt es immer nur: *Richarda!* Ich bin es so leid, Konrad."

„Der Ort, den sie schuf, ist etwas Besonderes."

„Dass ich nicht lache. Ich kenne Kinder, die sich von morgens bis abends den Bergstaub aus dem Leib husten. Und der Zwerg verdient sich eine goldene Nase an diesem *Ort der Heiligkeit*. Am Ende wird er womöglich noch ein Hurenhaus eröffnen."

„Man braucht mich in Gression, Gunda."

„Wozu? Richarda wollte doch nie, dass irgendwer hier eine Waffe trägt."

„Das ist wahr, aber ... –"

„Du hast die Burschen vieles gelehrt, sie kommen nun ohne dich zurecht. Wigbert wird glücklich sein, wenn er endlich allein die Zügel in der Hand hat."

„Über dein Verschwinden dürfte er sich weniger freuen."

„Das hat er sich selbst zuzuschreiben. Außerdem hat er ja diese – Madelgard."

Konrad presste die Lippen aufeinander und starrte in das flackernde Talglicht. „Wie wir es auch drehen und wenden, Gunda: Es wäre falsch. Ungehörig. Ja, es wäre Sünde."

„Sünde – ich kann dieses Wort nicht mehr hören."

„Ach, meine Gunda."

Sie streifte seine Arme ab und erhob sich. Sie wusste, es gab vermutlich nur noch ein Mittel, um den Mann, den sie bei Weitem mehr liebte als Wigbert, umzustimmen. Keck sah sie ihm in die Augen. Dann begann sie mit langsamen, aber entschlossenen Bewegungen ihr Kleid abzustreifen.

Konrad legte die Stirn in Falten. „Gunda, was machst du? Wir ..., wir dürfen nicht ...“

„Sei still, Konrad. Ich flehe dich an, sei einfach still.“

Splitternackt stand sie bald vor ihm, nur das bronzene Medaillon schimmerte auf ihrer Brust. Als ihre warmen Hände sich auf seine Schultern legten, wurde dem Witwer bewusst, was er solange entbehrt hatte.

Zur selben Zeit trafen sich Oda und Iwein an ihrem ausgemachten Treffpunkt im Wald, unweit des Bergstollens. Es war nicht ihr erstes Beisammensein. Mit viel Ausdauer hatte Iwein in den vergangenen Jahren daran gearbeitet, Odas Interesse zu wecken.

Es war ihm gelungen.

Irgendwann hatte Oda seine Bemühungen nicht länger ignoriert. Iwein war äußerst einfühlsam, seine Gefühle für sie entsprangen nicht den üblichen Begierden der Männer. Odas Wunsch, ihre Jungfräulichkeit nicht anzutasten, kam er wie selbstverständlich nach, ohne dass es seiner Liebe einen Abbruch getan hätte.

Oda war glücklich, wenn sie mit Iwein zusammen sein konnte. Achtzehn Jahre zählte sie inzwischen, doch ihr Leben hatte sie vor allem damit verbracht, Richarda zu vergöttern. Gewiss, sie liebte Richarda immer noch, doch je mehr Zeit sie mit Iwein verbrachte, umso größer wurde ihre Sehnsucht nach etwas anderem. Richarda war eine von Gott Berufene, Oda aber hatte niemandem Jungfräulichkeit gelobt. Ihr Leben war an einen Punkt angelangt, wo sie eine Entscheidung fällen musste. Richarda würde ihr keine Steine in den Weg legen. Hochzeiten wurden in Gression zwar nur selten gefeiert, aber sie kamen vor.

Über solche Dinge nachsinnend, lag das Liebespaar im Gras, die Hände ineinander verflochten, und sie blickten in den Sternenhimmel. Ringsumher zirpten Legionen von Zikaden.

Oda hatte lange überlegt, nun war sie fest entschlossen, die Worte auszusprechen, die ihr auf der Zunge brannten. „Ich wünschte“, flüsterte sie, indem sie ihre Augen schloss, „du würdest mich endlich fragen."

Iwein wandte ihr den Kopf zu. „Was soll ich dich fragen, Liebste?"

„Ob ich dich heiraten möchte."

Vor lauter Glück musste Iwein nach Worten ringen – was selten genug in seinem Leben geschehen war. „Willst du mich heiraten, Oda?", brachte er endlich hervor.

„Ich will."

„Und ... Richarda?"

„Ich werde ihr weiter dienen und sie verehren. Aber mit dir will ich leben, Iwein, denn ich liebe dich."

Iwein wünschte sich mit aller Macht, dass er nicht träumte. Doch alles – die funkelnden Sterne, die Zikaden und Odas warme Hand in der seinen – wies darauf hin, dass es Wirklichkeit war.

„Gib mir noch ein wenig Zeit, Liebster", fuhr Oda nach einer Weile fort, „ich werde mit Richarda über unseren Entschluss sprechen. Bestimmt wird sie sich freuen."

„Ich gebe dir alle Zeit dieser Welt", entgegnete Iwein glückselig, „wenn du dafür die Belohnung bist."

In einem nahen Gebüsch knackte es, ein Tier vermutlich, und Oda klammerte sich an den Geliebten. „Hab keine Angst", sagte Iwein.

„Nie wieder werde ich Angst haben, solange du bei mir bist", flüsterte sie ihm ins Ohr.

Gero hatte schon seit längerem etwas geahnt, doch in jener Nacht wurde seine Befürchtung zur Gewissheit. Es zählte nicht zu seinen Neigungen, andere zu bespitzeln, aber diesmal hatte es sich einfach so ergeben. Richardas Bitte, er möge beschwichtigend auf die jüngere Schwester einreden, hatte er rasch nachkommen wollen. Als er sah, wie sie ihr Heim verließ, glaubte er, sie wolle einen Nachtspaziergang machen, wie es von Kummer und Zorn geplagte Menschen mitunter tun. Doch dann sah er sie in Konrads Kate einkehren.

Er beschloss zu warten. Nach etwa zwei Stunden verließ Gunda die Behausung wieder. Er verstellte ihr den Weg. Gundas Schrecken währte nur kurz; rasch gewann ihre trotzige und rebellische Natur wieder Oberhand.

„Was?“, herrschte sie den Bruder an.

Der sah sich nach allen Seiten um und presste einen Finger auf seine Lippen. „Leise, Gunda.“

Sie sah ein, dass es besser war, den Disput nicht mit lautem Geschrei auszutragen. „Spionierst du mir etwa nach, Gero?“, flüsterte sie, während Funken aus ihren Augen sprühten.

„Du besuchst Konrad? Mitten in der Nacht?“

„Ich besuche ihn nicht nur, Gero. Ich liebe ihn obendrein noch.“

Ihre Offenheit machte ihn fast sprachlos. „Aber ... Wigbert ...“

„Ist ein Strohkopf. Das weißt auch du!“

„Was kein Grund ist, ihn zu betrügen.“

„Ach, nein? Wer bist du, dass du mir Vorhaltungen machst? Jemand, der am liebsten seiner eigenen Schwester an die Wäsche will, sollte brav den Mund halten.“

Geros Lippen zitterten. „Sei still, Gunda.“

„Warum bist du nicht ehrlich zu dir selbst?“ Sie wollte sich an ihm vorbeizwängen, aber er packte unsanft ihren Arm.

„Und wie stellst du dir das vor, Gunda? Wie soll es weitergehen mit dir und dem alten Mann?“

„Der alte Mann hat viel Feuer in seinen Lenden“, erklärte sie, sich an Geros offensichtlicher Empörung weidend. „Wir werden Gression bald verlassen! Eines Morgens werden wir einfach verschwunden sein, Gero.“

„Das könnt ihr nicht tun.“

„Wer sollte uns daran hindern?“

„Ich!“

Sie hob die Brauen, als sei sie amüsiert über ihn. „Was willst du dagegen unternehmen? Gression ist kein Gefängnis, soweit ich weiß.“

„Du bist ... eine Ehebrecherin, Gunda.“

„Und du bist ein Vatermörder, Bruder!“

Ihre Worte waren wie ein Fausthieb ins Gesicht. Gunda lachte leise.

„Glaubst du vielleicht, ich hätte das nicht gewusst? Ich hab's gesehen damals, Gero. Mit meinen eigenen Augen. Vater lebte noch, als er aus dem brennenden Haus stürzte. Du hast ihm den Rest gegeben. Ihn mit bloßen Händen erwürgt. Und Mutter stand tatenlos daneben. Auch den Brand hast du gelegt, nicht wahr?"

Leugnen war zwecklos, sie war wohl tatsächlich Augenzeugin des Geschehens gewesen. Aber auch sie hatte stets unter der Tyrannei des Vaters gelitten und deshalb geschwiegen – bis heute.

Gero wusste, es wäre töricht, sich vor ihr zu rechtfertigen; dennoch kamen die Worte ihm wie von allein von den Lippen. „Ich habe die Mordtat gebeichtet und bereut."

„Wie gut für dich und dein Seelenheil. Was meine eigene Seele angeht, so kümmere dich nicht weiter darum. Mein Entschluss steht fest, ich werde mit Konrad ein eigenes Leben führen. Wenn du uns daran hindern willst, werde ich Richarda preisgeben, was du damals verbrochen hast, Gero. Ich weiß wirklich nicht, ob sie viel Verständnis für einen Vatermörder aufbringen wird."

Sie löste sich von ihm und stapfte davon. Gero verbrachte den Rest der Nacht schlaflos.

In ihrer Not suchte Rufa anderentags den ehemaligen Wandermönch Magnus auf, um ihr Gewissen zu erleichtern. Sie mochte Magnus nicht besonders gut leiden, aber Bruder Paulinus, dem sie sich viel lieber anvertraut hätte, stand als Beichtvater nicht zur Verfügung. Magnus hatte sich vor geraumer Zeit verbeten, dass er sich in seine Aufgaben einmischte, und Paulinus hatte ihm nicht widersprochen. Seine Mission war schließlich ganz anderer Natur, einen Konflikt mit dem Seelsorger der Gressioniter galt es zu vermeiden.

Magnus' Aufmerksamkeit wuchs mit jedem Wort, das sein Schäfchen ihm anvertraute. Dieser Bursche, der mitunter etwas weibisch wirkte, war eifersüchtig auf seinen älteren Bruder Iwein. Denn Iwein war verliebt – dreimal musste Magnus nachfragen – *in Oda*!

„Vergangene Nacht bin ich ihnen heimlich gefolgt und habe sie belauscht. Ich weiß, das war ungehörig. Mein Bruder und Oda wollen heiraten. Diese Vorstellung macht mich neidisch, Pater, so sehr ich mich auch dagegen wehre. Sollte ich mich nicht vielmehr über ihr Glück freuen?"

Sieh an!, dachte Magnus. Oda, dieses blasse, zerbrechliche Wesen, das ungewollt seine Fleischeslust weckte. Offenbar war sie doch nicht so kühl, wie sie sich gab, sondern auch zur Leidenschaft fähig. Magnus war froh, dass er Wita hatte. Sonst wäre er womöglich in Versuchung geraten.

„Ja, du sollst dich freuen für deinen Bruder, Junge", antwortete er, als ihm aufging, dass sein Beichtling auf eine Antwort wartete. „Neid ist eine schwere Sünde. Wenn du schon nicht keusch leben willst, was ich sehr bedaure, wirst du eines Tages vielleicht ein anderes Mädchen finden."

Er trug ihr eine Buße auf und ließ sie gehen. Der Gedanke, dass Oda einem Mann leibliche Freuden bescherte, hatte Magnus unruhig gemacht.

20.

Ein Monat später ...

Judith erinnerte sich noch gut an die Worte, die ihre Schwester ihr einstmals zugeraunt hatte. *„Ich habe oft von dir geträumt, Judith. Und immer waren Chaos und Gewalt um dich herum!"* Prophetische Worte?

Traumgesichte aber hatte sie seit langer Zeit selbst, und manchmal waren sie denen ihrer verstorbenen Schwester auffallend ähnlich!

„Lass nicht zu, dass das neue Gression in Blut versinkt, wie meinem Reich geschah!", hatte Ricarda sie einmal gewarnt, jene geheimnisvolle Frau aus alter Zeit, die behauptete, einst Königin gewesen zu sein.

Judith spürte, dass etwas in der Luft lag. Etwas Böses, Diabolisches. Gestern erst hatte sie im Wald eine grauenhafte Entdeckung gemacht. Und es würde weitere Tote geben, sie spürte es deutlich. Die Büchse der Pandora war geöffnet. Wenn kein Wunder geschah, würde in diesen Tagen der Anfang vom Ende des neuen Gression eingeläutet. Ein großer Fels war ins Rollen gekommen.

Von finsteren Vorahnungen getrieben, suchte Judith im Wald einen Ort auf, den sie sonst nach Möglichkeit mied. Unter einer uralten Eiche hatte sie vor zwanzig Jahren den toten Säugling beerdigt. Das Grab war als solches nicht markiert, allein Judith kannte es, und schon war die Jahreszeit so weit fortgeschritten, dass honiggelbes Laub die Stelle bedeckte.

„Für Richarda bist du gestorben, mein armer Wurm", flüsterte Judith, auf die welken Blätter zu ihren Füßen starrend, „was für ein Opfer hast du gebracht? Wenn ich doch am Ende meines Lebens sagen könnte, dass es das alles wert war."

Sie weinte ein paar stille Tränen und betete für das tote Kind, bevor sie sich wieder auf den Heimweg machte.

Vor dem Eingang zu ihrer Höhle wartete, sein Pferd am Zügel haltend, ihr Bruder Konrad. Sie wunderte sich nicht über seinen unvermuteten Besuch, vielmehr war sein Erscheinen wohl schon Teil der kommenden Ereignisse.

Früher waren sich Judith und ihr Bruder fremd gewesen, heute hatte sich ihr Verhältnis gebessert. Judith spürte ihr alterndes Herz laut pochen. Wozu war er hier?

„Hast du wieder von meinem Kommen geträumt, Schwester?“, fragte er in Anspielung auf ihr Wiedersehen vor einigen Jahren.

Sie blieb vor ihm stehen, sah ihm blinzelnd in die Augen. „Diesmal träumte ich viele seltsamere Dinge“, entgegnete sie schwermütig.

Er nickte, als wisse er genau, wovon sie spreche, ging aber nicht weiter auf ihre rätselhaften Worte ein. „Ich werde das Dorf verlassen!“, verkündete er nach einer Weile. „Ich bin hier, um dir Lebewohl zu sagen!“

„Wer wird dich begleiten?“, fragte sie, als stünde es außer Frage, dass er allein fortzöge.

Konrad zwang sich, ihrem Blick standzuhalten. „Gunda!“, lautete seine Antwort, die er mit allem Nachdruck aussprach.

„Gunda“, kam es wie ein Echo zurück, ohne dass Judiths Gesicht eine Regung zeigte.

„Spar dir den Atem, Schwester. Ich weiß selbst, dass Gunda meine Tochter, ja meine Enkelin sein könnte. Aber für die Liebe zwischen zwei Menschen gibt es keine Regeln.“

„Bekommt sie ein Kind von dir?“

Er kratzte sich die Nase. „Ja. Gunda ist schwanger.“

Sie tätschelte den Hals des Pferdes. „Hoffentlich reitet Gunda gern.“

Konrad versuchte ein Lächeln. „Nicht alle Menschen haben eine Abneigung gegen das Reiten.“

„Aber im Gegensatz zu mir damals ist Gunda in anderen Umständen. Gib auf sie Acht.“

Er nickte ernst. „Ich weiß, dass du uns verurteilst, Judith. Aber ... –“

Sie brachte ihn zum Schweigen, indem sie eine Hand hob. „Richarda weiß nichts von alldem, nicht wahr?“

„Wir haben gute Gründe, niemandem etwas zu sagen, Judith. Ich weiß, es klingt feige und heuchlerisch, aber wir werden Gression heute Nacht in aller Stille verlassen.“

„Sie erinnert dich an deine Frau nicht wahr?“ Judiths Frage klang ehrlich, er vernahm keinen Vorwurf in ihrer Stimme.

„Ich kann es kaum abstreiten. Es ist, als hätte ich mich ein zweites Mal in die junge, temperamentvolle Elisabeth verliebt.“

„Du hast recht, vielleicht ist es besser, wenn ihr Gression ohne großes Aufheben verlasst. Danke, dass du gekommen bist, um Abschied von mir zu nehmen, Bruder.“

„Wer weiß, vielleicht sehen wir uns noch einmal wieder. So alt sind wir nun doch nicht, dass es uns bald schon dahinraffen würde.“

„Es ist ein Abschied für immer, ich weiß es.“

Sie breitete die Arme aus. Freudig nahm er ihr Angebot einer letzten Umarmung an. Und im Grunde seines Herzens wusste auch er, dass sie sich nie wieder begegnen würden.

Magnus gefiel das Leben, das er in Gression führte und ihm darüber hinaus reichen Lohn einbrachte. Seinen Pflichten als Priester kam er nach, denn niemand sollte Grund haben, sich über ihn zu beklagen. Gewiss, dieser Paulinus schien ihn mit Herablassung zu betrachten, der Benediktiner hielt sich zweifellos für etwas Besseres. Doch im neuen Gression zählten nicht Bildung und Wissen, sonst wäre Magnus, das wusste er selbst, in der Tat fehl am Platz gewesen. Solange die Gressioniter glaubten, er halte sich selbst an die Gebote, die er predigte, solange er die Sakramente spendete und über den Teufel schimpfte, hatte er nichts zu befürchten. Glücklicherweise war offenbar keiner dieser Einfaltspinsel je auf den Gedanken gekommen, ihn zu bespitzeln, sodass er regelmäßig seinen verdorbenen Leidenschaften frönen konnte. Ja, ihm gefiel das Leben, das er führte. Er hauste in einer behaglichen Hütte am Rand des Eremitendorfes. Niemand konnte sehen, wer durch seine Hintertür trat.

Regelmäßig erschien seit nunmehr vier Jahren Gerhards Diener Bruno und brachte Wein und Leckereien; im Gegenzug erstattete Magnus dem Gaugrafen Bericht. Die Nachricht, die Bruno ihm eines Abends überbrachte, schmeckte Magnus ganz und gar nicht.

„Der Gaugraf will, dass du deine Zelte abbrichst, Magnus.“

Magnus erschrak. Warum sollte er sein bequemes Lotterleben wohl beenden? „Aber ich bin sein Auge und sein Ohr hier!“

Bruno zuckte mit den Schultern und nagte an einem Hühnerknochen, den er, ohne zu fragen, dem Korb mit den Mitbringseln entnommen hatte. „Offenbar“, sagte er schmatzend, „ist der Herr jetzt zu der Überzeugung gelangt, dass deine, hm ..., Erkenntnisse den Aufwand nicht länger rechtfertigen. Du bist ihm zu teuer geworden, Magnus.“ Er sagte es nicht ohne Schadenfreude.

„Was kann ich tun? Die Eremiten lassen sich nichts zuschulden kommen, was sich der Gaugraf zunutze machen könnte.“

„Tja. Leider ist es dir nicht gelungen, Zwietracht unter den Eremiten zu säen. Das war doch früher deine Spezialität, oder?“

„Und ob es hier Zwietracht gibt. Der Zwerg, das Wirtshaus, das Bergwerk – deswegen ist schon reichlich gezankt worden. Ich habe mein Bestes getan, den Streit im Sinne des Gaugrafen zu schlichten.“

„Herr Gerhard scheint das anders zu sehen. Und die Menschen da draußen sind voller Ehrfurcht, wenn sie über Richarda und die Eremiten sprechen. Richarda hat den Ruf einer Heiligen! Und Heiligen kann man nicht ans Bein pissen.“

„Ich kann keine Wunder vollbringen. Manche Dinge brauchen eben ihre Zeit.“

„Warum sagst du das mir? Nicht meine Entscheidung.“ Bruno nahm sich ein weiteres Hühnerbein. „Was ist eigentlich mit deinem Flittchen? Wie war doch gleich ihr Name? Wita? Besucht sie dich immer noch?“

„Natürlich nur, wenn du nichts dagegen hast, Naseweis.“

„Ich wundere mich ja nur über deine Treue zu ihr. Vielleicht solltest du sie heiraten.“

„Witzbold! Warum ein eingerittenes Pferd wechseln? Außerdem mag ich sie.“

„Du magst das Flittchen? Hui! Hätte ich nicht gedacht. Ich meine, dass du überhaupt jemanden mögen könntest ...“

„Nicht alle Menschen sind wie du.“

„Haben dich die Eremiten eigentlich nie gefragt, warum du trotz Askese immer fetter wirst?“

„Und du wirst immer dreister!"

Bruno grinste frech. „Vielleicht. Aber mit *mir* ist der Herr ganz zufrieden."

Magnus sah seine Felle davonschwimmen und sich wieder als Wandermönch durch die Welt ziehen. Ein mühevolles Leben! Bruno schien zu ahnen, was ihm durch den Kopf ging.

„Magnus, eine Made,
lebte gern im Speck.
Er liebte Wein und Weiber,
jetzt nimmt man ihm alles weg!"

Magnus hasste den Kerl, vor allem, wenn er sich als Dichter versuchte. Was er übrigens sehr häufig tat.

„Die Made freut sich schon auf deinen Kadaver, Bruno."

„Keine Sorge, Rotbart", lachte der Bote, „du kannst in Aecheze wieder den Dorfpriester geben, soweit ich weiß. Dein Nachfolger dort, der alte Gelasius, hat nämlich ins Gras gebissen."

Wenigstens eine tröstliche Nachricht. Der Gaugraf wollte offenbar doch nicht auf ihn verzichten. Er würde also weiterhin sein Einkommen haben, auch wenn er wohl nicht mehr im Überfluss lebte. Gleichwohl begann er zu bereuen, dass er sich nicht etwas mehr Mühe gegeben hatte, die Eremiten zu verunglimpfen. Vielleicht ließ sich ja noch etwas bewerkstelligen. Auf keinen Fall wollte Magnus den Gaugrafen verprellen. Und womöglich überlegte es sich dieser ja noch anders, wenn es ihm gelang, das Ansehen, dass Gression in der Umgebung genoss, auf irgendeine Weise zu schmälern. Ihm war noch immer etwas eingefallen, wenn es wirklich darauf ankam.

„Richte dem Herrn aus, er möge nur noch ein paar Tage Geduld haben. Er soll es nicht bereuen, denn ...", seine Stimme wurde zu einem Flüstern, „ich habe mir etwas ganz besonderes überlegt."

„Wie du meinst, Magnus." Bruno warf den Hähnchenknochen über seine Schulter. „Wir sehen uns bald!", verabschiedete er sich mit einem Augenzwinkern.

Magnus war froh ihn los zu sein. Zumal er noch weiteren Besuch erwartete. Wita hatte ihm versprochen, heute vorbeizuschauen. Wie würde er es mit seinen Schäferstündchen wohl künftig handhaben? Alles stand noch in den Sternen.

Wita hielt Wort, aber sie war ihm an jenem Abend kein Trost. Seit geraumer Zeit schon wirkte sie kränklich und schwach, auch ging sie nicht mehr mit derselben Leidenschaft ans Werk, die ihn so hörig gemacht hatte.

„Gütiger Himmel, was hast du denn?“, fragte er, als sie, kaum dass er sich auf sie gewälzt hatte, einen heftigen Hustenanfall erlitt.

„Geht gleich vorüber“, keuchte sie.

„Das will ich hoffen.“ Er wünschte, sie würde leiser husten. Das fehlte ihm noch, dass man ihn nach all der Zeit mit seiner Mätresse ertappte.

Nach einer Weile kam Wita wieder zu Atem. „Worauf wartest du noch?“, fragte sie mit spröder Stimme. „Du kannst beginnen ...“

Magnus betrachtete sie missmutig. Was hatte dieses Weib ihn doch vor nicht allzu langer Zeit erregt. Nichts hatte ihn mehr verlocken können als Witas bleiche Haut. Jetzt aber war ihr Antlitz weiß wie Schnee, als hätte sie es in Kreide getaucht.

Er ließ von ihr ab. „Lassen wir's gut sein für heute“, sagte er gepresst, „ich glaube, du musst erst wieder zu Kräften kommen, meine Liebe.“

Ohnehin war Magnus heute nicht ganz bei der Sache, selbst wenn Wita zu alter Form aufgelaufen wäre. Er hatte die Geduld des Gaugrafen zu arg strapaziert, und seine Gedanken waren unablässig damit beschäftigt, wie er die Scharte noch auswetzen konnte.

21.

Zwei Tage lang schottete sich Wigbert von der Welt ab. Er verkroch sich in seine Hütte, wo niemand mehr auf ihn wartete. Seinen Schwager Gero, der kam, um tröstend auf ihn einzureden, verscheuchte er. Auch zu den Gebeten erschien Wigbert nicht. Selbst der Gedanke, dass er sich nunmehr wieder „Präfekt von Gression“ nennen konnte, ohne dass ihm jemand diesen Rang durch bessere Eignung streitig machte, vermochte ihn nicht aufzubauen. Die Demütigung, die ihm widerfahren war, stellte alles in den Schatten, was er je ertragen hatte. Gunda und Konrad hatten ihn der Lächerlichkeit preisgegeben. Und das Ärgerlichste war, dass er nie bemerkt hatte, was hinter seinem Rücken gespielt wurde. Gunda bevorzugte einen alten Mann, der zwar meisterlich zu kämpfen verstand, aber seine besten Jahre schon lange hinter sich hatte. Was konnte ein Weib seinem Gemahl Schlimmeres antun?

Gewiss, sie war ihm im Lauf der Zeit mit ihrer Streitlust auf die Nerven gefallen. Mehr als einmal hatte er den Tag verflucht, an dem er sich von ihr hatte becircen lassen. Zur Heirat war er genötigt worden, weil man sie beim Vögeln ertappt hatte. Anfangs hatte er geglaubt, er würde sich an das Eheleben mit Gunda gewöhnen können. Als sie ihn aber zunehmend drängte, sie doch endlich zu schwängern, obwohl er doch ungleich wichtigere Dinge im Sinn hatte, da hatte er sie kurzerhand mit Geringachtung bestraft.

Was freilich kein Grund war, sich auf solch infame Weise an ihm zu rächen. Im Grunde hätte er froh sein können, dass er sie los war. Dass sich aber die Eremiten vermutlich über ihn das Maul zerrissen, untergrub seine Autorität aufs Ärgste. Und wenn er ehrlich war, ein wenig vermisste er Gunda. Was die Gewohnheit doch mit den Menschen anstellte. Nach zwei Tagen empfand er Gundas bloße Abwesenheit als ebenso schmerzlich wie die Schande, die er ihr verdankte.

Er dachte nach, was zu tun sei, um Gunda wiederzubekommen. Ihm fiel ein, dass Judith, das alte Schleiergespenst, Konrads Schwester war; er selbst hatte ihm ja damals den Weg zu ihrer Höhle gezeigt. Womöglich wusste das Schleiergespenst sogar, wohin Gunda und ihr unverfrorener Bruder geritten waren. Es stand zu vermuten, dass auch sie das Handeln der Ehebrecher nicht guthieß. Nie hätte Wigbert gedacht, dass er Judith je um einen Rat fragen müsste, aber heute schien es ihm naheliegend zu sein, sich an sie zu wenden. Immerhin besaß sie immer noch hohes Ansehen, so sonderbar sie auch sein mochte.

Seine zornige Lethargie beendend, beschloss er also, sie in ihrer Höhle aufzusuchen. Sein Blick fiel auf das Wolfsfell, das stets griffbereit neben der Tür bereit hing. Schon gedachte er, es überstreifen, doch dann hielt er nachsinnend inne. Einmal nur wollte er jeden Eindruck von Großspurigkeit vermeiden. Wenn er Judith scheu und bescheiden gegenübertrat, würde sie Mitleid mit ihm haben, wozu es allen Grund gab, denn schließlich war er ein gehörnter Ehemann. Ihr Mitleid würde sie bewegen, ihm zu helfen, auf welche Weise auch immer. Deshalb würde er sogar zu Fuß gehen, es konnte nicht schaden, wie ein Pilger daherzukommen.

Als er zum ersten Mal seit zwei Tagen wieder die Hütte verließ, war niemand zu sehen. Alt und Jung hatten sich in der Kirche versammelt, Wigbert hörte ihren feierlichen Gesang. Die letzte Wärme des Sommers lag in der Luft, aber ein wolkenverhangener Himmel kündigte kühlen Regen an.

Wigbert machte sich auf den Weg.

Betend kniete Judith auf kaltem Gestein, als Wigbert am Höhleneingang erschien. Sie beendete noch ihr Gebet, bevor sie sich dem Besucher zuwandte. Der sah sich verstohlen in der kargen Behausung um und versuchte, sein Befremden zu verbergen.

„Deine Hütte ist vermutlich behaglicher“, sagte sie, um das Eis zwischen ihnen zu brechen. Sie wusste, schon als Knabe war Wigbert ein Prahlhans gewesen, da sie aber den Grund für sein Erscheinen kannte, tat er ihr leid. Gleichwohl vergaß sie keineswegs, welch finsteres Geheimnis sie neulich über ihn in Erfahrung gebracht hatte.

„Behaglicher, ja, das ist sie, meine Hütte.“ Wigbert nickte. „Und einsam ist es jetzt auch darin.“

„Weil Gunda dich verlassen hat!“

Seine Augen rundeten sich. „Ihr wisst es schon?“

„Mein Bruder war hier, um sich zu verabschieden.“

„Dennoch habt Ihr nichts unternommen?“ Ihr entging nicht, wie er wütend die Fäuste ballte.

„Wie hätte ich ihn hindern können, das zu tun, was er längst beschlossen hatte?“

„Ihr ..., Ihr hättet auf der Stelle nach Gression gehen müssen, um ... –“

„Ich bin nicht der Hüter meines Bruders. Jeder Mensch ist Herr seines Willens, das gilt auch für Konrad und Gunda. Vor Gott müssen sie sich einst verantworten, nicht vor mir.“ Sie beugte sich vor. „Gleiches gilt übrigens für dich, Wigbert!“

Ihre letzten Worte verwirrten ihn, zumal sie mit großer Eindringlichkeit gesprochen waren.

„Wohin sind sie geritten?“, fragte er mit bebender Stimme.

„Ich weiß es nicht.“

„Ihr lügt!“

Sie runzelte die Stirn. „Meine Lügen hebe ich mir nicht für Menschen wie dich auf, Wigbert. Mein Bruder hat das Ziel seiner Reise wohlweislich nicht erwähnt. Und ich habe ihn nicht danach gefragt.“

„Ich will mein Weib zurück.“

„Das glaube ich dir gern. Doch finde dich damit ab, dass sie nun für immer fort ist. Sieh es als einen kleinen Teil deiner Buße an, die du für deine große Sünde wirst leisten müssen.“

„Meine große Sünde? Wovon sprecht Ihr überhaupt? Nicht ich habe Gunda verlassen. An der Seite Eures gottverdammten Bruders hat sie sich aus dem Staub gemacht wie eine diebische Hure in der Nacht!“

„Ich spreche nicht von verlassenen Menschenkindern, Wigbert. Die Welt ist voller gebrochener Gelöbnisse. Ich spreche von dem Priester, den du vor Jahren getötet hast.“

Wigbert blieb der Mund offen stehen. Einen Augenblick sah es aus, als drohten ihm die Beine wegzuknicken, aber rasch erholte er sich von ihrer ungeheuerlichen Behauptung. „Was?“, brachte er mit einem gequälten Lächeln hervor.

Sie stieß einen langen Seufzer aus. Doch es war ihre Pflicht, einen Mörder zur Läuterung zu bewegen, damit seine Seele gerettet wurde. Schon einmal hatte sie ein solches Gespräch mit dem unseligen Gero geführt, den die Furcht vor ewiger Verdammnis nach dem begangenen Vatermord zu ihr getrieben hatte.

„Vor wenigen Tagen“, begann sie, ihm tief in die Augen blickend, „fand ich sein Gerippe im Unterholz. Sein Genick war gebrochen, und an den Knochen hingen noch die verwitterten Fetzen seiner Kutte. Ich habe keinen Zweifel, dass es die sterblichen Überreste des Dorfpriesters Bartholomäus von Aecheze sind, der vor fast fünf Jahren spurlos verschwand.“

„Was hat das mit mir zu tun?“, fragte Wigbert lauernd. „Selbst wenn es sich tatsächlich um Bartholomäus handelt – wie könnt Ihr behaupten, ich hätte ihn umgebracht?“

„Ich fand Wolfshaare!“

Wigbert schluckte mühsam. „Wolfshaare? Und wenn schon. Was ist daran verwunderlich, dass sich wilde Tiere an der Leiche zu schaffen gemacht haben?“

„Die Wolfshaare befanden sich zwischen seinen Zähnen, Wigbert. Bevor Bartholomäus starb, muss er sich heftig gewehrt haben. Er hat gekratzt, gebissen, wild um sich geschlagen, nicht wahr? Aber wie hätte er gegen einen kräftigen Burschen wie dich bestehen können.“

Wigbert wich, allen Widerstand aufgebend, ihrem Blick aus. Wie erschöpft nahm er auf einem Felsblock Platz und starrte zu Boden. Nach einer Weile sagte er leise: „Es war nicht meine Absicht, ihn umzubringen.“

„Was ist geschehen?“, forschte Judith, obwohl sie nicht wusste, ob sie die Last einer weiteren Wahrheit zu tragen imstande war.

Die Erinnerungen schienen Wigbert frösteln zu lassen. Nervös presste er seine Fingerspitzen aufeinander. „Es waren unsere ersten Tage im neuen Gression", begann er zögerlich, „Richarda hatte mich und meine Geschwister in ihre Gemeinschaft aufgenommen. Wir waren die ersten Eremiten und glaubten noch an den Weltuntergang. Jeden Tag stießen weitere Menschen aus der Umgebung zu uns. Wir machten uns daran, notdürftig Unterkünfte zu errichten. Dann zog ein heftiger Sturm auf."

Judith erinnerte sich an jenes Unwetter, das zwei Tage lang fürchterlich gewütet hatte. Wigbert schwieg, und Judith glaubte schon, er wolle sein Geständnis hier beenden, aber schließlich fuhr er leise fort.

„Das Strohdach meiner Behausung wurde weggerissen, und sogleich machte ich mich auf, um es zu suchen ..."

Er berichtete, wie er sich immer weiter vom Lager entfernt habe und der Sturm immer wütender wurde. Schließlich habe er sich gezwungen gesehen, Schutz vor der Naturgewalt suchen. Günstigerweise habe es in der Nähe, nahe des Dorfes Grecenich, einen alten Schacht gegeben, der in die Erde führte; dorthin sei er gelaufen, um auf das Ende des Sturmes zu warten.

„Als ich den Schacht erreichte, war ich erstaunt, dass dort bereits jemand Unterschlupf gefunden hatte. Der Pfaffe aus Aecheze behauptete, er wolle zu Richarda, weil auch er Eremit werden wolle. Was mich wunderte, denn Bartholomäus hatte nicht eben den Ruf eines Heiligen. Was mich noch viel mehr wunderte war, dass er ...", Wigbert stieß ein hohles Lachen aus, „dass er plötzlich zudringlich wurde. Als sei ich ein Weibsbild, nach dem ihm die Lust stand."

Kopfschüttelnd hielt Wigbert inne. Er machte einige tiefe Atemzüge. „Ich wehrte mich gegen die Belästigungen, aber der verfluchte Pfaffe blieb beharrlich und versprach mir, mich von all meinen Sünden loszusprechen, wenn ich ihm zu Gefallen sei. Ich aber wollte nicht, was ihn regelrecht zornig machte. Obwohl ich ihm an Kraft weit überlegen war, klammerte er sich an mich, als sei er ein brünstiges Tier – bis ich mich seiner schließlich mit ein paar Faustschlägen entledigte. Er stürzte, sein Schädel prallte gegen einen Stein, und ich hörte, wie ihm das Genick brach."

Er presste die Lippen zusammen. Judith musterte ihn genau. Gut möglich, dass er die Wahrheit sprach und ein Mord nicht seine Absicht gewesen war. Was ihn fraglos zu einer bedauernswerten Kreatur machte, die ein schweres Kreuz zu tragen hatte.

O Herr, war es wirklich geboten, diese Last einem Esel wie Wigbert aufzubürden?

Wie in Trance fuhr Wigbert fort. „Der Pfaffe war tot, ich war entsetzt, aber was konnte ich tun? Ich beschloss, seinen Leichnam im Wald zu verstecken, damit ihn niemand finden würde."

„Vergebens, wie sich zeigte. Der Herr möge sich seiner Seele erbarmen. Und deiner nicht minder, Wigbert. Ich werde für dich beten, mehr kann ich nicht tun. Auch dein Weib kann ich nicht zurückholen. Du wirst damit leben müssen, dass sie fort ist. Geh jetzt! Richte Richarda aus, dass ich sie morgen besuchen möchte!" Ein Gespräch mit ihrer früheren Schülerin war überfällig. Es war Judith ein dringendes Bedürfnis, Richarda zu warnen; womöglich ließ sich das Unheil, das ihr seit geraumer Zeit in nebelhaften Visionen prophezeit wurde, noch abwenden. Noch hatte der Teufel über das neue Gression nicht gesiegt. Wenn auch eine gewisse Entfremdung zwischen den Frauen entstanden war, so fühlte Judith sich der jungen Eremitenkönigin noch immer verbunden.

„Werdet Ihr mit Richarda über meine Tat sprechen?", fragte Wigbert, der allmählich aus seinem Dämmerzustand erwachte.

„Was ich mit Richarda zu besprechen habe, muss dich nicht kümmern. Geh!"

Zögernd erhob er sich. In seinen Augen flackerte Unruhe. Gekommen war er, um seinen Frieden und sein Weib zurückzuerlangen. Nun schickte sie ihn fort wie einen lästigen Bettler, und in seiner Seele tobte ein neuer Sturm. Judith begann sich zu fragen, ob er sein Geständnis schon bereute. Als er langsam auf sie zuschritt, anstatt sich dem Höhlenausgang zuzuwenden, packte sie eine Ahnung.

Gütiger Gott, willst Du das wirklich? Hier und heute nimmt es also ein Ende?

Es war kein Stoßgebet, eher eine verwunderte Frage an den Schöpfer dieser Welt, deren Freuden sie vor langer Zeit entsagt hatte. Sie verspürte weder Todesangst noch Verzagtheit. Nur ein staunendes Empfinden kam über sie, weil plötzlich alles einen finsteren Sinn ergab. Es würde das letzte Begreifen in ihrem Leben sein, aber Traurigkeit empfand sie nur um Richarda willen.

Ricarda!, rief sie im Stillen die Königin aus uralter Zeit an. *Was hat dich je daran gehindert, deiner Enkelin selbst in ihren Träumen zu begegnen? Warum bist du ausgerechnet zu mir gekommen? Ich wollte nur ein frommes, einsames Leben führen ...*

Doch offenbar war es Gottes Wille gewesen, dass sie ein Teil des Geheimnisses war!

Als Wigberts kalte Hände ihren Hals packten, zog noch einmal ihr Leben an ihr vorüber. Ihre Kindheit, die Eltern, der Eintritt ins Kloster, ihre Flucht vor dem Gehorsam, die Geschwister – ob Klara, die geliebte Schwester, schon im Jenseits auf sie wartete?

Der letzte Gedanke ihres Lebens aber galt Richarda: Sie war noch ein Kind, beim Spielen hatte sie sich den Arm gebrochen. Judith hatte das verletzte Mädchen in ihrer Klause versorgt und gepflegt. *„Schlaf, Richarda, schlaf, und sammle deine Kräfte. Denn die Welt wartet schon lange auf dich!"*, hatte sie zu ihr gesagt und ihr in die blauen Augen geblickt.

Aber ihr, Judith, der Einsiedlerin, würde es verwehrt bleiben, im Diesseits zu erfahren, was es mit Richarda und der Welt letztlich auf sich hatte.

Als Wigbert keinen Zweifel mehr hatte, dass der letzte Lebensfunke aus ihr gewichen war, ließ er die Leiche sanft auf den felsigen Boden gleiten, als fürchtete er, sie könne, wie einst der Pfaffe, einen Genickbruch erleiden. Eine merkwürdige Ruhe überkam ihn. Er hatte nur getan, was getan werden *musste*. Wie hätte er darauf vertrauen können, dass Judith das Geheimnis für sich behielt? Wozu hatte sie sich mit Richarda treffen wollen? Bestimmt hätte sie ihre Zunge nicht im Zaum gehalten, denn in ihren Augen musste er ein hundsmiserabler Eremit sein.

Wigbert sagte sich, dass er zum Wohle Gressions gehandelt habe. An genau jenem Ort, wo sein Großvater zum heldenhaften

Wolfstöter geworden war, hatte nun auch er eine Heldentat vollbracht. Gab das Schicksal ihm nicht einen deutlichen Wink? Gewiss, es hatte keiner Anstrengung bedurft, eine alte Frau, die sich nicht einmal wehrte, zu erwürgen. Doch was wäre geschehen, wenn sie geplaudert hätte? Wer sollte Gression in Zukunft beschützen, wenn man ihn zum Mörder erklärte und ächtete?

Das Schleiergespenst hatte lange genug gelebt, sie war den Menschen kaum noch nützlich gewesen. Außerdem war ihr Tod eine Form der Rache an Konrad, der sich einer Bestrafung auf niederträchtige Weise entzogen hatte. Sollte ihn doch der Teufel holen und Gunda gleich mit. Wigbert würde dieser Schlampe nicht länger nachtrauern.

Draußen hatte Regen eingesetzt. Es war an der Zeit, sich nach vollbrachtem Werk wieder auf den Heimweg zu machen. Er zerrte den leblosen Körper der Einsiedlerin hinaus, um ihn abseits des Weges im Dickicht zu verbergen, wie er es auch mit Bartholomäus gemacht hatte. An der Toten würde jedenfalls niemand ein Wolfshaar finden. Dennoch nahm er sich vor, bei nächster Gelegenheit mit einem Spaten zurückzukehren, um den Leichnam zu verscharren.

Den Regen empfand Wigbert als wohltuend; er spreizte die Hände und reckte sie in die Höhe, als würde ihm auf diese Weise die Blutschuld abgewaschen. In der Nähe schimpfte eine Amsel und wollte gar nicht mehr damit aufhören.

Wigbert freute sich über sein neues Leben. Nicht länger würde er sich in seine Hütte verkriechen, die Gressioniter sollten sich unter ihm sicher fühlen. Immerhin hatte Konrad, wenn er auch ein ehrloser Schurke war, ihm beigebracht, wie man äußeren Feinden beikam. Wehe dem, der die Eremiten für wehrlose Frömmlinge hielt.

Unterwegs dachte er über die Frage nach, wie man Gression neuen Glanz verleihen konnte. Richarda mochte klug sein – inzwischen beherrschte sie dank Paulinus das Schreiben so gut wie das Lesen –, aber gewieft war sie deshalb noch lange nicht. Von Reliquien hielt sie nichts, obwohl doch jedermann wusste, welche Kraft von solchen Dingen auf die Menschen überging, ob die Gegenstände nun echt waren oder nicht.

Offenbar musste man Richarda zu ihrem Glück zwingen. Je mehr Wunder man ihr zuschrieb, umso strahlender wäre ihr Ruhm und der ihres kleinen Reiches – und somit auch der des Präfekten.

Er überlegte. Es würde leicht sein, einen willigen Vagabunden zu finden, der sich blind stellte und hinterher behauptete, Richarda Berührung habe ihn sehend gemacht. Gegen die Anschaffung einer Reliquie mochte Richarda sich sträuben, doch was konnte sie schon gegen ein Wunder unternehmen?

Iwein, so überlegte Wigbert, wäre der richtige Mann, einen gefügigen Mimen zu finden. Zwar hatte Iwein verlauten lassen, er wolle mit krummen Geschäften nichts mehr zu schaffen haben, aber Wigbert kannte ein Mittel, wie er ihn vielleicht gefügig machen konnte. Selbst ihm war nicht entgangen, dass Iwein sich in seine Schwester Oda verguckt hatte. Wenn Iwein Wert auf sein Wohlwollen legte – und er konnte es sich schwerlich leisten, darauf zu verzichten, wenn er um Oda freite -, dann sollte er doch allzu gern bereit sein, ihm einen Gefallen zu erweisen.

Wigbert war zufrieden mit sich und der Welt. Sein Ausflug zur Höhle der Einsiedlerin schien sich in jeder Hinsicht gelohnt zu haben. Freilich konnte er nicht ahnen, dass es in Wirklichkeit alles anders kommen sollte.

Anderentags fand man am Ufer des Omerbachs eine weibliche Leiche.

22.

Es war der Tag, den Paulinus später als Anfang vom Ende des neuen Gression bezeichnete. Das kleine Reich bestand in seinem fünften Jahr.

Am Morgen wurde Wigbert durch aufgeregtes Geschrei aus dem Schlaf gerissen, kurz darauf stürzte Gero in seine Hütte. Er war völlig außer sich. „Am Bach liegt eine Tote!“, rief er erschüttert.

Wigberts erster Gedanke galt der alten Einsiedlerin, die er umgebracht hatte. Wer mochte ihren Leichnam gefunden und zum Bach befördert haben?

Doch Gero wirkte dermaßen verstört, dass Wigbert eine andere Wahrheit witterte.

„Wer?“, fragte der Erwachte mit Nachdruck.

Gero wand sich. „Es ist ... Oda“, stotterte er, aschfahl im Gesicht.

Stöhnend rappelte sich Wigbert hoch. Kurz darauf folgte er Gero nach draußen. Kinder hatten auf dem Weg zum Stollen ihre Leiche entdeckt. Um sie herum hatte sich ein Kreis entgeisterter Eremiten versammelt.

„Beiseite!“, rief Wigbert, als er mit Gero dort eintraf.

Die Leiche war nackt, ihr Körper wies unzählige blutige Verletzungen auf, vermutlich durch Messerstiche verursacht. Odas Gesicht war bis zur Unkenntlichkeit entstellt, die Nase war ihr abgeschnitten worden, die Augen ausgestochen. Offensichtlich war sie das Opfer einer mordenden Bestie geworden.

Wigbert spürte den Eisenring, der um sein Herz wuchs. Er kniete sich neben seine tote Schwester und schluckte schwer.

„Wer hat dir das angetan, Oda?“, fragte er. „Wer hat ihr das angetan?“, schrie er und ließ seinen Blick über die Umstehenden schweifen, aber niemand konnte ihm darauf eine Antwort geben.

*

Aus der Vita Ricardae Gressionensis des Paulinus von Hersfeld: *Richarda wurde ohnmächtig, als sie von Odas Ermordung erfuhr. Von Kindheit an waren sie Gefährtinnen gewesen, seit jeher hatte Oda der Älteren glühende Verehrung entgegengebracht. Wie von einem Fieber befallen und kaum fähig, in die folgenden Geschehnisse einzugreifen, sank die Königin auf ihr Lager, wo sie, von bösen Träumen geschüttelt, zwei Tage lang von Mutter und Bruder umhegt werden musste. Was aber den Mord anbelangte, so wurde bereits am ersten Tag ein Verdächtiger in Arrest genommen ...*

*

Mit aller Macht wünschte sich Iwein, aus einem furchtbaren Alptraum zu erwachen. Doch sein Erleben war und blieb Wirklichkeit. Männer aus dem Dorf, allen voran Wigbert, hatten ihn ergriffen, gefesselt und in einen Schuppen geschleppt. Hier hockte er nun seit vielen Stunden, allein und unfähig, sich zu bewegen, denn man hatte ihn an ein Wagenrad gekettet. Tausendmal schlimmer als die Schmerzen seiner ausgerenkten Schultern aber war das, was er durch die Männer, die ihn so grob behandelt hatten, über Oda erfuhr. Seine Geliebte war Opfer eines Gewaltverbrechens geworden. Es war absurd, aber offenbar verdächtigte man ihn, die Liebe seines Lebens getötet zu haben. Gewiss, das Missverständnis würde sich bald klären, aber nie wieder würde er Freude oder Glück empfinden können, dessen war er sich sicher. Sobald man ihn wieder auf freien Fuß setzte, würde er Gression, wo alles ihn an Oda erinnerte, verlassen. Vielleicht würde Rufa ihm folgen, und die vergangenen Jahre würden ihnen wie eine außergewöhnliche Episode ihres Lebens erscheinen. Eine Zeit, an die man sich mit einem wohligen Gefühl erinnerte, solange man nicht an das Ende dachte. Rufa! Er wünschte, wenigstens sie könnte jetzt bei ihm sein. Vermutlich verwehrte man ihr den Zutritt zu ihm.

Endlich öffnete sich das Scheunentor. Das einfallende Licht blendete Iwein. Zwei Gestalten traten näher, blieben unmittelbar vor ihm stehen und blickten auf ihn herab. Ihre Gesichter waren wie aus Stein gemeißelt.

In Wigberts Begleitung befand sich Magnus, den Iwein leiden mochte wie Blattern.

„Wie könnt Ihr von mir auch nur denken, ich hätte Oda umgebracht?“, stieß Iwein mit krächzender Stimme hervor.

„Vielleicht hat sie dich ja nicht an sich herangelassen“, mutmaßte Wigbert.

„Dummes Geschwafel! Oda und ich ... –“

„Was ist?“, schnitt Magnus ihm das Wort ab. „Hast du sie zur Unzucht verleitet?“

Iwein ignorierte ihn. „Wir haben uns geliebt, Wigbert. Nicht im Entferntesten wäre ich je auf den Gedanken gekommen, ihr Gewalt anzutun. Eher hätte ich mich ins Feuer geworfen.“

Magnus seufzte. „Was für ein Edelmut. Leider sprechen die Fakten eine andere Sprache, mein Sohn.“

„Welche Fakten? Und nennt mich nicht *Sohn*, Ihr verfluchter Heuchler.“

„Einer der Knaben hat dich gesehen, Iwein.“ Wigbert kräuselte die Lippen, als sei ihm selbst nicht wohl bei seinen Worten. „Im Morgengrauen. Hinter einem Gebüsch hockend, hat er beobachtet, wie du Oda geschändet und getötet hast.“

„Willst du mich veralbern, Wigbert?“

„Glaubst du vielleicht, ihm stünde der Sinn nach Albernheiten?“, antwortete Magnus an Wigberts Stelle.

„Ein Knabe will gesehen haben, wie ich ...“ Er stockte. Nicht einmal in Worte fassen konnte er das Ungeheuerliche. „Und wer ist dieser Knabe, wenn ich fragen darf?“

„Das wirst du noch früh genug erfahren.“ Magnus seufzte abermals. Gleichwohl glaubte Iwein ein maliziöses Lächeln auf seinen Lippen zu erkennen. „In deiner Hütte fanden wir obendrein Odas Kleid. Es war zerfetzt und voller Blut. Du hättest es verscharren sollen.“

Iwein schnappte nach Luft, ahnend, dass es sinnlos war, sich weiter gegen diese infamen Unterstellungen zu wehren. „Was habt ihr mit mir vor?“

„Morgen werden wir über dich Gericht halten“, antwortete Magnus. „So ist es beschlossen! Der Herr sei mit dir!“

„Mein Bruder Rufus – ich will ihn sehen!“

Magnus schüttelte den Kopf, als habe er einen uneinsichtigen Tunichtgut vor sich. „Du bist wohl kaum in der Position, Forderungen zu stellen, Iwein!“

„Du darfst kurz mit ihm sprechen“, entschied Wigbert, von dem Iwein wusste, dass auch er Magnus nicht leiden konnte.

Eine knappe Stunde später ließ man Rufa zu ihm. Wigbert tat ihr den Gefallen, sie mit Iwein allein zu lassen, damit sie ein paar Augenblicke ungestört reden konnten.

„Was ist nur geschehen, Iwein?“ Eine dicke Träne rollte über ihre Wange.

„Ich weiß es nicht, Rufa. Beim besten Willen, ich weiß es nicht.“

Einen Moment lag lastendes Schweigen zwischen ihnen.

„Du warst eifersüchtig, nicht wahr, Schwesterherz?“, flüsterte er endlich.

„Was willst du damit sagen, Iwein?“, schluchzte sie.

Beinahe gegen seinen Willen sprach er aus, was ihm selbst irrwitzig anmutete. „Eifersüchtige Menschen machen oft seltsame Dinge. Rufa, hast du vielleicht Odas Kleid ...“ Er schwieg, weil Rufas fassungsloser Blick ihn mehr schmerzte als ein Dolchstoß.

„Iwein, wie ..., wie kannst du so etwas auch nur denken?“

„Bitte, verzeih mir, ich ... –“

„Das reicht jetzt, Rufus!“, rief Wigbert, der inzwischen wieder die Scheune betreten hatte.

Rufa wischte sich die Tränen aus dem Gesicht und huschte davon.

„Wigbert!“, sagte Iwein flehend. „Hältst du mich tatsächlich für Odas Mörder? Das kannst du doch nicht wirklich ernst meinen.“

Wigbert fuhr sich mit beiden Händen durch die Haare und mied Iweins Blick. „Jeder Mensch ist imstande, einen anderen Menschen zu töten.“

„Ist das deine Erfahrung?“

Ohne ihm darauf eine Antwort zu geben, verließ Wigbert Iweins Gefängnis.

*

Aus der Vita Ricardae Gressionensis des Paulinus von Hersfeld:
Nie zuvor hatten die Eremiten über einen Missetäter zu Gericht gesessen. Nun aber ergab es sich, dass ein Mörder unter ihnen weilte. Magnus, der Priester der Eremiten, wurde zum Richter bestimmt. Die Beweise gegen den Beschuldigten waren so erdrückend, dass Viele ihn für schuldig hielten. Uneins war man sich indessen, wie er zu bestrafen sei. Es kamen Stimmen auf, die sich für seine Hinrichtung aussprachen; ein für allemal sollte ein grausiges Exempel statuiert werden, damit kein Eremit jemals wieder in Versuchung käme, eine Todsünde dieser Art zu begehen. Andere verlangten eine mildere Bestrafung, da die Tötung eines Menschen dem Geist des neuen Gression widerspreche, doch sie vermochten sich nicht durchzusetzen. Also sprach Magnus, der Richter, am Ende das Urteil: Odas Mörder sollte sterben durch das Schwert! Richarda wurde um ihre Zustimmung gebeten, doch die Königin der Eremiten lag immer noch fiebernd auf ihrem Krankenbett ...

„Auf, Richarda! Verlass dein Lager! Du musst dein Reich vor Unheil bewahren!“

Glühende Hitze wütete in Richardas Kopf. Sie versuchte, die Augen zu öffnen. War die Gestalt, die sie erblickte, Teil eines Fiebertraumes? Die Fremde trug ein langes, kunstvoll um ihren Leib geschlungenes Gewand, wie sie einmal auf einem alten, halb verwitterten Relief gesehen hatte. Ihr Antlitz lag hinter einem Schleier verborgen.

„Wer bist du?“

„Deine Ahnin! *Mein* Name ist es, den du trägst. Und wenn du nicht handelst, wird es dem neuen Gression ergehen wie dem alten."

„Du bist nur ein Traumbild", hörte Richarda sich flüstern.

„Dennoch spreche ich die Wahrheit. Deine Mentorin ist tot, deshalb erlaubte mir der Himmel, zu dir zu kommen. Erweise dich dieses Privilegs als würdig. Verlass dein Bett und hindere die Menschen daran, einen Schuldlosen zu töten. Denn wenn sie es tun, wird dies das Ende Gressions seins. Nichts mehr wird so sein wie vorher. Alles wird sich zutragen wie damals, als ich zuließ, dass man den Prediger richtete. Überwinde deine Müdigkeit und schreite ein!"

Wovon sprach diese Fremde? Warum ließ sie sie nicht in Ruhe? Sah sie denn nicht, wie krank sie war? Warum bohrte sie so hartnäckig in ihrer Seele, in der es schon genug Wunden gab?

„Du bist nur ein Traumbild!", erwiderte Richarda ein weiteres Mal. „Würdest du sonst dein Antlitz verhüllen?"

Die Fremde begann langsam ihren Schleier zu lupfen. Richarda erschrak, denn sie erkannte eine lange Narbe an der Wange der vorgeblichen Ahnin. Doch bevor sie ihr Gesicht genauer betrachten konnte, löste sich die Traumgestalt in Nichts auf.

*

Kurz vor dem Morgengrauen – Wald und Flur waren noch in Nebel gehüllt – führte Wigbert den gefesselten Delinquenten auf eine Wiese abseits des Dorfes. Eine Handvoll Männer mit ernsten Gesichtern begleitete sie. Man hatte entschieden, die Hinrichtung in aller Stille durchzuführen, denn so umstritten das Urteil auch sein mochte, so einig war man sich wenigstens darin, dass Iweins Tod nicht zu einer Jahrmarktsveranstaltung werden durfte.

Zuvor hatte Paulinus ihm die letzte Beichte abgenommen, denn der Verurteilte hatte nachdrücklich darauf bestanden, dass Magnus ihm fernblieb. Paulinus zählte zum Lager der Bestürzten und Fassungslosen, er hatte entschieden dazu geraten, nichts übers Knie zu brechen, zumal Iwein jede Schuld abstritt. Aber in den Augen vieler Gressioniter war und blieb der Hersfelder ein Fremder, dessen Gelehrtheit sie nur verwirrte. Aus genau diesem Grund ließen sie seine Meinung außer Acht, auch wenn er sich überzeugt gab, im Sinne der erkrankten Königin zu sprechen.

Sie erreichten die Mitte der Wiese, wo sie verharrten. Iwein sah sich nach allen Seiten um. „Wenigstens hättet ihr mich ein letztes Mal die Sonne sehen lassen können", sagte er, aber es lag keine Klage in seiner Stimme.

„So lange willst du noch warten?", fragte Wigbert, dem die zur Schau getragene Gelassenheit des Delinquenten imponierte.

„Warum nicht? Ich habe sonst heute nichts mehr vor. Hat vielleicht jemand meine Schwester gesehen?"

„Deine Schwester?"

„Ich meine natürlich meinen Bruder. Rufus. Hat dem Burschen wenigstens jemand Bescheid gesagt?"

„Willst du, dass wir ihn holen?"

„Ach, wenn ich's mir recht überlegte: lieber nicht. Er war schon immer zart besaitet. Sagt ihm noch einen Gruß von mir. Sagt ihm, dass ich ihn liebe."

Wigbert nickte. „Also gut, ich werde es ausrichten, versprochen. Bist du bereit, Iwein?"

„Als ob ich eine Wahl hätte!" Unaufgefordert kniete er nieder. „Gut, dass meine arme Mutter das nicht mehr erleben muss!"

Einer der Männer wollte ihm eine Augenbinde umlegen, aber Iwein lehnte ab. „Wenn schon keine Sonne, dann wenigstens ein bisschen Nebel. Ist immer noch besser als Höllenschwärze. Sag mal", er linste auf das Schwert, das Wigbert in den Händen hielt, „du selbst wirst mein Henker sein?"

„So ist es."

„Ich verstehe. Als Präfekt darfst du auf keinen Fall zimperlich sein oder Hemmungen zeigen."

„Glaub mir, es macht mir bestimmt keinen Spaß, Iwein."

„Nun ja, den Mörder der eigenen Schwester einen Kopf kürzer machen – da verspürt man doch Genugtuung, oder etwa nicht? Trotzdem wünsche ich dir eine ruhige Hand. Ich hab mal eine Hinrichtung gesehen, da brauchte der Henker ganze sieben Hiebe, bis die Rübe endlich ab war."

„Ich werde mir alle Mühe geben", versprach Wigbert beklommen, „bestimmt schaffe ich es mit einem einzigen Hieb."

Iwein atmete mehrmals tief durch. „Was für ein Genuss es sein kann, frische Morgenluft in den Lungen zu spüren." Er neigte weit den Kopf. „Wohlan, bringen wir es hinter uns. Im Jenseits wartet Oda auf mich."

Als die Sonne, die Iwein so gern noch einmal betrachtet hätte, hinter den Wipfeln des Waldes aufstieg, suchte Wigbert nach dem Bruder des Hingerichteten. Aber er fand ihn weder in seiner Hütte noch sonstwo.

Rufa hatte Gression verlassen.

Zufällig lief Wigbert der kleine Udo über den Weg, ein etwa achtjähriger Knabe. Udo war es gewesen, der Iwein bei seiner schändlichen Tat beobachtet haben wollte.

Unversehens kam Wigbert ein Gedanke. Er packte den Knaben am Schlafittchen und zerrte ihn hinter die nächste Hütte. „Na, Junge, heute nicht im Stollen?", fragte er blinzelnd.

„Vater Magnus hat gesagt, dass ich ein paar Tage daheim bleiben darf", antwortete der Knabe zaghaft.

„Vater Magnus meint es ja besonders gut mir dir, was? Bist du nicht einer seiner Messdiener?"

Der Junge gluckste.

„Was hat er dir gegeben?", fragte Wigbert lauernd.

„Ich ... weiß nicht, wovon du sprichst ..."

Wigbert versetzte ihm eine schallende Ohrfeige. „Ich spreche von deiner falschen Aussage, wovon sonst? Was hat Vater Magnus dir dafür versprochen?" Im Grunde war es ein Schuss ins Blaue, aber sein Instinkt hatte ihn offenbar nicht getrogen, denn der Junge wurde immer ängstlicher.

„Er ... hat mir streng verboten, mit jemandem darüber zu sprechen ...“ Weitere Ohrfeigen prasselten auf ihn herab.

„Und ich sage dir: Rede, sonst zieh ich dir bei lebendigem Leib die Haut ab! Und das schmerzt höllisch, glaub mir. Was hat Vater Magnus dir versprochen?“

Die angedrohte Tortur ließ die Stimme des Kleinen sich fast überschlagen. „Dass ich in den Himmel komme, wenn ich tue, was er mir sagt. Denn ich würde helfen, einen üblen Verbrecher zu bestrafen, hat er gesagt!“

Wigbert durchfuhr es siedendheiß. „Hast du auch das Kleid in Iweins Hütte versteckt?“

„W... welches Kleid?“

„Keine Spielchen, ich warne dich zum letzten Mal! Hast du das Kleid versteckt?“

Udo nickte und kniff in Erwartung weiterer Backpfeifen fest die Augen zusammen. Aber Wigbert war wie erstarrt.

„Werde ich nun bestraft?“, schniefte Udo.

Wigbert überlegte fieberhaft. Wie hatte das alles geschehen können? Warum hatte ausgerechnet er sich als Werkzeug missbrauchen lassen? Was hatte es mit den Ränken des Magnus auf sich?

„Nein, ich bestrafe dich nicht, Junge. Aber zu niemandem ein Wort, hast du verstanden? Zu niemandem! Nur ich kenne dein Geheimnis, und so soll es bleiben.“

Udo nickte eifrig, obwohl ihm die Verwunderung über die Begnadigung ins Gesicht geschrieben stand. Wigbert ließ ihn laufen.

Magnus! Was wusste der elende Pfaffe über Odas Ende? War er selbst in den Mord verwickelt? Hatte der Lüstling sie am Ende sogar eigenhändig umgebracht? Wigbert ballte die Fäuste.

Entschlossen machte er sich auf den Weg zu Magnus’ Hütte, um auf all diese Fragen Antworten zu erhalten, die er ihm notfalls gewaltsam entlocken würde. Sollte sich herausstellen, dass der Pfaffe tatsächlich mit Odas Tod zu tun hatte, so würde er ihn auf der Stelle umbringen.

Bartholomäus’ Tod war ein Unglück gewesen, obwohl der Kerl es herausgefordert hatte. Der Tod der Einsiedlerin hatte eine Notwendigkeit dargestellt, denn ihr Wissen hätte ihm und somit Gression schaden können. Auch den Gaugrafen hätte er damals ohne mit der Wimper zu zucken getötet, wenn Richarda ihn nicht daran gehindert hätte. Iwein den Kopf abzuschlagen hatte er von Amts wegen als Pflicht empfunden, auch wenn inzwischen alles auf die Unschuld des Ärmsten hinwies. Magnus zu töten dagegen würde ihm eine Genugtuung, ja ein Vergnügen sein. Sein Zorn hinderte ihn daran, über die möglichen Konsequenzen einer impulsiven Mordtat nachzudenken. Die Menschen, die ihm unterwegs begegneten, erschraken über den Grimm, der ihn wie eine Aura umhüllte.

Ohne anzuklopfen betrat er die Hütte des Eremitenpriesters. „Magnus! Du widerwärtiges Schwein! Wo bist du?"

Doch Magnus war nicht da.

Auf der Stelle machte sich Wigbert auf die Suche nach ihm; erfolglos.

Am Mittag wussten es alle Eremiten: Magnus hatte Gression verlassen, und das erwirtschaftete Geld, zu dessen Verwalter man ihn gemacht hatte, war mit ihm verschwunden.

Teil III.

Die Schlacht

23.

Gression, Frühjahr 1007 A.D.

Manchmal, wenn sie eine Weile allein sein wollte, ging Richarda zu den Gräbern. In den sieben Jahren seit Bestehen ihres kleinen Reiches waren mehr als vierzig der Eremiten zu Gott heimgegangen, angefangen mit Hiltrud, die einst auf tragische Weise im Waldsee ertrunken war. Damals waren die Eremiten noch davon ausgegangen, dass die Wiederkunft Christi unmittelbar bevorstand. Als die Apokalypse ausblieb und das neue Gression Gestalt annahm, hatte es einer Begräbnisstätte bedurft. Abseits des Dorfes, unweit der Stelle, wo inzwischen die Taverne des Galminus stand, erstreckte sich zwischen Bach und Waldrand ein kleiner Totenacker. Noch frisch waren die Gräber der beiden Streithähne, die sich neulich im Wirtshaus des Galminus gegenseitig die Lebenslichter ausgepustet hatten.

Richarda erreichte Odas Grab und blieb weinend davor stehen. Fast drei Jahre waren seit dem Mord vergangen, doch Richardas Schmerz um den Verlust der Gefährtin war nach wie vor groß, größer, als sie es mitunter tragen konnte. Die furchtbare Nachricht von ihrem Tod hatte sie damals siech werden lassen, Fieber und Schwermut waren über sie gekommen wie eine Pestilenz, und bis zum heutigen Tag war sie nicht wieder vollständig zu Kräften gekommen. Sie litt große Qualen, und es war ihr Dilemma, dass sie mit niemandem darüber sprechen konnte. Denn was hätten Paulinus, Gero oder ihre Mutter ihr anderes sagen können, als dass ihre Vision dem Fieber geschuldet war, das ihr einst so arg zugesetzt hatte?

Doch Richarda wusste genau, es war damals kein Fiebertraum über sie gekommen. Die Gestalt aus einer fernen Zeit mochte nicht leibhaftig neben ihrer Bettstatt gestanden haben; gleichwohl war sie real gewesen, gesandt von Mächten, über die sich nur spekulieren ließ. Richarda aber hatte die Warnung ihrer Ahnin schlicht ignoriert und ihr Kranksein als Vorwand genommen, sich jeglicher Verantwortung zu entziehen. Dabei wäre es ihre Pflicht gewesen, das Unheil zu verhindern. Zu behaupten, hierfür hätten ihr die Kräfte gefehlt, war reiner Selbstbetrug. Wenn ihre Berufung tatsächlich von Gott stammte, dann war sie ihr nicht gerecht geworden. Ein Dämon hatte ihr das Fieber geschickt, sie hätte der finsteren Macht mit aller Willenskraft trotzen müssen. Das aber hatte sie nicht zuwege gebracht, sie würde sich das niemals verzeihen.

Nie war ihr die fremde Frau, die ihre Ahnin war, erneut im Traum begegnet. Wozu auch? Richarda hatte sich als unwürdig erwiesen, und das Unheil hatte seinen Lauf genommen. Die Behauptung eines Knaben, der sich womöglich nur wichtig machen wollte, hatte zu Iweins Verurteilung geführt. Iwein war unter dem Schwert gestorben, obwohl er jede Schuld an Odas Tod von sich gewiesen hatte. Das plötzliche Verschwinden des Magnus kurz darauf war mehr als merkwürdig gewesen. Inzwischen stand er als Dorfpriester von Aecheze wieder im Dienst des Gaugrafen. Warum aber hatte er sich damals aus dem Staub gemacht? War er wirklich nur der gemeine und ehrlose Dieb, den die meisten Eremiten in ihm sehen wollten?

In jenen Tagen war auch Judith spurlos verschwunden und nie wieder gesehen worden. Zwar hatte man nie ihren Leichnam gefunden, aber Richarda wusste, dass sie tot war, denn die Traumgestalt hatte es ihr geweissagt. Wie und wo mochte sie gestorben sein? Der Gedanke, dass sie nie Abschied voneinander genommen hatten, war so schmerzlich wie die wehmütige Erinnerung an Odas letzte Tage. Odas Hochstimmung war Richarda seinerzeit nicht entgangen, und aus verschiedenen Bemerkungen schloss sie, dass sich die Gefährtin zum ersten Mal in ihrem Leben verliebt hatte.

Dass es sich bei dem Geliebten um Iwein handelte, der stets Odas Nähe suchte wie die Motte das Licht, war nicht lange ein Geheimnis geblieben. Richarda hatte damit gerechnet, dass die beiden Glücklichen bald bei ihr vorsprechen würden. Mit Freuden hätte sie einer Heirat zugestimmt.

Dann aber war das Unfassbare geschehen!

Doch warum hätte Iwein die Angebetete schänden und töten sollen? Das ergab nicht den geringsten Sinn. Was Iweins Richter leider anders gesehen hatten.

Die Unglücksfälle, die in den nächsten Monaten über Gression kamen, schienen die Prophezeiung der Traumgestalt zu bestätigen: Iweins Hinrichtung war der Beginn vom Ende Gressions.

Odas Grab war für Richarda eine Stätte der Zuflucht, zugleich aber auch ein Ort, der sie an Leid, Verfehlung und ihre eigenen Seelenqualen erinnerte. Die Tränen, die sie hier vergoss, erleichterten sie, ohne ihr die Traurigkeit zu nehmen. Und manchmal ertappte sie sich bei dem Wunsch, sie selbst läge dort an Odas Stelle in der feuchtkalten Erde. Wie Hohngesang erschien ihr dann das Zwitschern der Vögel, die ringsumher in den Bäumen das Lügenlied einer betörenden Welt anstimmten.

Richarda spürte plötzlich, dass sie nicht mehr allein war. Sie wischte ihre Tränen ab und sah sich um. Am Grab der Hiltrud stand Hadwig, die Schwester der vor sieben Jahren ertrunkenen Eremitin. Richarda blickte in ihr ernstes und gehärmtes Gesicht. Mit der Zeit war Hadwig ihr unheimlich geworden, denn in den Augen der Älteren lag stets ein seltsamer Glanz, der Richarda verwirrte. Darum ging sie ihr nach Möglichkeit aus dem Weg, auch wenn sich das für eine Eremitenkönigin nicht ziemte. Heute aber richtete Hadwig das Wort an sie, sodass es unmöglich war, ihr die Aufmerksamkeit zu verweigern.

„Die Toten nehmen ihre Geheimnisse mit in ihr finsteres Grab, nicht wahr, Richarda?“

So verwirrend wie ihr Blick, waren auch Hadwigs Worte. Richarda ruckte mit dem Kinn.

„Wie meinst du das, Hadwig?“

Aber Hadwig hob nur die Schultern. Nun lächelte sie, wenngleich das Lächeln nicht ihre Augen erreichte.

Richarda schickte sich an, den Friedhof zu verlassen, aber wiederum richtete Hadwig das Wort an sie.

„Die Toten stehen uns nahe, Richarda. Sehr nahe! Wehe dem, der sich dessen nicht bewusst ist.“

Richarda hatte genug von ihren kryptischen Worten. Warum ließ Hadwig sie nicht in Ruhe? Merkte sie denn nicht, dass sie mit ihrer Trauer viel lieber allein gewesen wäre?

„Die Toten haben uns vieles voraus, Hadwig. Gleichwohl brauchen sie Gebete. Unsere Trauer aber ist gottgewollt. Übrigens bin ich deine Königin. Dein Verlangen, mich zu belehren, ist unangebracht."

Hadwig schien sich die Zurechtweisung nicht zu Herzen zu nehmen. „Du bist mehr als nur meine *Königin*!" Immer noch umspielte das freudlose Lächeln ihre Lippen.

Richarda ließ sie stehen und machte sich auf den Weg zur Hütte des Paulinus.

*

Aus der Vita Ricardae Gressionensis des Paulinus von Hersfeld:
Nach der Hinrichtung Iweins kam es im neuen Gression zunehmend zu Unglücksfällen, als zürnte den Eremiten der Himmel. Drei Kinder starben bei einem Grubenunglück, als der Schacht über ihnen einbrach. Richarda, zu keinerlei Zugeständnissen mehr bereit, bestand darauf, künftig auf den Erzabbau zu verzichten. Der Handel kam zum Erliegen, und somit verlor Gression seinen Reichtum, wie es auch seinen tüchtigsten Händler Iwein verloren hatte.

Die nächste Ernte fiel karg aus, der kommende Winter brachte erstmals Hunger und Not. Etwa zwanzig Eremiten verließen das Dorf, um dem Elend zu entgehen. Bis das Frühjahr kam, waren einige Tote zu beklagen. Auch die folgenden Winter bedeuteten Entbehrung, als wollte der Herrgott den Eremiten beweisen, dass es auf Erden kein Paradies geben könne.

Im achten Jahr Gressions untersagte Richarda den Eremiten den Besuch der Taverne. Zwei Zecher waren dort miteinander in Streit geraten. Beide zogen ihre Messer und brachten sich gegenseitig um. Dem Wirt Galminus wurde freigestellt, sich der Eremitengemeinschaft anzuschließen, aber der Zwerg zog es vor, den Ort zu verlassen, denn eine fromme Gesinnung war ihm fremd.

Gression schien nunmehr gereinigt zu sein von den Verlockungen, die den Eremiten den Weg zu Gottes Herrlichkeit verstellten ...

Nachdenklich überflog Paulinus die geschriebenen Zeilen. War es möglich, den Menschen gegen die Verlockungen der Welt zu schützen? Glich Richardas Ansinnen nicht den vergeblichen Bemühungen des unseligen Sisyphos?

Er dachte zurück an die Jahre im Stiftskloster zu Hersfeld. Wenn es selbst Mönchen nicht gelang, sich einem strengen Regelwerk zu unterwerfen, wie konnte man es dann von Eremiten erwarten, die ihrer Herkunft nach einfache Menschen waren?

Vor einiger Zeit jedoch war ein Händler in Gression erschienen und hatte Paulinus einen Brief seines Bruders Meginher übergeben. Auf diese Weise hatte Paulinus erfahren, dass Bernhard, der liederliche Abt zu Hersfeld, inzwischen verschieden war. Daraufhin, so schrieb Meginher weiter, habe Kaiser Heinrich, dem das verlotterte Mönchtum ein Dorn im Auge war, einen frommen Mann namens Godehard zum Abt erkoren. Jener Godehard sei ein glühender Anhänger der Reformbewegung von Cluny. Mit unbeirrbarer Konsequenz verlange er die Einhaltung der Regeln des heiligen Benedikt. Den Mitbrüdern wurde freigestellt, das Kloster zu verlassen, und nicht wenige gingen tatsächlich, weil sie zu einer geistigen Umkehr nicht bereit waren.

Meginher aber war zu Paulinus' Freude geblieben. Offenbar war sein Durst nach Heiligkeit letztlich größer als die Gier nach den banalen Freuden der Welt. In seinem Brief stellte er ganz offen die Frage, ob er, Paulinus, sich eine Rückkehr nach Hersfeld vorstellen könne. Trotz aller Strenge sei der Abt ein gütiger Mensch, der die Gründe seiner Flucht aus der Mönchsgemeinschaft mit Nachsicht, ja wahrscheinlich mit viel Verständnis, betrachten würde.

Seit der Brief des Bruders ihn erreicht hatte, durchlebte Paulinus einen Zwiespalt der Gefühle. Voller Eifer war er einst hierher gekommen, um der Sache Richardas zu dienen. Doch wie die Kirche Gressions immer noch aus Holz bestand und somit der Fäulnis beständig preisgegeben war, so blieb auch die Gottgefälligkeit der Eremiten vor Anfeindungen nicht geschützt. Die fromme Euphorie der ersten Jahre war Vergangenheit, die Nöte des Alltags nahmen in den Gedanken der Menschen mehr Raum ein als das Bedürfnis nach Gebeten oder die Sorge um das eigene Seelenheil. Was keineswegs an Richarda lag. Tapfer hatte sie in den vergangenen Jahren gegen die Verweltlichung angekämpft. Das gewaltige Ringen aber hatte Spuren hinterlassen, die junge Frau hatte viel von ihrer Unbeschwertheit verloren. Das kleine Reich, zu dessen Königin sie gemacht worden war – es hatte nur wenig mit jener wunderbaren Welt gemein, von der sie als Kind geträumt hatte.

Paulinus tat sein Bestes, um Richarda im Kampf gegen die Tücken des Diesseits zu unterstützen. Seit Magnus' Verschwinden war er der Seelenhirt der Gressioniter – was war ihm übrig geblieben, als diese Vakanz auszufüllen? Er besaß hohes Ansehen, doch am Wankelmut der Menschen vermochte auch er nichts zu ändern. Eine langsam fortschreitende Krankheit schien den Geist Gressions befallen zu haben, und es hätte schon eines Heiligen bedurft, sie zu heilen. Obgleich selbst Heilige nicht davor gefeit waren, am Ende zu scheitern.

War Richarda eine Heilige? Paulinus wusste es nicht. Seine Achtung vor der jungen Frau war nach wie vor groß. Er liebte sie wie eine Tochter, und womöglich erschwerte ihm genau dieser Umstand die Mission, die zu erfüllen er vor sieben Jahren losgezogen war. Richarda war, wie er selbst, von Zweifeln geplagt, ihre Zerrissenheit überforderte ihn manchmal, doch andererseits war es ihm unmöglich, sie nicht zu bewundern. Er wusste alles über ihr Leben, sorgfältig hatte er niedergeschrieben, was sie ihm selbst erzählt oder was er von anderen über sie erfahren hatte. Richardas Leben war nicht das einer Herrscherin, wenn man sie auch Königin nannte. Ihre Vita war schlicht und dennoch voller Wunder, sie war bescheiden und prächtig zugleich. Richarda führte das Leben einer Frau, die gegen ihren Willen dazu bestimmt war, dereinst zu einem Mythos verklärt zu werden. Paulinus fühlte sich hin- und hergerissen. Gression war nicht mehr jener Ort, den er gesucht, das Kloster in Hersfeld nicht mehr der Ort, den er verlassen hatte. Hatte der Herrgott ihm einen Irrweg zugemutet?

Noch während er darüber nachsann, klopfte es an seiner Tür. Herein trat Richarda, ihr Blick war ein einziges Flehen.

„Vater Paulinus! Darf eine Eremitenkönigin abdanken?“

Die Frage traf ihn unvorbereitet, war er doch selbst auf der Suche nach Antworten.

„Nicht, wenn sie eine Berufene ist, meine Tochter.“

„Wenn sie aber an ihrer Berufung zweifelt? Wenn sie glaubt, gescheitert zu sein?“

Er stand auf, nahm sie in die Arme, strich sanft über ihr Haar. „Gott ist es, der dich erfahren lassen würde, wenn du wirklich gescheitert wärest.“

24.

Die Hügelburg des Gaugrafen

Zunächst war der Gaugraf nur amüsiert gewesen, als man ihm meldete, wer ihn zu sprechen wünsche: Galminus, der Zwerg von Gression. Als er aber hörte, was Galminus ihm ausrichten ließ – dass er nämlich gekommen sei, um ihn reich zu machen -, da zögerte er nicht, ihn zu empfangen. Gerhard kannte Galminus allein vom Hörensagen; nun war er gespannt, was den Zwerg wohl hergeführt hatte.

„Wenn das Kerlchen nur halb so gerissen ist, wie man munkelt, dann sollten wir auf der Hut vor ihm sein“, flüsterte Gerhard seinem Gast zu, als man Galminus in den Raum führte.

„Einen Zwerg zu zerquetschen, das dürfte nicht allzu schwierig sein“, erwiderte der Andere grinsend.

Diepold, der Vater seiner Schwiegertochter, war Gerhard in den vergangenen Jahren der liebste Trinkgefährte geworden. Was vielleicht daran lag, dass Diepold, Witwer wie er, wenig schwatzte, wenig erwartete und gleichwohl ein treuer Gefolgsmann war. Allerdings durfte man das ja auch erwarten von einem Kleinadligen, dessen Tochter den Sohn des Gaugrafen hatte ehelichen dürfen.

Erwartungsvoll musterte Gerhard den Zwerg, der mit tapsigen Schritten näher kam. Er war etwa so groß wie ein zehnjähriger Knabe, ein zerfranster Bart zierte sein Kinn. Galminus katzbuckelte nicht – was freilich gut so war, denn sonst wäre er schließlich noch kleiner geworden, und man hätte Mühe gehabt, ihn überhaupt noch auszumachen. Er reckte das Kinn, strotzend vor Selbstbewusstsein. Seine Stimme war nicht so hell, wie Gerhard es von einem Zwerg erwartet hatte.

„Herr Gaugraf, heute ist Euer Glückstag, wenn ich das so sagen darf.“

Etwas mehr Unterwürfigkeit, dachte Gerhard, hätte der Wicht schon an den Tag legen können. Andererseits machte ihn sein forsches Auftreten neugierig.

„Ich brenne darauf zu erfahren, was ein Kerlchen wie du unter einem Glückstag versteht. Setz dich zu uns!“

„Ihr seid sehr gütig, Herr Gaugraf. Aber ich stehe lieber, wenn’s Euch recht ist. Sonst kann ich kaum über den Tischrand schauen, und Ihr würdet über diesen Anblick lachen müssen. Was ich Euch aber zu erzählen habe, solltet Ihr mit dem nötigen Ernst zur Kenntnis nehmen.“

Gerhard und Diepold sahen sich an.

„Ich bin es nicht gewohnt, dass ein Zwerg mich zur Aufmerksamkeit mahnt“, entgegnete der Gaugraf dann säuerlich.

„Oh, nichts läge mir ferner, als Euch zu maßregeln. Darum hört mich an, und wenn Euch später immer noch der Sinn danach steht, mich zum Teufel zu jagen, dann soll es eben so sein.“

Gerhard schenkte sich Wein ein. „Sprich!“, forderte er Galminus auf.

Galminus strich sich durch den Bart. „Wie Ihr vermutlich wisst, war ich bis vor kurzem ein Bewohner Gressions.“

„Woraus ich schließe, dass du es nunmehr nicht mehr bist.“

„So ist es, Herr Gaugraf. Die Königin sorgte dafür, dass mein Wirtshaus geschlossen wurde, nachdem zwei bezechte Bauerntölpel sich gegenseitig niedergemetzelt hatten. Daraufhin zog ich es vor, den Ort zu verlassen, denn auf ein frommes Leben unter Eremiten fehlt mir – ich bekenne es freimütig – das Verlangen.“

Gerhard schnalzte mit der Zunge und schüttelte den Kopf. „Du willst wohl nicht in den Himmel kommen, wie?“

Diepold lachte.

„Im Himmel muss es furchtbar langweilig sein“, sagte Galminus abwinkend. „Ich bevorzuge Orte auf Erden, wo es sich gut leben lässt.“

„Man sagt, dass die Gressioniter dir ihren Reichtum verdanken.“

„Das ist wahr. Durch mich wurden sie reich – bis sie es eines Tages nicht mehr sein wollten. Die Königin wand sich plötzlich wie ein Aal, als könnte das Geld ihr die Jungfräulichkeit nehmen.“

Diepold lachte abermals, und auch Gerhard musste schmunzeln über den Zwerg. „Ein paar Knaben“, fuhr dieser fort, „waren bei einem Unglück im Berg ums Leben gekommen, worauf die fromme Königin nicht mehr aufhören konnte zu weinen. Das Bergwerk wurde stillgelegt, die Händler blieben aus, und Gression hatte keine Einnahmen mehr. Den lieben Gott schien das nicht sonderlich zu kümmern, denn es folgten schlechte Zeiten, und vom Beten allein sind die Eremiten nie satt geworden."

„Wozu bist du gekommen?", fragte der Gaugraf geradeheraus.

„Ich könnte mir vorstellen, dass Ihr es Euch bereits denken könnt!" Galminus grinste schief.

„Das Bergwerk!"

„Sehr wohl. Noch sind die Adern nicht erschöpft." Er kramte einen bläulich schimmernden, krustigen Erzklumpen aus seinem Wams und reichte ihn dem Gaugrafen. „Seht her, das ist bestes Erz, man benötigt es zur Herstellung edler Metalle. Im Berg schlummert noch großer Reichtum, aber niemand ist mehr willens, sich dessen zu bedienen."

Gerhard betrachtete den Klumpen, indem er ihn sich direkt vor die Augen hielt. „Und erfreulicherweise hast du da an mich gedacht."

„Gewiss doch. Ich könnte Euch von großem Nutzen sein, wenn es gilt, das Bergwerk wieder in Betrieb zu nehmen und die Adern zu finden."

„Und im Gegenzug ..."

„... erwarte ich von Euch, dass Ihr für meinen Unterhalt Sorge tragt. Ich weiß, uns Zwergen ist unser wahres Alter schwer anzusehen, aber Ihr dürft mir glauben, dass ich schon recht betagt bin und zur Arbeit nicht mehr tauge."

„Du willst ein geruhsames Leben, ohne hungern zu müssen."

„Und ohne zu dürsten, versteht sich. In einer behaglichen Hütte wohlgemerkt. Ein äußerst bescheidener Lohn, wenn ich das anmerken darf, denkt man an den Profit, der auf Euch wartet."

„Den Gressionitern dürfte es aber nicht gefallen, wenn ich mich unweit ihres Gebietes ans Schürfen mache."

Galminus beugte sich vor. „Meint Ihr nicht auch, dass Gressions Zeit abgelaufen ist?", fragte er lauernd. „Die Mächtigen scheren sich schon lange nicht mehr um diese Scheinheiligen. Über Abt

Lantfried von Kornelimünster wird erzählt, er habe in einer öffentlichen Predigt daran gezweifelt, dass es gute Früchte seien, die das neue Gression hervorgebracht habe. Ihr wisst, welch hohes Ansehen der gute Lantfried bei den Menschen in der Gegend besitzt. Im Gegensatz zu Richarda hat sein Ruf nicht gelitten."

„Kurz gesagt, du glaubst also, dass der Stern Gressions erloschen ist."

„Ich verwette meinen Hintern, dass niemand der Bande zu Hilfe eilt, wenn man sie wie Schmeißfliegen verscheucht. Nun gut, man müsste einen kleinen Vorwand finden, dies zu tun, aber das dürfte das kleinste Problem sein, wenn Ihr mich fragt. Das Bergwerk stammt aus uralter Zeit, keiner hat mehr Anspruch darauf außer dem, der es in Besitz nimmt."

Man mochte über den dreisten Galminus denken, was man wollte, aber was er sagte, schien Hand und Fuß zu haben. Im Grunde hatte er das ausgesprochen, was Gerhard schon seit langem beschäftigte. Das kostbare Erz Gressions war vergleichbar mit den sprichwörtlichen Perlen, die man vor die Säue warf. Außerdem hatte Gerhard die Demütigung, die ihm bei den Eremiten einst widerfahren war, keineswegs vergessen. Was dem behäbigen Magnus nicht gelungen war, ließ sich möglicherweise mit der Hilfe des gerissenen Zwerges nachholen.

Gerhard rieb sich das Kinn. „Und der kleine Vorwand, von dem du sprichst – ich nehme an, dir schwebt da schon etwas vor, kleiner Mann."

„Gewiss doch. So könnte man zum Beispiel eines Eurer Gehöfte überfallen. Natürlich müsste es für die Leute so aussehen, als seien es hungernde Gressioniter gewesen, die dahintersteckten. Niemand könnte es Euch verübeln, wenn Ihr es ihnen vergeltet."

Gerhard überlegte. Die Verheißungen des Zwerges waren verlockend. „Lass uns einen Augenblick allein, Galminus!", befahl er schließlich.

Galminus' Grinsen ließ darauf schließen, dass er sich der Antwort des Gaugrafen gewiss zu sein schien. Ein Liedchen summend, verließ er den Raum.

„Nun, was denkst du?“, fragte Gerhard seinen Kumpan, indem er ihm den Erzbrocken zuwarf. Diepold fing ihn auf und betrachtete ihn nickend.

„Er ist dreist. Aber ich glaube, er kann dir sehr nützlich sein.“

„Nützlicher als Magnus, will ich hoffen, der es sich im Dorf der Eremiten jahrelang gut gehen ließ und wenig erreichte.“

Weil Magnus ihm aber nach seiner Rückkehr immerhin eine pralle Börse überreicht hatte, reichlich gefüllt mit veruntreutem Geld, war der Kerl nicht gänzlich in Ungnade gefallen. Sein Amt als Dorfpriester zu Aecheze durfte er wieder aufnehmen, denn er war und blieb Gerhards Kreatur, auch wenn er seit jenen Tagen merkwürdig ruhig geworden war.

Jedenfalls schien Galminus aus härterem Holz geschnitzt zu sein. Und seine Behauptung war nicht aus der Luft gegriffen: Jene Mächtigen, die dem kleinen Reich der Eremiten einst mit großem Wohlwollen begegnet waren, lebten nicht mehr. Der junge Kaiser Otto, ein Träumer, war längst seinen Ahnen gefolgt. Seinem Oheim und Nachfolger, dem frömmelnden Kaiser Heinrich, lagen vor allem Kloster- und Kirchenreformen am Herzen; was kümmerte ihn eine Schar sonderlicher Menschen, die im Wald hausten und sich von der Welt abschotteten? Und auch Abt Heinrich von Burtscheid, der den Gressionitern wohlgesonnen gewesen war, weilte inzwischen nicht mehr unter den Lebenden. Der Stern der Eremiten hatte aufgehört zu strahlen. Spätestens, nachdem die Nachricht von der Hinrichtung eines Mörders namens Iwein in der Gegend die Runde machte, begann sich Gression in der Wahrnehmung der Menschen zu ändern; Hochschätzung und Bewunderung wandelten sich in die nüchterne Erkenntnis, dass es im Reich der Eremiten nicht besser zuging als in der übrigen Welt, die bekanntlich ein großes Jammertal war.

Der vermaledeite Zwerg hatte tausendmal recht, es war an der Zeit, den Spuk endlich zu beenden. Sieben Jahre lang hatten diese Narren gewähren dürfen, nun war das Maß voll. Und all die Bauern, die ihm einst davongelaufen waren, müssten ihm wieder zu Diensten sein, wenn ihnen ihr Leben lieb war. Gerhards Tatendrang erwachte.

„Auf mich kannst du zählen“, versicherte ihm Diepold, indem er seinen Becher hob.

Zwei gesunde Knaben hatte Gisla ihm geboren. Tassilo wusste, dass er keinen Grund der Welt hatte, über sein Weib zu klagen. Auf Gisla konnte er sich blind verlassen, ohne sie wäre sein Leben zweifellos trüber gewesen. Im Lauf der Zeit hatte es sogar Tage gegeben, an denen er nicht mehr über Richarda nachgedacht hatte. Gisla war ihm zu einer Gefährtin geworden, die ihm immer treu zur Seite stand.

Am Abend, als sie im Bett lagen, schmiegte sie sich fest an ihn.

„Heute wurde ich Zeugin eines aufschlussreichen Gespräches“, erklärte sie.

„Hast du jemanden belauscht?“ Er klang amüsiert, aber Gisla blieb ernst.

„Die dünne Holzwand ließ mir keine Wahl. Unsere Väter hatten einen Gast, jenen Zwerg, der bis vor kurzem noch ein Gressioniter war.“

Tassilo horchte auf.

„Der Zwerg schlug deinem Vater vor, sich Gressions zu bemächtigen. Sie schmiedeten Ränke, die Männer von Ehre nie in Betracht ziehen würden ...“

Mit zusammengepressten Lippen lauschte er ihrem Bericht.

„Du musst die Eremiten warnen“, sagte sie schließlich leise. „Denn ich weiß genau, dass die Königin einen Platz in deinem Herzen hat.“

Sie wusste es? Tassilo konnte sich nicht erinnern, jemals mit ihr über Richarda gesprochen zu haben. Er fühlte sich wie ertappt, nahm aber zur Kenntnis, dass Gisla sich keineswegs eifersüchtig gebärdete. Sie beantwortete obendrein die unausgesprochene Frage, die ihm auf der Zunge brannte.

„Manchmal rufst du im Schlaf ihren Namen, Liebster.“

„Danke, dass du es mir gesagt hast“, sagte Tassilo nach kurzer Stille.

Sie küsste ihn auf die Wange. „Solange dein Herz auch noch ein bisschen Platz für mich hat, kann die Welt uns nichts anhaben.“

25.

Einige Jahre waren ins Land gezogen, seit sie einander zum letzten Mal begegnet waren. Richarda spürte deutlich die Nervosität des Besuchers, ihr selbst ging es nicht anders. Wie oft hatte sie wohl an ihn denken müssen? Nie war sein Bild in ihrem Gedächtnis verblasst, wenn auch die Sehnsucht, ihm nahe zu sein, im Lauf der Zeit abgekühlt war.

Tassilo hatte darauf bestanden, unter vier Augen mit Richarda zu sprechen, also verließen Rothaid und Gero zähneknirschend die Klause. Nun standen sie sich gegenüber und versuchten ihre Verlegenheit zu bändigen.

„Wie ich erfuhr, hast du inzwischen geheiratet“, sagte Richarda. Am liebsten hätte sie sich auf der Stelle selbst geohrfeigt: Gab es etwas Törichteres, was sie zur Begrüßung hätte sagen können?

Tassilo nickte. „Zwei stramme Knaben dürfen wir jetzt unsere Söhne nennen.“ In seiner Stimme klang viel Stolz mit.

Richarda lächelte. „Für ihr Wohlergehen werde ich beten.“

Er blieb stumm; noch nie war Reden seine Stärke gewesen. Mit einem Mal wirkte er ein wenig hilflos, denn er starrte ins Leere, was Richarda die Gelegenheit gab, ihn aufmerksam zu mustern. Die verrauchten Jahre waren ihm anzusehen; vermutlich, nein bestimmt sogar dachte er in ähnlicher Weise über sie. Gewiss, sie waren beide noch nicht alt, doch das Leben hatte sie gezeichnet. Richarda erinnerte sich an ihren gemeinsamen Spaziergang, damals, im Wald. Noch war sie nicht Königin gewesen und die Welt noch begreifbar. Sie fragte sich, was wohl geschehen wäre, wenn sie sich damals geküsst hätten.

Wäre am Ende alles anders gekommen? Hätte es jemals ein Eremitenreich gegeben? Wäre ihr Leben so verlaufen, wie es bis zu diesem Tag verlaufen war? Dies in Betracht zu ziehen, bedeutete freilich, einmal mehr an Gottes Berufung zu zweifeln.

„Ich freue mich über unser Wiedersehen.“ Ihre Stimme blieb fest. „Doch ich sehe es dir an, du hast einen guten Grund, mich heute aufzusuchen.“

„Ja, den habe ich, Richarda. Wenn ich mir auch wünschte, du allein wärest der Grund für mein Erscheinen."

„Die Welt ist leider kein rechter Ort für Wünsche und Sehnsüchte, Tassilo."

Er nickte, sah ihr tief in die Augen. „Mein Vater hat euch sieben Jahre lang in Frieden leben lassen. Nun ist er offenbar zu dem Entschluss gelangt, dies zu ändern. Galminus, dieser umtriebige Zwerg, hat ihm den Mund wässrig gemacht. Meinen Vater locken die Erzminen. Ihr Eremiten seid ihm dabei nur ihm Weg."

„Was hat er vor?"

„Wenn ich das bloß wüsste. Doch du solltet darauf gefasst sein, dass er über kurz oder lang versuchen wird, euch zu vertreiben. Und ich fürchte, niemand wird ihn daran hindern können."

Schreckensbleich starrte Richarda ihn an. „Der Tag, an dem das neue Gression geboren wurde, barg schon das Unheil in sich", sagte sie bitter. „Nimmst du mich in den Arm, Tassilo? Es würde mich trösten."

Als sie schluchzend an seiner Brust lag, betrat Gero wieder die Klause, als habe er geahnt, was hier vor sich ging. „Lass sie los!", herrschte er Tassilo an.

„Sei nicht albern, Gero", sagte Richarda, „er ist nicht gekommen, um mir zu schaden."

„Ja, das sehe ich."

„Dein Leibwächter hat recht, Richarda", warf Tassilo ein und entließ sie zögernd aus seiner Umarmung, „ich bin schließlich der Sohn des Mannes, der euer Feind ist. Es ist gut, dass dein Bruder dich beschützt."

„Wozu ist er gekommen?", fragte Gero, und obwohl die Frage an Richarda gerichtet war, gab Tassilo ihm die Antwort.

„Mein Vater wird euch Ärger bereiten. Die Erzminen haben seine Aufmerksamkeit geweckt. Du kennst ihn, er ist zu allem fähig."

Gero gab sich unbeeindruckt. „Wir haben ihm schon einmal die Hörner gestutzt."

„Glaub mir, damals hat es ihm große Überwindung gekostet, nicht umgehend Rache zu nehmen. Die Umstände erforderten es, dass er euch gewähren ließ. Das ist heute anders. Er wird nicht allein kommen, er hat genug Lakaien und Gefolgsleute, die nach seiner Pfeife tanzen. Sie werden alle ihre Waffen bei sich tragen."

Gero dachte darüber nach. „Na schön. Und jetzt, wo du uns so selbstlos gewarnt hast, kannst du ja wieder verschwinden."

Noch einmal wandte Tassilo sich an Richarda. „Gebe Gott, dass kein Blut fließt. Nehmt euch in Acht. Lebwohl, Richarda."

„Lebwohl!"

Beide hoben eine Hand; es war ihnen anzumerken, wie gern sie ihre Finger miteinander verflochten hätten. Tassilo verließ die Klause. Finster starrte Gero ihm nach. Richarda ließ sich seufzend auf einen Stuhl sinken.

„Ach, Gero, mein treuer Beschützer. Was machen wir jetzt?"

„Als erstes werde ich Wigbert unterrichten."

Richarda stöhnte auf. Sie wusste, dass Wigbert auf der Stelle zum Kampf rüsten würde.

„Wir können uns nicht wie räudige Hunde vertreiben lassen", sagte Gero mit unterdrückter Heftigkeit.

Wie benommen betrachtete Richarda ihre gefalteten Hände auf ihrem Schoß. Gero trat näher, nahm den Kopf der Verzweifelten zwischen seine Hände und küsste ihre Stirn.

„Wenn die Sache von Gott kommt, wird er uns auch diesmal zur Seite stehen, Richarda. Denn ist Gott für uns, wer mag gegen uns sein?"

Sie nickte tapfer und weinte erst, nachdem er gegangen war.

Gero traf Wigbert in seiner Hütte an. Auf einem Hocker sitzend, schnitzte er an einem langen Ast herum. Lanzen herzustellen war zu einer seiner großen Passionen geworden. Wigberts Gefährtin Madelgard rührte in einem Kessel, der über dem Herdfeuer hing. An ihren Rockzipfel klammerte sich der kleine Ekkart. Gero war aufgefallen, dass der Junge seinen Vater am liebsten mied.

Wigbert wog prüfend die Lanze in seiner Hand. „Prachtstück, nicht wahr? Was ist, warum schaust du drein, als hättest du eine Hummel verschluckt?"

„Tassilo war da!“

„Was denn, das Söhnchen des Gaugrafen hat uns mit einem Besuch geehrt?“, rief Wigbert grantig. „Warum zur Hölle hat mich niemand gerufen?“

„Weil er allein mit Richarda sprechen wollte. Und jetzt lass mich erst einmal ausreden, verdammt.“

Nachdem Wigbert alles vernommen hatte, begannen seine Augen zu glitzern. „Wenn der Mistkerl von Gaugraf mit seinen Handlangern hier erscheint, dann werden wir ihnen einen hübschen Empfang bereiten“, verkündete er mit mahlenden Kiefern.

„Wird es zum Kampf kommen?“, fragte Madelgard ihren Gefährten entsetzt.

„Was glaubst denn du, Herrgott nochmal?“, schrie er.

Sie warf einen angstvollen Blick auf den Sohn, der sich nach dem Ausbruch des Vaters noch fester an sie klammerte.

„Aber ... was geschieht mit den Kindern?“

„Was geschieht mit den Kindern?“, äffte er sie nach. „Ich bringe den Knaben nicht umsonst das Kämpfen bei. Aber sei unbesorgt, deinen Sohn kann ich beim besten Willen nicht gebrauchen für eine Schlacht. Was sich vermutlich auch nie ändern wird, denn in seiner Brust schlägt ein Hasenherz.“

„Warum bist du so streng zu ihnen?“, flüsterte Gero ihm zu. Madelgard und der Junge taten ihm leid.

„Ich wüsste nicht, was dich das angeht, mein Freund.“

„Hat dir nicht schon einmal eine Frau den Rücken gekehrt?“

„Deine Schwester war ein Flittchen, Gero. Und jetzt lass uns von Wichtigerem sprechen.“ Er stand auf und griff nach dem Wolfsfell, das an seinem Wandhaken hing. „Ich will, dass sich alle waffenfähigen Männer auf der Kampfwiese versammeln. Jetzt! Wir müssen einen Schlachtplan entwerfen.“

„Aber das Vespergebet ...“

„Soll das ein Witz sein? Zum Teufel mit dem Vespergebet. Der alte Paulinus wird’s schon verstehen.“

Gero sah ein, dass die Verteidigung Gressions Vorrang hatte, wollte man nicht wie eine Herde wehrloser Schafe den Wölfen des

Gaugrafen ausgeliefert sein. Doch inständig hoffte und betete er, dass es letztlich zu einer gewaltlosen Übereinkunft kommen würde.

*

Am darauf folgenden Tag wurde bei Aecheze ein Gehöft überfallen, das ein Stück abseits des Dorfes lag. Die vermummten Räuber, drei an der Zahl, erschienen mit hölzernen Lanzen, sie raubten Vieh und Nahrungsmittel, verprügelten den lamentierenden Bauern und schlugen auch dessen wehklagende Frau nieder. Bevor sie mit ihrer Beute verschwanden, legten sie Feuer; zum maßlosen Entsetzen der Bauersleute ging die Hütte samt ihrer Habseligkeiten in Flammen auf. Jeder Löschversuch blieb hoffnungslos.

Hinterher fragte man den Bauern und sein Weib, ob sie die Räuber erkannt hätten, doch da deren Gesichter mit Tüchern verhüllt gewesen waren, wussten sie nichts Eindeutiges zu sagen. Doch habe einer ein Wolfsfell über seinen Schultern getragen, dessen waren sie sich sicher. Die Bäuerin glaubte darüber hinaus, gehört zu haben, wie er von seinen Kumpanen mit „Wigbert“ angesprochen wurde.

Somit war die Sache eindeutig: Die Eremiten aus Gression hatten einen Raubzug unternommen. Offenbar hatte ihre Not verzweifelte Ausmaße angenommen.

Man schickte einen Boten zum Gaugrafen, um ihm das Verbrechen zu melden.

26.

Zwei Tage später ...
Gaugraf Gerhard und seine zwanzig gepanzerten Reiter hatten es auf ihrem Weg nach Gression nicht sonderlich eilig. Das hatte seinen Grund. Gerhard beabsichtigte nicht, wie ein Räuberhauptmann über die Eremiten herzufallen. Sie sollten durchaus auf sein Erscheinen vorbereitet sein, damit hinterher niemand behaupten konnte, es sei keine hohe Kunst gewesen, diese Tölpel zu überwältigen. Gerhard zweifelte nicht daran, dass ihm dies leicht gelingen würde, auch wenn sich dieser Wichtigtuer namens Wigbert, wie jedermann wusste, für einen großen Krieger hielt. Weil sich die Bauern der Umgebung inzwischen vor Wigbert fürchten mussten – dafür hatte die List mit den vermummten Banditen gesorgt – würde der Sieg des Gaugrafen allerorten mit Erleichterung aufgenommen werden. Überdies konnte es seinem Ansehen nicht schaden, wenn die Leute glaubten, er sei auf heftigen Widerstand gestoßen.

Ohnehin schuldete das Leben ihm noch einen Sieg. Schon als Knabe hatte er davon geträumt, ein bedeutender Kriegsheld zu sein, wie sein Vater, der in der großen Ungarnschlacht vor mehr als fünfzig Jahren zur Legende geworden war. Doch als Gerhard eines Tages die Gelegenheit erhielt, sich zu bewähren, versagte er kläglich: Zwei elende Tage lang, eine Ewigkeit, hatte er in Gefangenschaft von Strauchdieben verbracht. Der junge Hitzkopf hatte sich zum Narren gemacht anstatt zum Helden.

Nie war es Gerhard vergönnt gewesen, die Scharte auszuwetzen und sein Talent als Befehlshaber unter Beweis zu stellen. Wie oft schon hatte er den Frieden als ein Ärgernis verwünscht?

Immerhin, auf seine alten Tage bekam er nun die Gelegenheit, die alte Wunde mit Balsam zu bestreichen. Dass es nur gegen ein paar wildgewordene Eremiten ging, war nicht zu ändern, aber seine Männer würden schon dafür sorgen, dass es der Welt wie ein Schlachtensieg erscheinen musste. Dieser Ruhm war ihm noch wichtiger als der zu erwartende Reichtum, den Galminus ihm in

Aussicht gestellt hatte. Ja, das Leben schuldete ihm diesen Sieg. Und er schuldete den Sieg dem Vater und seinen glorreichen römischen Ahnen.

Der Tag war sonnig und mild, das zarte Grün des Frühlings schmückte den Wald, der soviele finstere Geheimnisse barg. Gut gelaunt trabten Gerhard und seine Reiter ihrem Ziel entgegen.

Es war Diepold, der in einem Gebüsch zwei Gestalten ausmachte. „Wen haben wir denn da?“ Er stieg aus dem Sattel, zückte sein Schwert und scheuchte die beiden aus ihrem Versteck.

Ängstlich blickten Adam und Eva auf die bewaffneten Reiter, die sich über ihre Furcht lustig machten.

„Die kenne ich“, sagte einer der Männer, „das sind die schwachsinnigen Geschwister des Wigbert.“

„Warum treibt ihr Schelme euch hier herum?“, wollte der Gaugraf von ihnen wissen. „Hat euch der *Präfekt* zu Wachtposten befördert?“

Adam gab ein paar aufgeregte Laute von sich, die niemand verstand.

„Ein Esel wollte plaudern; es wurde nur ein Zaudern“, reimte Bruno, der als Waffenknecht an der Seite seines Herrn ritt. Seine Spottverse sorgten für raues Gelächter.

„Na los, verschwindet schon!“, befahl der Gaugraf den verängstigten Geschwistern. „Lauft und sagt eurem Bruder, dass wir gleich kommen. Wir erwarten einen würdigen Empfang.“

Adam nahm Eva an der Hand; dann rannten sie davon.

„Zwei Esel, stumm und taub, machten sich aus dem Staub“, sagte Bruno.

„Deine dichterische Begabung kannst du bald unter Beweis stellen“, grinste Gerhard. „Wie wäre es mit einem kleinen Heldengedicht über unseren Feldzug?“

„Warum nicht, Herr? Das Bächlein machen wir zu einem Strom. Und die Abreibung wird zur Schlacht. Was haltet Ihr zum Beispiel davon:

Zu Gression, am Omerstrom,
ward eine blutige Schlacht geschlagen ...“

„Jetzt noch nicht, Bruno, später. Erst die Arbeit, dann der Ruhm.“ Er hob eine Hand. „Hört mir zu, Männer! Ihr kennt unsere Mission: Das lächerliche Reich der Eremiten ist ab heute Vergangenheit. Die Burschen werden wütend sein, ihr dürft ihnen ruhig ordentlich den Hintern versohlen. Es wird vielleicht nicht ohne Blutvergießen gehen, aber macht kein Schlachtfest daraus. Trotz allem besitzt ihre Königin noch hohes Ansehen in der Bevölkerung, deshalb wollen wir uns gnädig zeigen. Brächten wir diese Narren allesamt um, würde uns das in ein schlechtes Licht rücken. Ich habe vor, sie wieder zu meinen Hörigen zu machen, denn so sind sie mir nützlicher als tot. Denkt also daran: Nicht immer wird ein Sieg an der Anzahl der getöteten Feinde gemessen.“

Gerhard war zufrieden mit sich und seiner Rede. Niemand sollte ihm Weisheit absprechen. *Leider*, so ging es ihm durch den Kopf, *müssen die Menschen älter werden, um die Torheiten ihrer Jugend nicht zu wiederholen.*

Hinterher, wenn alles vollbracht war, würde er sich selbst belohnen. Schon einmal hatte sich Richarda ihm entziehen können, das würde dem hübschen Biest, das die Menschen seit jeher betörte, nicht noch einmal gelingen. Gression brauchte keine Königin mehr – erst recht keine jungfräuliche.

Heute ist der Tag der großen Veränderungen, Richarda!

Er dachte auch an seinen Sohn Tassilo, von dem er wusste, dass er sich schon als Knabe nach dem Mädchen Richarda verzehrt hatte. Aber Tassilo hatte sich immer selbst im Weg gestanden, es fehlte ihm an Verbissenheit, an Hemmungslosigkeit, um letztlich an sein Ziel zu gelangen. Vorsorglich hatte Gerhard ihn zur Abwicklung eines Handels für einige Tage nach Köln entsandt. Auf keinen Fall durfte er dem Vater ins Handwerk pfuschen, wenn es daran ging, dem Reich der Eremiten den Todesstoß zu versetzen. Denn trotz seiner Trägheit war es Tassilo zuzutrauen, dass er Richardas Beschützer spielen wollte.

„Durstig, Herr?“

Bruno reichte ihm einen Weinschlauch. Der Kerl schien Gedanken lesen zu können.

Gemächlich setzte der Reitertrupp seinen Weg fort.

Auch Wigbert sammelte sich für eine Rede, nachdem er flugs seine Leute hatte herbeirufen lassen. Zuvor hatte er den aufgeregten Gebärden seiner Geschwister entnommen, dass sich der Gaugraf mit einem Reiterheer auf Gression zubewege. Auf jenem Pferd sitzend, das er einst dem Gaugrafen abgenommen und für sich selbst beansprucht hatte, wandte sich Wigbert an die Versammelten. Etwa fünfzig Männer standen vor ihm, bewaffnet mit Mistgabeln, hölzernen Lanzen, Messern, Stöcken und Knüppeln. Wigbert selbst reckte ein Schwert in die Höhe; auch das hatte früher der Gaugrafen besessen.

„Der Tag ist gekommen!“, rief er, „heute wird sich unser Schicksal entscheiden. Doch wenn wir handeln und kämpfen, wie ich es von euch verlangt habe, dann werden wir den Gaugrafen zur Hölle jagen!“

Er hatte sich einstimmigen Jubel erhofft; stattdessen blickte er in ernste und bleiche Gesichter. Sein Pferd begann nervös zu tänzeln. Wigbert suchte Geros Blick. Der aber hatte seine Aufmerksamkeit auf eine Person gerichtet, die sich dem versammelten kleinen Heer näherte: Richarda! Wigbert ahnte, dass sie versuchen würde, sie vom Kämpfen abzuhalten. Rasch kam er ihr zuvor, indem er mit einem Finger auf sie wies.

„Für sie, unsere Königin, wollen wir kämpfen, Männer! Was, glaubt ihr, wird der Gaugraf ihr und unseren Weibern antun, wenn wir uns ihm einfach ergeben? Richarda ist unsere Königin! Und sie soll es bleiben, noch lange! Die Menschen verehren sie. Richarda und Gression sind wir es schuldig, heute furchtlos in den Kampf zu ziehen!“

Endlich, die Männer stimmten Jubelgeheul an, und Richarda fand kein Gehör. Wigbert winkte Gero zu sich heran: „Sorg dafür, dass sich Kinder und Frauen in die Kirche zurückziehen, damit sie uns nicht im Weg stehen. Paulinus soll mit ihnen beten.“

„Wenn der Fels, der jetzt ins Rollen kommt, uns nur nicht zermalmt“, erwiderte Gero düster. Dennoch tat er, was Wigbert ihm aufgetragen hatte und führte Richarda fort.

Wigbert wandte sich wieder den behelfsmäßigen Kriegern Gressions zu. Seine Aufmerksamkeit fiel auf Peter, einen der Söhne des Winniges. Peter hielt ein rostiges Kurzschwert in der Hand, das Wigbert bekannt vorkam. Nach kurzem Überlegen erinnerte er sich: Es war jenes uralte Schwert, das Winniges' Söhne – die beiden waren damals noch spielende Knaben gewesen – im Wald gefunden hatten. Richarda aber hatte von einem göttlichen Zeichen nichts wissen wollen. Ihr Reich sei ein Reich des Friedens, hatte sie gesagt. Ha, das hatte sie nun davon! Heute war sie auf ihn und die Männer, die er befahl, angewiesen. Weichheit war kein Mittel, sich vor der Welt zu behaupten, das galt auch für Eremiten. Richarda hätte öfter auf ihn hören sollen.

Das alte Schwert hatte Wigbert den Findern damals zurückgegeben. Peter hatte es offenkundig in Ehren gehalten. Wenn die Waffe auch alt und verrostet war, so konnte man damit immer noch einem Feind den Bauch aufschlitzen.

Wigbert nickte Peter aufmunternd zu. Der Bursche reckte wie im Triumph eine Faust, wenngleich in seinen Augen Furcht leuchtete.

Jetzt galt es, keine Zeit mehr zu verlieren, der Feind würde gleich erscheinen.

„Jeder von euch weiß, was zu tun ist!“, spornte Wigbert die Männer an. „Es lebe das neue Gression!“

27.

Aus der Vita Ricardae Gressionensis des Paulinus von Hersfeld: *Dreiundzwanzig Jahre war Richarda alt, als ihr kleines Königreich unterging. Sieben Jahre hatte es Bestand gehabt. An einem milden Frühlingstag erschien der Gaugraf mit zwanzig bewaffneten Reitern vor dem Dorf; es kam zu einem ungleichen Kampf. Wagemutig setzten sich die Männer Gressions zur Wehr, doch ihr verzweifeltes Bemühen war aussichtslos; schon nach kurzer Zeit war alles vorüber. Als sich die Gressioniter dem Feind ergaben, lagen vierzehn ihrer Gefährten tot auf dem Schlachtfeld jenseits des Omerbachs.*

Richarda, die jede Gewalt ablehnte, hatte sich für die Dauer des Kampfes mit den Frauen und Kindern betend in die Kirche zurückgezogen. Dann betrat der siegreiche Gaugraf das Gotteshaus ...

Mehr als hundert bleiche und angstvolle Gesichter wandten sich Gerhard zu, der mit einigen seiner Männer und unter lautem Gepolter die Kirche betreten hatte.

„Dies ist ein Haus Gottes, Gaugraf!“, ermahnte ihn der vor dem Steinaltar stehende Paulinus.

Der Tadel des Mönchs ließ Gerhard unbeeindruckt. Weil er aber erkannte, dass hier keine weitere Gefahr durch Bewaffnete drohte, steckte er sein Schwert in die Scheide.

„Ein Haus Gottes nennt Ihr diese Baracke? Nun, schon bald wird nichts mehr außer Asche davon übrig sein, Bruder. Nun ja, immerhin der Altar hier macht etwas her!“ Unter den Eremiten gab es offenbar einen fähigen Steinmetz.

Na also. Wer sagt denn, dass hier keine Beute zu machen ist? Er strich über die Altaroberfläche, um die Beschaffenheit des Steines zu prüfen.

„Nehmt Eure Hände von dem Heiligtum!“, empörte sich die alte Thea.

„Sei still, Weib! Was heilig ist und was nicht, wird nicht länger an diesem Ort entschieden.“

Kühl ließ Gerhard seinen Blick über die Anwesenden streifen. Richarda wusste, dass seine Suche ihr galt und trat vor ihn hin. Ein mokantes Lächeln umspielte seine Lippen.

„Sieh an, unsere schöne Königin von Gression. Wo wirst du wohl künftig Hof halten, Richarda?"

„Was ist mit unseren Männern?", fragte sie. Ihre Stimme klang brüchig.

„Die meisten der Tölpel leben. Was sie allein meiner Güte verdanken. Ein paar jedoch haben regelrecht darum gebettelt, getötet zu werden. Was hast du mit ihnen angestellt, dass sie für dich sterben wollten?"

Gero! Mit aller Macht wünschte sie sich, dass der Bruder nicht unter den Opfern war.

„Sie starben nicht für mich", erwiderte sie und schämte sich im nächsten Augenblick, weil sie wie ein trotziges Kind sprach. Trug sie nicht Verantwortung für alles, was in den vergangenen sieben Jahren hier geschehen war? Es war nicht länger zu leugnen, sie war gescheitert mit ihrer einfältigen Idee von einer wunderbaren Welt. Nach langer Dämmerung war jetzt Finsternis über Gression gekommen.

„So? Für wen starben sie denn sonst?" Gerhard hob die Brauen. „Etwa für diesen Hornochsen mit dem Wolfsfell?"

Seine Männer lachten laut.

„Bruno", sagte der Gaugraf, „für wen würdest du wohl lieber sterben? Für einen Esel? Oder lieber für eine wunderschöne, königliche Jungfrau?"

„Selbstverständlich für die Jungfrau", beschied ihm der Gefragte grinsend. „Noch lieber würde ich freilich vorher dafür sorgen, dass sie keine Jungfrau mehr ist, wenn ich schon für sie sterben müsste. Das wäre doch nur gerecht, findet Ihr nicht?"

Richarda schritt an den grölenden Männern vorüber und verließ die Kirche. Gerhard versuchte nicht, sie daran zu hindern, folgte ihr aber.

Auf dem Platz vor der Klause kauerten die geschlagenen und all ihre Illusionen beraubten Kämpfer Gressions auf dem Boden, umringt von Bewaffneten, die sie in Schach hielten. Sogleich erkannte Richarda Gero unter den Gefangenen; niedergeschlagen und erschöpft begegnete er ihrem Blick. Die Tatsache, dass er lebte, erleichterte sie so sehr, dass sie leise aufseufzte. Dann aber sah sie, etwas abseits, die nebeneinandergereihten Toten.

Mit weichen Beinen trat Richarda vor die Leichen hin. Sie zitterte. Waren sie wirklich *für sie* gestorben? Wie hatte ihre Mission derart aus dem Ruder laufen können? Sie war schwach gewesen und würde sich vor dem Herrgott dafür verantworten müssen.

Folcrat, Winniges, Hinkmar – natürlich kannte sie die Namen derer, die dort entseelt und blutüberströmt zu ihren Füßen lagen. Einige zählten zu den Eremiten der ersten Stunde. Wären sie doch Bauern geblieben, hätten sie sich doch nie für die unselige Idee von einer wunderbaren Welt gewinnen lassen ...

Auch der junge Peter, einer von Winniges' Söhnen, war unter den Toten. Auf seiner Brust lag ein altes, rostiges Schwert mit einer kurzen, schartigen Klinge. Dunkel erinnerte sich Richarda, die Waffe schon einmal gesehen zu haben. Sie bückte sich, nahm das Schwert in ihre Hände und betrachtete es gedankenverloren. Niemand machte Anstalten, ihr die Waffe zu entreißen. Gerhard, der ihr gefolgt war, schüttelte den Kopf.

„Ein uraltes Schwert – was hat der Kerl sich bloß dabei gedacht?"

Richarda bot all ihre verbliebenen Kräfte auf, um nicht gänzlich in Lethargie zu verfallen. Für die Toten würde sie beten, für die Lebenden aber konnte sie womöglich noch etwas mehr tun. Fest sah sie dem Gaugrafen in die Augen. „Was wird nun aus diesen Menschen?", fragte sie, indem sie mit einer ausholenden Handbewegung auf die Menge deutete: Inzwischen hatte sich die Kirche geleert; Frauen, die begriffen, dass ihre Männer oder Söhne zu Tode gekommen waren, schrien verzweifelt auf.

„Die Frage lautet: Was wird aus *dir*, Richarda?" Gerhard legte den Kopf schief.

„Mein Schicksal ist nicht wichtig. Ich bitte Euch nur, die Menschen nicht zu bestrafen. Was immer Ihr ihnen vorwerfen mögt – ich bin es, die an allem die Schuld trägt!"

„Wie selbstlos von dir."

Sie konnte ihm seinen Spott nicht einmal übel nehmen. Nichts Besseres hatte sie verdient.

Einer von Gerhards Männern führte am Zügel einen Rotschimmel herbei. Gerhard tätschelte den Hals des Tieres, das Wigbert ihm vor sieben Jahren geraubt hatte.

„Bist du etwa auch für den Diebstahl meines Pferdes verantwortlich, Königin?" Er grinste breit.

„Nun habt Ihr es wieder."

„Ja, weil ich es mir zurückholte. Bereut hast du die Missetat in der Zwischenzeit nicht, sonst hättest du ja dafür gesorgt, dass man mir mein Eigentum zurückgibt, nicht wahr?"

„Was habt Ihr nun vor?", fragte sie abermals.

„Du wirst es gleich erfahren!"

Gaugraf Gerhard packte sie am Ellenbogen und führte sie mit sich. Vor der Klause verharrten sie. Gerhard hob eine Hand, um für Ruhe zu sorgen. Alle Blicke richteten sich auf ihn.

„Eure Königin hat mich gebeten, Gnade vor Recht ergehen zu lassen!", rief er, nachdem alle still geworden waren. „Manche von euch standen in meinen Diensten. Ihr wisst, ich könnte euch auf das Härteste bestrafen. Ihr hättet es wahrlich verdient, dass man euch die Haut vom Leib reißt. Wenn ihr aber heimkehrt und künftig treu euren Pflichten nachkommt, will ich vergessen, was geschah. Zwei Tage gebe ich euch Zeit; dann nämlich wird dieser Ort in Flammen aufgehen. Habt ihr verstanden? Es wird kein Gression mehr geben. Es wird dem Erdboden gleichgemacht, denn Gression war ein alberner Irrtum. Also seid dankbar für die Gnade, die ich euch widerfahren lasse!"

Die Eremiten schwiegen betreten. Viele starrten ins Leere.

„Ausgenommen von dieser Güte", fuhr Gerhard fort, „bleibt der Verrückte im Wolfsfell, der sich euer Präfekt nennt. Weil er raubend und brandschatzend die Gegend durchstreifte, bleibt ihm die Gnade verwehrt!"

„Ich habe ... was?", rief Wigbert verwundert. Er war der einzige Gefangene, der Fesseln trug. Am Unterleib hatte er eine blutige

Verletzung erlitten. Aus reiner Bosheit hatte Bruno ihm, nachdem der Kampf bereits vorüber und Wigbert gefesselt war, die Schwertspitze ins Gemächt gedrückt.

„Werft mir vor, was Ihr wollt, Gaugraf – aber Brandschatzen zählt nicht zu meinen Begabungen."

Einer von Gerhards Männern trat ihm in die Rippen, damit er schwieg.

„Du hast Begabungen?", lachte Gerhard.

„Was habt Ihr mit ihm vor?", fragte Richarda.

„Was, denkst du, geschieht wohl mit solchen Halunken? Man hängt sie an den nächsten Baum."

„Aber er hat bestimmt nicht ... Ich glaube ihm. Er würde niemals ..."

„Du legst deine Hand für ihn ins Feuer?"

Sie biss sich auf die Unterlippe, nickte dann entschlossen.

Gerhard verstieg sich in ein Flüstern. „Ob er nun ein Räuber ist oder nicht – der stinkende Strolch hat mich gedemütigt, hast du das schon vergessen? Ich schwor ihm, dass er eines Tages dafür bezahlen würde. Und ich halte mein Wort."

„Er hätte Euch töten können an jenem Tag. Aber er tat es nicht."

„Weil du ihn davon abgehalten hast, du *Werkzeug Gottes*. Du denkst doch nicht etwa, dass ich dir einen Gefallen schulde."

„Was verlangt Ihr von mir zu tun, damit Wigbert dieselbe Gnade widerfährt wie den Anderen?"

„Richarda von Gression – bis zur letzten Sekunde blieb sie eine Königin!" In seinem Blick lag nun etwas Lüsternes. „Erinnerst du dich? Damals am Bach: Wir waren uns schon ganz nahe gekommen. Dann aber kam dein eifersüchtiger Bruder und gab den Spielverderber."

Richarda verspürte Übelkeit. Um ein Haar wäre sie an jenem Tag vergewaltigt worden. Verlangte der Gaugraf von ihr, dass sie sich ihm nun hingab, um Wigberts Leben zu retten? War das die erste von Gottes Strafen, die sie erwarteten?

„Warum besprechen wir alles Weitere nicht in deinem ... *Palast*?", flüsterte er ihr zu.

Richarda holte tief Atem. Dann winkte sie ihre Mutter zu sich. „Ich werde mit dem Gaugrafen verhandeln. Sorge dafür, dass niemand uns stört.“ Immer noch hielt sie das Schwert.

In der Klause nahm Gerhard als erstes den Weinschlauch vom Gürtel und trank hastig. Dann legte er den Schwertgurt ab. „Hilf mir, das Kettenhemd auszuziehen!“, sagte er zu Richarda, die sich nicht von der Stelle rührte.

„Ich habe Euer Wort, dass auch Wigbert unter den Gnadenerlass fällt?“

„Das hast du, sofern du mir zu Willen bist.“ Er beugte sich vor, damit sie ihm aus der Kampfkleidung helfen konnte. Sie legte das alte Schwert auf den Tisch und tat, was er von ihr verlangte. Als er schließlich nur noch ein Hemd trug, griff er wieder nach dem Weinschlauch.

„Worauf wartest du? Zieh dein Kleid aus!“

Heute würde ihr niemand zu Hilfe eilen. Gero war ein Gefangener. Und Oda, die sie damals am Bach so unerschrocken hatte verteidigen wollen, war längst tot. Dennoch verlieh ihr der Gedanke an die geliebte Freundin Mut. Was musste die Ärmste durchgemacht haben, bevor sie auf grausamste Weise gestorben war? Wie eine Märtyrerin hatte Oda gelitten, sie selbst dagegen, dachte Richarda, erntete nur, was sie gesät hatte. Der Gaugraf würde ihr die Unschuld nehmen, es würde schmerzhaft sein, ohne Zweifel; noch lange würde sie mit Ekel und Abscheu daran zurückdenken, ihre Seele würde Schaden nehmen – aber sie würde leben! Ihr würde nichts anderes widerfahren als tausend anderen Frauen auf dieser Welt, die sich ihren Männern hinzugeben hatten, wenn diese es verlangten. Sie musste nur noch die Kraft aufbringen, ihr Schicksal zu erdulden und hoffen, dass alles rasch vorüberging.

Mit zitternden Fingern stieg sie aus ihrem Kleid und spürte Gerhards begehrlichen Blick auf sich ruhen. Noch einmal kamen ihr Zweifel, ob sie in der Lage wäre, die Entwürdigung zu ertragen. Nur noch mit einem dünnen Unterkleid angetan, hielt sie inne und versteifte sich. Ungeduldig trat Gerhard ihr entgegen.

„Nun mach schon, oder gehört das gezierte Gebaren etwa zu deinem Liebesspiel?"

Er packte sie, Stoff zerriss. Verzweifelt versuchte Richarda, ihre Blößen zu bedecken, obwohl ihr klar war, dass dies ihn noch wütender machen würde. Bevor er aber sein Missfallen darüber zum Ausdruck brachte, forderte eine erregte Stimme seine Aufmerksamkeit.

„Ihr versündigt Euch, Gaugraf!"

Unbemerkt von beiden hatte Rothaid die Klause betreten. Voller Verachtung begegnete sie Gerhards überraschtem Blick. Ihr Brustkorb hob und senkte sich unter schweren Atemzügen.

„Sieh an! Ist das nicht die Frau Mutter unserer schönen Königin? Und hatten wir vor langer Zeit nicht auch schon einmal das Vergnügen? Damals warst du noch recht ansehnlich. Heute siehst du aus wie eine Vogelscheuche. Und jetzt mach, dass du verschwindest! Du siehst ja, deine Tochter und ich sind beschäftigt."

„Mutter, bitte, ich ... –"

Mit einer Geste brachte Rothaid die am ganzen Leib zitternde Richarda zum Schweigen, bevor sie sich, ohne jedes Anzeichen von Furcht, erneut dem Gaugrafen zuwandte. „Schon immer habt Ihr Euch genommen, wonach Euch gelüstete, gleich einem brünstigen Tier. Aber ich bin nicht hier, um Euch die Sünde der Fleischeslust vorzuhalten, das wäre vergebliche Müh'. Wenn Ihr Euch jedoch an Richarda vergeht, dann begeht Ihr eine Todsünde."

Gerhard lachte auf. „Sie ist keine Heilige, auch wenn du das gerne glauben würdest, Weib. Und eine Königin ist sie auch nicht. Wer, außer euch verrückten Emeriten, hätte sie je dazu gemacht? Also verschwinde! Um meine Sünden brauchst du dich nicht zu scheren."

Rothaid bewegte sich nicht von der Stelle. „Es geht nicht darum, ob sie eine Heilige oder eine Königin ist, Gaugraf. Ich will Euch vor der Todsünde der Blutschande bewahren. Denn Richarda ist Eure Tochter!"

Eine Weile herrschte Schweigen. Richarda öffnete den Mund, um etwas zu sagen, brachte aber keinen Laut hervor. Der Gaugraf wirkte verwirrt, war jedoch um Fassung bemüht.

„Was redest du da für einen Unsinn, Weib? Hältst du mich zum Narren? Ich erinnere mich genau, dass deine Tochter schon lebte, als du mir beiliegen durftest.“

„Es war nicht mein Wille, Euch beizuliegen, es war auch keine Gunst, sondern vielmehr eine hässliche Erniedrigung. Aber auch darum geht es nicht. Ich bin nicht Richardas Mutter!“

Zunächst glaubte Richarda an einen Schachzug Rothaids, um sie vor der Wollust des Gaugrafen zu bewahren. Doch ein kurzer Blick in ihre Augen genügte, um Gewissheit zu erlangen: Rothaid sprach die Wahrheit! Diese Erkenntnis wirkte wie ein lähmendes Gift, Richarda sank auf die Knie, die Arme immer noch schützend um ihren halb entblößten Körper geschlungen.

„Richardas Mutter“, fuhr Rothaid schonungslos fort, „war ein Bauernmädchen namens Hiltrud aus Grecenich. Vielleicht erinnert Ihr Euch ja noch an sie, Gaugraf? Sie war fast noch ein Kind, als Ihr sie geschändet habt. Aus Furcht vor ihren Eltern verheimlichte Hiltrud ihre Schwangerschaft. Judith, die Klausnerin, sorgte dafür, dass das Kind, das sie gebar, in meine Obhut kam. Und wenn Hiltrud auch längst tot ist und die Klausnerin meine Worte nicht mehr beglaubigen kann – es ist die Wahrheit, Gaugraf, das schwöre ich bei meinem Leben! Richarda entstammt Euren Lenden!“

Gerhard blieb stumm. Rothaids Behauptungen schienen ihn aus der Fassung gebracht zu haben. Er vermied es, Richarda noch einmal anzusehen, stattdessen raffte er hastig seine Kleidung zusammen. Als er sich bald darauf anschickte, die Klause wie ein Flüchtling zu verlassen, hielt er inne, um sich doch noch einmal den beiden Frauen zuzuwenden.

„Verlasst diese Gegend für immer, wenn euch an meiner Gnade etwas liegt! Auch der Dummkopf, der sich dein Präfekt nennt, soll mir nie wieder unter die Augen treten! Zwei Tage habt ihr Zeit, dann ist es vorbei mit meinem Erbarmen!“ Er sprach leise, betonte aber jedes Wort seiner Drohung.

Als er fort war, sank Richarda in sich zusammen. Selbst zum Weinen fehlte ihr die Kraft. Rothaid, die sie ein Leben lang für ihre

Mutter gehalten hatte, ging zu ihr hin, bückte sich und nahm sie zärtlich in die Arme.

„Warum?“, kam es kaum hörbar über Richardas Lippen.

„Es gab viele Gründe, dich im Ungewissen zu lassen, mein Kind. Auch ich wusste lange Zeit nicht, wer deine wirklichen Eltern sind, denn die Klausnerin hatte sich darüber ausgeschwiegen. Die volle Wahrheit erfuhr ich zufällig, als ich mit Hiltrud ...“ Sie biss sich auf die Lippen. „Es war der Tag, an dem sie im See den Tod fand ...“

Rothaids Stimme wurde zunehmend brüchig. Wie gelähmt lauschte Richarda ihren Worten.

„Ich hätte ihr helfen müssen, als sie im Eis einbrach. Aber ich rührte keinen Finger, um sie zu retten. Nicht, weil ich Angst um mein eigenes Leben gehabt hätte, Richarda. Nein, allein aus Eifersucht blieb ich tatenlos. Hiltrud wusste nicht, was aus ihrem Kind geworden war, und ich hatte furchtbare Angst, sie könnte es erfahren. Ich wollte nicht, dass jemand dich mir wegnimmt. Du bist doch meine Tochter ...“

Richarda sammelte alle Kräfte, um sie anzusehen. Beinahe erschrak sie, so alt und traurig, so elend erschien ihr Rothaids Antlitz mit einem Mal. Sie hob ihre Hand, die immer noch ein wenig zitterte, und streichelte mit zwei Fingern über die Wange der gebrochenen Frau.

„Bitte lass mich eine Weile allein, Mutter.“

Rothaid nickte, obwohl es ihr sichtlich widerstrebte, Richarda zu verlassen. Sie nahm die Hand, die sie streichelte, küsste sie innig und richtete sich auf.

Hätte Richarda gesehen, dass Rothaid das alte Schwert an sich nahm, bevor sie die Klause verließ, so wäre ihr wohl ein Verdacht gekommen. Aber sie nahm es nicht wahr, denn ihre Gedanken begannen so schnell zu kreisen, dass Schwindel sie erfasste. Denn die Welt, die ihr schon seit langem fremd geworden war, schien ihrerseits nur noch Verachtung über sie und ihr verfaultes Reich auszusäen.

Niemand schenkte Rothaid, die das Schwert unter ihrem Kleid verbarg, besondere Aufmerksamkeit, als sie aus der Klause trat. Sie schritt an den Gefangenen vorüber, suchte den Blick des Sohnes, winkte ihm zu. Gero erwiderte den Gruß der Mutter mit einem knappen Nicken.

Wenn er wüsste, dass es unser Abschied ist, würde er mir mehr Augenmerk schenken, dachte Rothaid bekümmert. Gero war ihr immer eine Stütze gewesen. Er hatte sie, als er alt und kräftig genug war, vor ihrem gewalttätigen Ehemann beschützt. Mit Gero teilte sie das finstere Geheimnis um Pippins Tod. Doch sie war es leid, finstere Geheimnisse mit sich herumzuschleppen. Rothaid war des Lebens satt. Endlich würde sie allem ein Ende machen. Richardas Gunst hatte sie auf ewig verloren, es gab nichts mehr, wofür es sich zu leben lohnte.

Zufällig – oder war es das Wirken Gottes? – lief ihr Hadwig über den Weg. Womöglich gab der Himmel ihr noch einen Wink, bevor sie vor den höchsten Richter treten musste.

„Alles ist so, wie du es vermutet hast, Hadwig. Verzeih mir. Wenn du mir aber nicht vergeben kannst, dann bete wenigstens für meine Seele."

Hadwig starrte sie nur schweigend an, und Rothaid, die sich wieder auf den Weg machte, spürte ihren Blick wie ein heißes Eisen im Rücken. Am Bach, nur noch ein kleines Stück waldeinwärts, wo niemand sie störte, dort würde sie es tun ...

Die Luft roch nach Frühling, überall sangen Vögel, und Rothaid sagte sich, dass dies kein schlechter Tag zum Sterben sei.

28.

Frühjahr 1007 A.D., zwei Tage nach der „Schlacht am Omerbach“

Als die Hütten Gressions in Flammen aufgingen, hatten sich Richarda, Gero und Paulinus bereits auf den Weg gemacht. Keiner hätte den Anblick des brennenden Dorfes ertragen, sie scheuten sich, auch nur einen Blick zurückzuwerfen, wo Rauch und lodernde Flammen in den Himmel aufstiegen.

Sie gingen schweigend, jeder in Gedanken versunken. Die Geschehnisse der vergangenen Tage sowie die Erkenntnis, die über sie gekommen waren wie eine arglistige Krankheit, hatten Richarda unnahbar gemacht. Weder mit Gero noch mit Paulinus hatte sie über Rothaids Geständnis zu sprechen vermocht; zu aufwühlend, zu unfassbar waren die Wirklichkeiten, die sich ein Leben lang vor ihr verborgen hatten. Richarda erschien es, als habe der Teufel ein unterhaltsames Spiel mit ihr getrieben, während Gott, in dessen Obhut sie sich geglaubt, alldem nur tatenlos zugesehen hatte.

Es war wieder kühler geworden. Der Morgenhimmel kündigte Regen an, mit dem Ende Gressions schien auch der Frühling der Welt zu entsagen. Richarda fiel auf, dass nicht einmal die Vögel sangen. Auf ihrem Weg in die Verbannung würde wohl noch mancher Tag voller Zeichen vergehen.

Paulinus hatte sie beschworen, mit ihm nach Hersfeld zu gehen. Die Besitzungen des Klosters waren zahlreich, gewiss würde es für Richarda und Gero Möglichkeiten geben, ihr tägliches Brot zu verdienen. Was blieb ihr übrig, als dem Vorschlag des Benediktiners zuzustimmen? Der Gaugraf – es fiel Richarda schwer, in ihm ihren Vater zu sehen – hatte sie verbannt. Abgesehen davon war es ihr selbst ein Verlangen, die Gegend, wo jeder ihren Namen kannte und alles sie an ihr Scheitern erinnerte, für immer zu verlassen. Fernab ihrer Heimat würde sie ein neues Leben beginnen. Sie war noch jung, jung genug, um Gottes Gunst wiederzuerlangen. In ihrem Namen war Unheil geschehen, es war Blut geflossen, sie würde einen Weg finden, Buße zu tun. Der gute Paulinus, ihr Gönner, konnte ihr dabei behilflich sein.

Schon am Vortag hatte der gleichfalls verbannte Wigbert, begleitet von Madelgard und seinem Sohn Ekkart, das Dorf ohne ein Wort des Abschieds verlassen. Selbst die Bestattung der Toten hatte er nicht abgewartet. Niemand kannte Wigberts Ziel. Ob er seine Tollkühnheit bereute? Richarda wusste es nicht, doch es stand zu bezweifeln. Schon immer war Wigbert von ungeschliffenem Eigensinn geprägt und wenig einfühlsam gewesen. Vermutlich hielt er sich weiterhin für einen großen Kriegshelden. Doch es wäre ungerecht gewesen, ihn für Gressions Verderben verantwortlich zu machen. Richarda fühlte sich schuldbeladen, so schwer, dass sie im Stillen beschlossen hatte, ihre Sühne mit einem symbolischen Akt zu beginnen. Gero und Paulinus sollten Zeuge des Geschehens sein.

„Lasst uns zum See gehen!", bat sie ihre beiden Begleiter.

Gero wunderte sich. „Der See liegt nicht auf dem Weg, Richarda."

Sie sah ihn nur bittend an. Gero nickte, und sie schlugen einen Pfad zu ihrer Rechten ein, bis sie am Ufer des Waldsees standen. Das brennende Gression lag bereits eine knappe Wegstunde entfernt, doch ein gehässiger Wind hatte dafür gesorgt, dass der beißende Rauchgeruch ihnen gefolgt war. Zugleich war der Himmel beständig düsterer geworden.

Der Wind wühlte das Wasser auf, Wellen schwappten ans Ufer. Wie ein gewaltiger Pfuhl erschien der See den Betrachtern, das Wasser trüb wie ein Sumpf.

Richarda sah dem unruhigen Spiel der Wellen eine Weile zu. Hier war ihre Mutter Hiltrud im Beisein Rothaids ertrunken. Ein trauriger Ort, und deshalb geeignet für das, was sie zu tun gedachte.

Die Menschen hatten sie stets als schön bezeichnet. Mitunter war es ihr vorgekommen, als sei es allein ihre Schönheit, die ihr Achtung verschaffte. Warum hatte Gott sie schön gemacht? Hatte sich Christus nicht vor allem für die Benachteiligten eingesetzt? Wären die Menschen ihr damals gefolgt, wenn sie ein entstelltes Äußeres gehabt hätte?

Nie würde sie es erfahren. Doch wenigstens konnte sie verhindern, dass man sie auch künftig als schön bezeichnete. Sie holte das alte Schwert hervor, das sie unter ihrem Übergewand verborgen hielt.

Das Schwert des Unheils! – Forderte es ihr Blut?

Noch bevor Gero und Paulinus begriffen, was sie plante, ließ sie die schartige Klinge kraftvoll über ihre linke Wange gleiten. Ein höllischer, reißender Schmerz durchzuckte sie, sie spürte warmes Blut, das ihr in den Mund und über den Hals rann.

„Um Himmels willen, was machst du?"

Entsetzt packte Gero ihr Handgelenk, doch sogleich riss sie sich los. „Lass mich, Gero!", schrie sie ihn an.

Die wilde Entschlossenheit in ihrem Blick ließ ihn innehalten. Paulinus schüttelte heftig den Kopf, als wollte er einen Alptraum abschütteln.

Richarda hielt sich das Schwert direkt vor Augen und betrachtete gelassen die blutige Klinge. Nicht nur ihr eigenes, auch Rothaids geronnenes Blut haftete noch daran. Das Schwert brachte Tod, Schmerz und Unglück, es war ein Sinnbild für Gressions Untergang und sollte für immer aus dieser Welt verschwinden.

Richarda holte weit aus. Schon rotierte das Schwert durch die Luft, Wasser spritzte auf, dann ging es im See unter. Für die Dauer eines Wimpernschlags glaubte Richarda am anderen Ufer eine schemenhafte Reitergestalt auszumachen – doch schon waren Ross und Reiter wieder verschwunden, als seien sie bloß ein geisterhafter Spuk gewesen.

Unaufhörlich floss Blut aus ihrer Wunde; nun aber, da ihr Werk vollbracht war, ließ sie zu, dass Gero an sie herantrat. Er presste den Stoff seines Ärmels gegen die klaffende, fingerlange Wunde, um die Blutung zu stillen.

„Das Schwert ist versunken, Richarda, es wird niemals mehr auftauchen. Von nun an beginnt dein neues Leben!"

Er küsste ihre Stirn und fragte nicht länger nach dem Grund für ihre Selbstverstümmelung, als habe er alles begriffen. Trotz des Schmerzes, der in ihrem Gesicht wütete, genoss sie die Berührung seiner Lippen und der Hand, die ihr tröstend über den Rücken fuhr.

„Hast du ihn gesehen?“, fragte sie ihn flüsternd.

„Wen?“

„Den Reiter! Drüben, auf der anderen Seite des Sees!“

„Nein, Liebste. Ich sah keinen Reiter.“

Heftiger Regen setzte ein.

In der unweit gelegenen verwaisten Höhle der Judith fanden sie Unterschlupf, und es schien Richarda, als sei der Geist ihrer Mentorin noch zugegen. Könnte sie doch – nur einmal noch! – mit ihr sprechen.

Es gab Leute, die glaubten, Judith lebe noch, sie sei nur fortgegangen, weil ihr der Sinn danach stand. Richarda aber wusste: Niemals wäre Judith aufgebrochen, ohne ihr Lebewohl zu sagen.

Der Regen wurde zu einer wahren Flut, doch in der Höhle waren sie geschützt. Richardas Wunde schmerzte höllisch. Paulinus und Gero hatten aus einem Leinentuch einen robusten Verband gefertigt, der nur noch ihr rechtes Auge, Nase, Mund und Kinn offen ließ.

Am Abend regnete es immer noch aus allen Wolken. Ohnehin war an den Weitermarsch nicht zu denken, sie würden die erste Nacht ihrer Verbannung in der Höhle verbringen müssen. Zwischenzeitlich hatten sie gebetet oder geschwiegen, Paulinus hatte zudem in seinen Notizen gelesen.

Aus dem noch vorhandenen Stroh richteten sie sich Schlaflager auf dem nackten Felsgestein her. Paulinus schlief schon bald ein.

Der Schmerz in Richardas Wange pochte, und mit einem Mal begann sie fürchterlich zu frieren. Gero, der das wahrnahm, kroch zu ihr hinüber. Fest schmiegte sie sich an ihn, froh über die Wärme, die sie bei ihm fand, und glücklich, dass sie nicht länger mit dem selbstquälerischen Gedanken leben musste, in den eigenen Bruder verliebt zu sein. Sie nahm seine Finger und verschränkte sie mit den ihren.

Bald sank sie in Schlaf, erschöpft von Schmerz, Leid und der Bürde der letzten sieben Jahre.

29.

In der Nacht hatte Gero einen Entschluss gefasst.

Tief und fest schlief Richarda noch in seinen Armen, zärtlich küsste er ihre Lippen. Vorsichtig, um sie ja nicht zu wecken, löste er sich von ihr. Die Höhle war vom dämmrigen Licht des Morgens erhellt, draußen sangen Vögel. Vor einigen Stunden hatte der Regen aufgehört, aber die Luft war noch schwanger vom Dunst des sintflutartigen Niederschlags. Was immer der liebe Gott mit dem Unwetter auch bezweckt haben mochte, die Welt begann an diesem Morgen wieder aufzuleben. Gleichwohl verspürte Gero eine gewaltige Bedrückung. Er hatte sich seine Entscheidung nicht leicht gemacht, doch zum Wohle aller schien sie ihm die einzig vernünftige zu sein. Hatten ihre Seelen nicht genug gelitten? Den Versuchungen des Teufels würde er künftig widerstehen, indem er ihnen aus dem Weg ging.

Eine Weile betrachtete er die Schlafende noch hingebungsvoll, und das Herz wollte ihm aus der Brust springen. Endlich gelang es ihm, sich von ihrem Anblick loszureißen. Er nahm sein Bündel und verließ leise die Höhle.

Draußen hielt er Ausschau nach Bruder Paulinus, der den Unterschlupf bereits vor dem Morgengrauen verlassen hatte, vermutlich um irgendwo in der Einsamkeit zu beten. Er fand ihn auf einer nahen Lichtung. Paulinus schien sein Morgengebet bereits beendet zu haben, denn mit fragendem Blick trat er ihm entgegen.

„Ich habe Euch etwas Wichtiges zu sagen, Bruder", verkündete Gero ernst.

Paulinus nickte aufmunternd.

„Vor einiger Zeit, noch bevor das neue Gression entstand, beging ich einen Mord: Ich brachte meinen tyrannischen Vater um!" Wie um einen entsetzten Aufschrei des Zuhörers abzuwarten, starrte er auf seine Füße.

Aber Paulinus schwieg, sah ihn weiter mit großer Aufmerksamkeit an.

„Gewiss, ich habe diese Sünde längst gebeichtet“, fuhr Gero endlich fort, „und im Lauf der Jahre habe ich sie sogar ein wenig bereut. Unser Vater war ein Widerling, der uns das Leben zur Hölle machte. Aber ich habe begriffen, dass es nicht an uns Menschen ist, uns zu Richtern zu machen. Heißt es nicht: *‚Mein ist die Rache, so spricht Gott'?*“

„So steht es in der Schrift, mein Sohn“, entgegnete Paulinus sanft.

„Der Herrgott mutet uns Menschen eine Vielzahl von Prüfungen zu, findet Ihr nicht?“

„Die Erde ist nicht das Paradies. Das Paradies müssen wir uns erst verdienen, damit wir hineingelangen können. Die Pfade sind schmal, aber deine Reue ist ein großer Schritt dorthin.“

„Das mag sein, Vater Paulinus.“ Gero machte einen tiefen Atemzug. „Doch was nützt mir die Reue, wenn der Teufel mich immerzu in Versuchung bringt?“

Paulinus hob die Augenbrauen.

„Sagt mir: Darf ein Bruder seine Schwester lieben? Ich meine, darf er sie lieben, wie ein Mann eine Frau liebt?“

„Du weißt, dass eine solche Liebe nicht gottgefällig wäre, Gero.“

„Ihr habt recht, ich weiß es! Und doch liebe ich Richarda, so sehr ich auch dagegen ankämpfe. Ich liebe und begehre sie nicht erst seit gestern, aber wie kann ich mich vor dieser Sünde schützen, wenn ich ständig in ihrer Nähe bin?“

„Du sprichst aus, was ich schon seit langem vermutete. Ich will für euch beide beten, mein Sohn.“

„Beten? Das wird nicht reichen, Vater Paulinus. Kann man denn Liebe einfach wegbeten? Nein, ich werde etwas anderes tun. Ich werde nicht mit Euch und Richarda gehen. Ich verlasse Richarda, damit ihre Seele nicht weiteren Schaden nimmt und ich meinen Frieden finden kann. Ob es gelingen wird, weiß ich nicht, aber es gibt keine andere Möglichkeit, es herauszufinden.“

Eine Weile herrschte Schweigen zwischen ihnen.

„Sie wird wissen wollen, warum du gegangen bist“, sagte Paulinus schließlich.

„Sagt ihr die Wahrheit“, erwiderte Gero nach langem Nachdenken. „Sie verdient keine Lüge. Ihre Seele ist so rein – und soll es bleiben.“

„Was immer ich ihr auch sagen werde, es wird sie schmerzen. Aber ich verstehe deinen Entschluss. Die Welt ist kompliziert, und oft sind die schmerzhaftesten Wege die einfachsten.“

„Versprecht mir, gut auf sie aufzupassen. Die Verletzung bedarf sorgsamer Pflege.“

„Aber das weiß ich doch, mein Junge. Mach dir keine Sorgen, ich werde mich um sie kümmern.“

Gero nickte. „Sie irrt sich, wenn sie glaubt, dass eine Narbe sie entstellen könnte.“

„Wohin wirst du gehen?“, fragte Paulinus. „Wovon wirst du leben?“

„Ich weiß es nicht.“ Gero zuckte mit den Schultern und lachte leise. „Ich gehe irgendwohin. Und von irgendwas werde ich leben. Wollt Ihr mich segnen, Vater?“

Paulinus legte eine Hand auf sein Haupt und empfahl ihn dem Schutz des Herrn und der Heiligen. Dann nahmen sie Abschied. Der Mönch sah ihm hinterher, bis er hinter einer Wegbiegung verschwunden war. Dann kehrte er zur Höhle der Judith zurück, die man früher einmal Wolfshöhle genannt hatte.

Epilog

Im 5. Jahrhundert n. Chr.: Colonia

Die Stadt war voller Flüchtlinge. Ricarda und Agnes waren beileibe nicht die Einzigen, die sich auf der Flucht vor den Hunnen befanden. Unterwegs hatten sie brennende Dörfer gesehen, zerstörte Gehöfte, gemordete Menschen, ungezählte Kadaver. Mehr als zwei Tage waren sie unterwegs gewesen, bevor sie Tore der Stadt erreichten. Sie waren erschöpft und gezeichnet von den schrecklichen Erlebnissen der vergangenen Tage. Immerhin waren sie unversehrt, abgesehen von der Verletzung, die ein betrunkener Hunnenknecht Ricarda mit einem Messer zugefügt hatte. An ihrer linken Wange klaffte eine schmerzhafte Wunde, die sich zu einer unansehnlichen Narbe ausbilden würde. Ricarda machte sich nichts daraus, auch der Schmerz war ihr gleichgültig, denn an ihrer Schönheit war ihr nichts mehr gelegen.

In einem Zeltlager am Rheinufer fanden die Flüchtlinge vorläufig Unterkunft. Ricarda war froh, dass niemand sie erkannte. Ihr kleines Königreich Gressiona existierte nicht mehr, doch die Menschen, die hier zusammentrafen, hatten ihre eigenen Nöte. Die Welt geriet aus den Fugen, und selbst die Zukunft der Römerstadt am Rhein war ungewiss, denn schon seit längerem mangelte es an Truppennachschub, um sie dauerhaft gegen Hunnen oder Franken verteidigen zu können. Immerhin wurde von einem großen Heer berichtet, das der römische Heermeister Aetius im Westen zusammenzog, um es gegen die Horden des Hunnenkönigs Attila zu führen. Der Name Attila war zum Inbegriff von Grausamkeit und Barbarei geworden.

Die Nachrichten, die im Lager und in der Stadt kursierten, bewegten Ricarda nicht. Was immer die Zukunft bringen mochte, es würde eine Zukunft ohne Lucius sein. Keine Stunde verging, da sie nicht tief um ihn trauerte. Die Wunde an ihrer Wange mochte bald verheilen, die frisch geschlagene Seelenwunde aber niemals. Apathisch verbrachte sie die ersten Tage auf ihrem Lager im Zelt, bemüht um Schlaf, der nicht über sie kommen wollte, doch versunken in Erinnerungen, die fern waren wie der Mond.

An einem trüben Tag – der Sommer hatte sich endgültig verabschiedet – legte ein fremdes Schiff im Hafen an. Merkwürdige Gerüchte von elftausend reisenden Jungfrauen, die, von Norden kommend auch bald die Stadt Colonia passieren würden, hatten schon vorher die Runde gemacht. Neugierig rannten die Menschen zum Kai. Ricarda aber, die der Welt Gleichgültigkeit entgegenbrachte, blieb in ihrem Zelt, um mit sich und ihren Gedanken allein zu sein. Stunden vergingen, dann kam Agnes und setzte sich zu ihr. Mit leuchtenden Augen berichtete sie von den Ankömmlingen, einer Fürstentochter aus Britannien, die sich mit ihren Gefährtinnen –wenngleich die vermeldeten Elftausend eine maßlose Übertreibung gewesen waren - auf einer Wallfahrt nach Rom befinde.

„Ihr Name ist Ursula“, berichtete Agnes, „und sie ist so schön, wie sie fromm ist. Auch ihr Verlobter begleitet sie, ein stattlicher junger Mann mit dem Namen Aetherius, du solltest sie sehen, die beiden. Ursula hat Christus gelobt, diese Wallfahrt vor der Hochzeit zu unternehmen ...“

Die Freigelassene sprach so aufgeregt, dass Ricarda ihre Hand drückte. „Ich freue mich mit dir, Agnes.“ Ihr Lächeln riss schmerzhaft an der Wunde.

„Ricarda!“ Beschwörend hob Agnes ihre Hände. „Wir sollten uns Ursula anschließen. Es ist der Weg, den wir zu gehen haben, ich spüre es ganz deutlich.“

Ricarda seufzte leise. „Du bist frei, Agnes. Du kannst tun und lassen, wonach dir der Sinn steht. Ich aber habe Christus nichts gelobt – warum also sollte ich mit diesen Frauen nach Rom reisen? Schließ dich ihnen ruhig an und sorge dich nicht um mich. Ich komme zurecht!“

Agnes senkte die Stimme, sah ihr tief in die Augen. „Es wäre nicht allein für dich das Beste, wenn du uns begleitest, sondern auch für deinen Sohn.“

„Mein Sohn? Ach, was redest du denn da für einen Unsinn, meine Liebe.“

„Dann hast du es noch nicht bemerkt?“

„Was bemerkt?“

„Du bist schwanger, Ricarda!“

Unwillkürlich legte Ricarda eine Hand auf ihren Bauch. Schlagartig begriff sie, dass Agnes recht hatte. Vor lauter Gram und Schwermut hatte sie nicht mehr auf die Zeichen ihres mürben Körpers geachtet. Ob nun Agnes’ Wissen der Beobachtung oder ihrer neuen seherischen Gabe entsprang, war fraglich; da sie jedoch von einem Sohn gesprochen hatte, war letzteres anzunehmen. Agnes war in der Tat eine Seherin, Ricardas letzte Zweifel daran verflogen.

Schwanger! Während sie tagelang in Grübeleien versunken gewesen war, wuchs in ihrem Bauch bereits ein Kind heran. Lucius’ Kind! Dieser Gedanke war so überwältigend, dass Ricarda zu schluchzen begann. Bald brach alles aus ihr heraus, das Leid, die Not und die Entbehrungen der vergangenen Tage, aber auch die Freude darüber, dass Lucius in dem Kind, das sie zusammen gezeugt hatten, weiterleben würde. Agnes nahm die Weinende in den Arm und drückte sie zärtlich an sich, so wie Ricarda es jüngst in ihrem Versteck unter dem Hypocaustum mit ihr getan hatte, als sie aus Angst vor der Raserei der Hunnen beinahe gestorben wäre.

„Bedenke, in Rom leben die Großeltern deines Sohnes. Gewiss werden sie dich mit Freuden bei sich aufnehmen, denn ihr Blut fließt auch in den Adern des Enkels. Du wirst wieder leben können, wie es sich für eine Frau deines Standes geziemt.“

Von einem Augenblick zum anderen hatte Ricarda wieder einen Grund, ihr Leben wertzuschätzen. Agnes’ Vorschlag war vernünftig. Ricarda nahm die Hand ihrer früheren Sklavin und küsste sie.

„Hab Dank, dass du mich wach gerüttelt hast, Agnes. Ja, wir werden nach Rom reisen, meinethalben als Begleiterinnen jener Ursula, die offenbar deine Wertschätzung genießt. In Rom wollen wir ein neues Leben beginnen. Die Welt mag aus den Fugen geraten, aber ...“, sie kreuzte die Hände über ihrem Bauch, dem die darin reifende Frucht noch nicht anzusehen war, „... es wird auch künftig Menschen geben, die alles wieder gutmachen!“

Agnes lächelte; fast schien es, als amüsierten sie Ricardas Worte. „Ich freue mich, dass du mit mir diese Wallfahrt unternehmen möchtest. Ich kenne dich schon sehr lange, Ricarda, du bist mir lieb wie eine Schwester, und ich werde jeden Augenblick, der uns noch gemeinsam vergönnt ist, genießen. Doch in Rom trennen sich unsere Wege!“

„Du wirst nicht bei mir bleiben?“, fragte Ricarda mit gekränktem Erstaunen.

„Hast du mir nicht die Freiheit geschenkt?“

„Gewiss, und so soll es bleiben, aber ich dachte, du könntest ... –“

„Nein, Ricarda. Mein Leben gehört allein Gott. Ursula hat mir die Augen geöffnet, ihr Glaube ist so gewaltig, dass sie für ihre Überzeugungen sterben würde. In meinen Augen ist sie eine Heilige, verstehst du das?“

„Eine Heilige? Weil sie eine Wallfahrt unternimmt?“

„Wenn du sie reden hörst, wirst du wissen, was ich meine, auch wenn du noch nicht von Christus erleuchtet wurdest. Ich möchte Ursula folgen und ihr dienen, wenn sie Rom verlässt und sich wieder auf den langen Heimweg nach Britannien macht.“

„Wo es dann, wie ich annehme, eine prächtige Hochzeit geben wird.“

„Was immer auch geschieht, ich werde Ursula folgen, auch wenn es mich das Leben kostet. Wenn du uns jedoch dann auch weiterhin begleiten willst, musst du bereit sein für den Tod.“

Erneut waren es kryptische Worte, die Agnes sprach, aber Ricarda drang nicht weiter in sie ein. Agnes war ein freier Mensch, sie hatte jedes Recht der Welt, ihre eigenen Entscheidungen zu treffen. Künftig wollte sie einer anderen Herrin dienen, das galt es hinzunehmen, auch wenn der Gedanke in Ricarda ein flaues Gefühl von Eifersucht weckte.

„Ich werde dich sehr vermissen, Agnes“, sagte sie, indem sie verlegen auf ihre Hände starrte.

„Du wirst einen prächtigen Sohn haben“, entgegnete Agnes wie zum Trost und umarmte sie wiederum. „Mit ihm und seinen Nachfahren wird die Idee Gressionas nicht untergehen.“

Nachwort des Autors

Der Sagenkomplex um die Stadt Gression, die einst in der Region zwischen Aachen und Köln existiert haben soll, ist vielschichtig und kaum entwirrbar. Nicht einmal hinsichtlich der Epoche herrscht in den verschiedenen Sagenvarianten Einstimmigkeit. Immerhin, in fast allen Erzählungen ist von einem abrupten Ende der Stadt die Rede, hier durch kriegerische Zerstörung, dort durch eine Sintflut. Manchmal aber versinkt sie schlicht und einfach im Erdboden, und meistens stecken der Himmel und der liebe Gott dahinter. Denn offenbar waren die Gressioniter keine Unschuldslämmer und hatten eine Bestrafung verdient, wenn diese zugegebenermaßen auch etwas drakonisch ausfiel.

Die Romantrilogie um Richarda von Gression ist nicht in der primären Absicht geschrieben worden, einen möglichen historischen Hintergrund der Sage zu rekonstruieren. Das wäre schon aufgrund der unübersichtlichen Aktenlage ein fast unmögliches Unterfangen. Richarda ist keine historische Persönlichkeit! Ihr Biograf Paulinus von Hersfeld im Übrigen auch nicht. Was mich als Romanautor nicht davon abgehalten hat, diese Figuren zu erschaffen.

Kaiser Otto III., der im Roman einen Gastauftritt hat, ist selbstverständlich eine historische Figur. Quellen berichten von der von ihm veranlassten Öffnung des Grabes Karls des Großen. Schon viele seiner Zeitgenossen waren empört über diese Tat, die in ihren Augen einen Frevel darstellte. Einer der anwesenden Zeugen der Graböffnung, der Lombarde Otto von Lomello, hat einen Bericht über dieses Ereignis verfasst. Ärgerlicherweise (Augenzwinkern) hat er uns verschwiegen, dass auch Richarda von Gression zugegen war. Otto von Lomello hielt das offenbar für eine reine Angelegenheit unter Männern.

Wenn man schon einmal dabei ist, sich mit einer Sage zu beschäftigen, kann man guten Gewissens eine weitere in den Roman integrieren. Ursula und ihre Jungfrauen haben das Privileg, heute keineswegs vergessen zu sein. Auf der Rückkehr von ihrer Wallfahrt fanden sie bei Köln den Märtyrertod unter einem Pfeilhagel der Hunnen. Ursula hatte sich geweigert, einen hunnischen Prinzen zu heiraten. Schlimme Jungs, diese Hunnen, aber was soll man machen? Jede Zeit hat ihre Bösewichte, und wer keine Skrupel hat, wehrlose und frommherzige Frauen umzubringen, der darf sich nicht wundern, wenn man ihn auch noch die Zerstörung sagenhafter Städte anlastet.

Übrigens schlugen der weströmische Heerführer Aetius und seine Verbündeten das Heer Attilas im Jahr 453 in der Schlacht auf den Katalaunischen Feldern. Es war der letzte große Sieg einer römischen Armee. Dreiundzwanzig Jahre später wurde der letzte Kaiser von einem germanischen Söldnerführer kurzerhand abgesetzt, und das weströmische Imperium war Geschichte.

Langerwehe im März 2013
Günter Krieger

Schauplätze der Handlung

„Es steht in einer anderen Zeit. Errichtet wegen einer Bluttat ..." –
Das Franzosenkreuz im Meroder Wald.

Gressiona Nova, ein neues Gression:
der Schauplatz zwischen Gressenich und Hamich.

Motte Altenburg bei Jülich, wo sich die Hügelburg des Gaugrafen erhob.

Die Höhle der Einsiedlerin Judith

Auf dem Weg nach Aecheze (Echtz).

Kaiser Otto III. – Buchmalerei der Reichenauer Schule, um 1000

„Zu Gression am Omerstrom, ward eine gewaltige Schlacht geschlagen!“

Orchelsweiher, unweit der heutigen Laufenburg bei Langerwehe:
Wo Richarda das Schwert des Unheils versenkte.

Stiftsruine Bad Hersfeld, Heimatkloster des Paulinus

Wandern in
Historischen
Romanwelten
Autor Günter Krieger führt
zu den Schauplätzen seiner Romane
Termine und mehr unter
www.guenter-krieger.de

Günter Krieger bei Ammianus

RICHARDA VON GRESSION – BAND 1: DIE VISIONÄRIN

Im fünften Jahrhundert blühte im Gebiet zwischen Aachen, Köln und Jülich die unermesslich reiche Stadt Gression. Weil aber ihre gottlosen Bewohner sich zunehmend der Sünde hingaben, so heißt es, wurde Gression durch ein himmlisches Strafgericht zerstört ...

Als Richarda mehr als ein halbes Jahrtausend später geboren wird, ist die Geschichte um Gression nur noch eine uralte Sage. Das heranwachsende Mädchen aber ist fasziniert von dem Gedanken, ein neues und sündenfreies Gression zu gründen. Mit einer Handvoll Gleichgesinnter zieht sich die charismatische Bauerntochter vor der großen Jahrtausendwende in den Wald zurück. Wie die meisten Menschen glauben auch die Eremiten an den bevorstehenden Weltuntergang. Als dieser ausbleibt, reift in ihnen die Überzeugung, dass Gott mit Richarda Großes vorhat ...

Die neue Romantrilogie von Günter Krieger nimmt sich der geheimnisvollen alten Sage um eine versunkene Stadt an – und einer außergewöhnlichen Frau: Richarda von Gression!

ISBN: 978-3-9812285-7-1
Paperback, 288 Seiten / € 13,90

Demnächst

Richarda von Gression – Die Pilgerin (Frühjahr 2014)

Günter Krieger bei Ammianus

DIE GEFANGENEN SEELEN

Merode, ein Bauerndorf unweit von Aachen, Anno 1312:
Eva besitzt besondere Geistesgaben, die sie in den Augen vieler Dörfler sonderbar erscheinen lassen. Fragen der Philosophie sind ihr so vertraut wie die Arbeit auf den Feldern. Evas große Liebe heißt Falk. Ihre Heirat ist längst beschlossen. Doch eine Intrige, angezettelt von Evas Kusine Magda, entzweit das Paar. Eva verlässt ihre Heimat bei Nacht und Nebel, um Meister Eckhart von Hochheim, einem bekannten Mystiker, als Jüngerin zur Seite zu stehen. Vierundzwanzig Jahre sollen vergehen, bis Eva und Falk sich erneut begegnen. Ein Leben voller Schicksalsschläge liegt hinter ihnen. Aber hat ihre Liebe die Stürme der Zeit überdauert?

Merode, Köln, Paris, das päpstliche Avignon, die Schönburg bei Wesel am Rhein sowie die Schlacht bei Mühlberg sind Schauplätze in Günter Kriegers generationsübergreifendem Historienroman.

„Der Umberto Eco der Region!"
Aachener Nachrichten

Günter Krieger – Die gefangenen Seelen
ISBN: 978-3-9812285-9-5
Paperback, 420 Seiten / € 13,90

Judith C. Vogt bei Ammianus

DIE GEISTER DES LANDES

„Die Geister des Landes“ – ein furios-phantastischer Ritt quer durch die Mythenwelt von Eifel und Kaiserstadt. Geschrieben von der Preisträgerin des Deutschen Phantastik Preises 2013 (Bester deutschsprachiger Roman)!

Manche Leute haben prophetische Träume. Andere halten sich für Hexen in zweiter Generation. Und einige glauben, schlichtweg die Auserwählten alter Götter zu sein.

Wenn gesichtslose Männer die Geister wecken, von denen die Mythen der Vorzeit berichten, dann ist es Zeit für Edi, Dora, Gregor und Fiona, auf den Plan zu treten. Doch Fionas Zugang zu ihren rätselhaften Träumen schwindet – und das ausgerechnet in einer Zeit, in der Nazi-Werwölfe umgehen, Pest und Tod zu einem einsamen Tanz bitten und Quellgötter in der Sauna in Lebensgefahr geraten. Als Fiona nach dem Sommerfest der Feyen spurlos in Aachen verschwindet, müssen ihre drei Nerdfreunde beweisen, was Freundschaft wert ist …

Das Erwachen
Band I
ISBN: 978-3-9812285-4-0
12,90 €

Gesichtslos
Band II
ISBN: 978-3-9815774-3-3
13,90 €

Historische Romane von Michael Kuhn bei Ammianus

DIE MARCELLUS–TRILOGIE

Germanien und der Westen Europas im Jahre 486 nach Christus. Die Strukturen des römischen Imperiums haben dem Druck von Völkerwanderung und inneren Krisen nicht standgehalten. An die Stelle der Imperatoren, Armeeführer und Statthalter sind wilde Kriegsherren getreten, die sich einen gnadenlosen Kampf um die Vorherrschaft liefern. Die Welt der Antike ist in Auflösung begriffen und das Mittelalter hat begonnen. In diesen Jahren wächst Marcellus, ein junger Romane, am Hofe des Rheinfranken Sigibert heran. Mit seinen Freunden, Provinzialen und Franken, erlernt er das Handwerk des Kriegers, das ihm nach dem Willen seines Vaters einen Platz im Leben sichern soll.

Die unbeschwerten Tage der Jugend enden, als die Krieger der Alamannen an den Grenzen aufmarschieren, um den Franken die Länder an Rhein und Mosel zu entreißen. Gemeinsam mit seinen Freunden erhält er angesichts des drohenden Krieges den Auftrag, eine burgundische Prinzessin ihrem Bräutigam, dem ihm verhassten Thronfolger, zuzuführen. Das riskante Unternehmen, die ausbrechenden Kämpfe, eine ruchlose Verschwörung gegen das Leben des Merowingers Chlodwig und die Wirrungen der Liebe lassen ihn früh zum Mann heranreifen, der sich auf dem Schlachtfeld von Zülpich beweisen muss.

Wie in Michael Kuhns Erstlingswerk, der Trilogie um den römischen Tribun Marcus Junius Maximus, ist der Handlung eine Spurensuche angegliedert. Der Leser ist gleichsam eingeladen, die Handlungsorte des Romans aufzusuchen und viel Wissenswertes über die Zeit des frühen Mittelalters aufzunehmen.

Marcellus – Der Merowinger
Band I
ISBN: 978-3-9812285-3-3

Marcellus – Graf von Arduena
Band II
ISBN: 978-3-9812285-6-4

Marcellus – Blutgericht
Band III
ISBN: 978-3-9815774-0-2

Alle Bände erscheinen in hochwertig gebundener Form
zum Preis von je € 19,90

Michael Kuhn bei Ammianus

DIE MARCUS–TRILOGIE

Wir schreiben das Jahr 355 nach Christus. Wo die „Pax Romana" Jahrhunderte lang Sicherheit und Wohlstand garantiert hatte, herrschen Chaos und Auflösung.

Seit Jahren setzen fränkische und alemannische Scharen über den Rhein und legen die römischen Provinzen Germaniens und Ostgalliens in Schutt und Asche. Um der Lage Herr zu werden, ernennt der Imperator Constantius II. seinen Vetter Julian zum Stellvertreter und Caesar des Westens. Der „Ungeliebte" soll das Unmögliche vollbringen und zieht von Mailand mit wenigen Getreuen nach Gallien, um ein schlagkräftiges Heer zu sammeln.Marcus Junius Maximus, ein langgedienter Offizier, erlebt in diesen Tagen das Abenteuer seines Lebens. Beim Fall der Grenzfestung Gelduba wird er schwer verwundet, und nur die Kunst der Ärzte und sein Überlebenswille retten sein Leben. Dunkle Schicksalsmächte treiben ihn durch die Provinzen an Rhein und Mosel, und große Geschichte wird in seinem Beisein geschrieben, als Caesar Julian zu seinem Siegeszug antritt und die Grenze am Rhein ein letztes Mal für das Imperium zurückgewinnt.

Marcus – Soldat Roms
Band I
ISBN: 978-3-9815774-1-9
13,90 €

Marcus – Tribun Roms
Band II
ISBN: 978-3-9815774-8-8
14,90 €

Marcus – Maximus Alamannicus
Band III
ISBN: 978-3-9815774-9-5
13,90 €

Andreas J. Schulte bei Ammianus

DIE TOTEN DES MEISTERS

Die Namen stehen alle auf seiner Liste... der erste Mord war nur der Anfang. Der Meister ist in die Stadt gekommen.

Im Jahre des Herrn 1476 sorgt der brutale Mord an dem Ratsherrn Hermann Wilhelm von Grevenrath in Andernach für Aufregung. Der vermeintliche Täter ist schnell gefasst. Mit Blut an den Händen läuft der junge Gregor Kreuzer der Bürgerwache am Tatort in die Arme. Stadtrat und Schöffen drängen auf einen schnellen Prozess, weil Andernach hohen Besuch erwartet – die Delegationen von Habsburg und Burgund haben sich angekündigt. Ein ermordeter Ratsherr, ohne einen verurteilten Mörder, würde kein gutes Licht auf die Stadt werfen.

Ein Mann aber hat Zweifel daran, dass Gregor wirklich der Täter ist – Konrad. Keiner in der Stadt kennt seinen vollen Namen oder seine Herkunft.

Als weitere Todesfälle die Stadt erschüttern, muss Konrad sich entscheiden: Er ist der einzige, der die Pläne des Mörders durchkreuzen kann. Doch dann gerät er selbst in Gefahr, denn sein Name steht auf der Todesliste des Meisters ...

ISBN: 978-3-9812285-5-7
Paperback, 300 Seiten / € 13,90

Judith und Christian Vogt bei Ammianus

EBURONENLIED

»Wir sind zwei Sänger, die zusammen ein Lied singen. Er singt es tief, und ich singe es hoch, und zunächst begreift niemand, dass es dasselbe Lied ist.«
»Was für ein Lied ist das?«
»Es ist ein Lied von Verrat.«

Das belgische Gallien, 54 v.Chr.

Nachdem Caesar Gallien mit Krieg überzogen hat, glaubt er die Könige und Stammesführer auf seiner Seite. Doch im Winter brechen die Könige ihr Wort. Fürsten verschwören sich gegen die Legionen, und Krieger ziehen gegen die Winterlager. Ambiorix, König der Eburonen, und Indutiomaro von den Treverern sehen eine letzte Chance, Roms Herrschaft über Gallien zu brechen, und wagen den Aufstand. Arist, Ambiorix' Sohn, und sein Ziehbruder Acco sind dem Knabenalter gerade entwachsen und leben als Geiseln beim benachbarten Stamm der Aduatucer. Als sie von den Legaten der vierzehnten Legion in der Hoffnung auf Frieden ausgelöst werden, müssen sie ihre Rollen im Plan eines Verräters einnehmen.

Schwertbrüder
ISBN: 978-3-9815774-2-6

Verbranntes Land
ISBN: 978-3-9815774-7-1
ist in Vorbereitung und erscheint voraussichtlich
im Mai 2014!

Paperback, je € 13,90